प्रमेय

भगवंत अनमोल

राजपाल

ISBN : 9789389373486
पहला संस्करण : 2021
PRAMEY (Novel) by Bhagwant Anmol

राजपाल एण्ड सन्ज़
1590, मदरसा रोड, कश्मीरी गेट, दिल्ली-110006
फोन : 011-23869812, 23865483, 23867791
e-mail : sales@rajpalpublishing.com
www.rajpalpublishing.com
www.facebook.com/rajpalandsons

दुनिया की उस सबसे सुन्दर जोड़ी को समर्पित
प्यारी माँ श्रीमती वसुंधरा तिवारी और
पूज्य पिता जी स्वर्गीय श्री प्रमोद कुमार तिवारी
जिन्हें मुझे अपनी नज़रों से कभी एक साथ
देख पाने का सौभाग्य प्राप्त नहीं हुआ

आभार

प्यारी-सी नज़्म देने के लिए कवयित्री आराधना शुक्ला का।
अपने बहुमूल्य सुझाव देने के लिए जयाश्री दोरा, प्रभात रंजन जी और
नवनीत नीरव का और सोशल मीडिया प्लेटफ़ार्म, हिन्दीनामा एवं तीखर का।

भूमिका

ज़रा याद करो उस बचपन को। हमारे पास ढेर सारे सवाल होते थे। मन में ऐसे कई प्रश्न उठते थे जैसे सूर्य चारों तरफ़ चक्कर क्यों लगाता है? चंद्रमा घटता-बढ़ता क्यों रहता है? आख़िर हम क्यों बने हैं? हमें बनाने वाला कौन है? अगर हम उड़ पाते तो कितना अच्छा होता। काश, हम टीवी सीरियल में देखे गए भगवान की तरह गायब हो पाते। कई दफ़ा यह भी सोचने लगते कि जब हम बड़े हो जायेंगे तो हम कुछ ऐसा आविष्कार करेंगे, जिससे लोग तुरन्त गायब हो जायेंगे। हमारे जन्म लेने का ज़रूर कोई उद्देश्य होगा। बड़े होकर ज़रूर हम शक्तिमान और जूनियर जी की तरह दुनिया भर के लोगों की रक्षा करने के लिए पैदा हुए हैं। ईश्वर ने हमें अवश्य ही किसी ख़ास मकसद से यहाँ पर भेजा है। लेकिन जैसे-जैसे हम बड़े होते जाते हैं, ऐसे प्रश्नों को बचकाना समझ नज़रअंदाज़ करते जाते हैं। और रोज़मर्रा की जद्दोजहद को ही जीवन मान लेते हैं। रोज़ सुबह जागते हैं। सुबह से रात तक पेट भरने में लगे रहते हैं और हम स्वयं को ही नहीं जान पाते। हम ब्रह्मांड को नहीं जान पाते। हम रोज़मर्रा की ज़िन्दगी में कुछ कागज़ के नोट्स या फिर अब अपने अकाउंट में ज़ीरो की संख्या बढ़ाने में ही लगे रह जाते हैं। जान ही नहीं पाते हमारे शरीर में कितनी हड्डियाँ हैं? हमारा शरीर काम कैसे करता है? हमारा जन्म किसलिए हुआ है? पृथ्वी कैसे बनी है? सूर्य कैसे बना है? चन्द्रमा कैसे बना है?

कभी सोचा है कि पृथ्वी पर सात अरब लोग निवास करते हैं। यह पृथ्वी अपने सौरमंडल के आठ ग्रहों में से एक है। हमारे सौरमंडल जैसे अरबों सौरमंडल हैं, हमारी आकाश गंगा में। अगर हम आज की अधिकतम रफ़्तार से चलें तो 25 लाख वर्ष लग जायेंगे, अपनी आकाश गंगा को पार करने में। अब तक के वैज्ञानिक तरीके से जो जानकारी मिली है, उसके अनुसार प्रकाश की गति इस ब्रह्मांड की अधिकतम गति है। अगर प्रकाश की गति से भी जाएँ तो हमें अपनी आकाश गंगा को पार करने में एक लाख प्रकाश वर्ष लगेंगे। एक लाख वर्ष! जितने वर्षों का

होमो सेपियंस का पृथ्वी पर पूरा जीवन है। अगर सबसे नज़दीकी आकाश गंगा की बात की जाए तो वह एंड्रोमेडा आकाश गंगा है। वहाँ तक पहुँचने में हमें पच्चीस लाख प्रकाश वर्ष लग जाएँगे। ज़रा सोचिए, हमारी इंसानी सभ्यता ही मात्र तीन लाख वर्षों की है। पच्चीस लाख वर्ष दूर रह रहे किसी सभ्यता के इंसान तक कैसे पहुँच सकते हैं? ऐसी सिर्फ़ एक या दो आकाश गंगा नहीं हैं। अरबों आकाश गंगा से मिलकर अपना ब्रह्मांड बना है और यह ब्रह्मांड बढ़ता ही जा रहा है। इस ब्रह्मांड को हम वहीं तक देख पा रहे हैं, जहाँ से प्रकाश हम तक वापस आ पा रहा है। अगर स्ट्रिंग थ्योरी की मानें तो ऐसे कई ब्रह्मांड हैं।

ज़रा इस तरह से सोचिए, अगर हम एक कागज़ को संपूर्ण ब्रह्मांड मान लें और अपनी आकाश गंगा को एक बिंदु से दिखाने की कोशिश करें तो भी शायद वह छोटे-से-छोटा बिंदु भी बड़ा बन जाएगा। सौरमंडल और पृथ्वी की तो बात ही छोड़ दीजिए। अगर पूरी आकाश गंगा (एक छोटे-से-छोटे बिंदु से भी छोटी) को एक कागज़ का टुकड़ा मान लें तो अपने सौरमंडल को भी हम छोटे-से-छोटे बिंदु से नहीं दर्शा सकते। अगर हम सौरमंडल को एक कागज़ का टुकड़ा मान लें और पृथ्वी को एक बिंदु से दिखाया जाए तो यहाँ भी वही स्थिति होगी। ऐसे में यह कैसे मान लिया जाए कि सम्पूर्ण ब्रह्मांड में सिर्फ़ हमारा ही जीवन है। हो सकता है, हमसे भी कोई उन्नत सभ्यता रह रही हो,जो हमारे ऊपर निगरानी करती हो। हो सकता है कि ऐसी कई सभ्यताएँ हों पर वे इतनी विकसित न हों कि हमसे संपर्क कर पाएँ।

चूँकि मेरे घर में हमेशा से धार्मिक माहौल रहा है और मैं विज्ञान का एक छात्र रहा, तो मुझे हमेशा यह प्रश्न परेशान करता रहा है कि जिन्होंने ढंग से अब तक सौरमंडल के बाहर कदम भी नहीं रखा है, उन वैज्ञानिकों ने ईश्वर को नकार दिया है। इतनी जल्दबाज़ी क्यों है भई?

दूसरी तरफ़ हर धर्म, मज़हब, रिलीजन के ठेकेदारों ने अब तक ढंग से सृष्टि को समझा ही नहीं है, आख़िर यह सृष्टि है क्या? किसी धर्म में यह चपटी बताई गई है और कोई धर्म काफ़ी सालों तक यह मानता रहा कि सूर्य पृथ्वी के चक्कर लगाता है। उन धार्मिक ठेकेदारों को कल के बारे में भी कुछ नहीं पता, जिन्हें यह नहीं पता कि वे साँस क्यों लेते हैं? भोजन उनके शरीर में जाकर क्या करता है? पृथ्वी पर हर जगह पर मौसम अलग-अलग क्यों रहता है? सूर्य हमसे कितना दूर है? आख़िर जिन्होंने कुछ देखा ही नहीं वे ईश्वर के बारे में इतना विधिवत बताते हैं, जैसे अभी मिलकर आ रहे हों। आज रात ही ईश्वर के साथ उन्होंने भोजन किया हो। यह कैसा आत्मविश्वास है? इस तरह के प्रश्न हमेशा मुझे परेशान करते हैं।

इस किताब को लिखते हुए मैं उन्हीं प्रश्नों की जड़ तक पहुँचना चाहता हूँ। जड़? मैं पत्तियों को भी ढंग से पकड़ पाऊँ तो मेरे लिए बड़ी बात होगी। आख़िर सृष्टि के सामने मेरी क्या औकात है? क्या मैं कहीं पहुँच सकता हूँ? नहीं, मैं सिर्फ़ अपने नज़रिए से समझने की कोशिश कर रहा हूँ। कुछ सवाल उठा रहा हूँ। फिर लगता है कि मेरे सवाल उठाने से कोई बदल जाएगा? या कोई जवाब दे देगा? हिन्दी लेखक अभी इतना बड़ा कहाँ हुआ है? फिर भी मैं यह जुर्रत करना चाहता हूँ, क्योंकि इस दोहरे जीवन के प्रश्न मुझे हमेशा कचोटते रहे हैं। हमेशा यह जानने पर विवश करते रहे हैं।

यह किताब उन लोगों के लिए कतई नहीं है, जिन्होंने अपने दिमाग को रूढ़िवादी ज़ंजीरों में कैद कर रखा है। जो किसी धार्मिक ग्रन्थ में लिखी एक-एक बात या फिर विज्ञान को पत्थर की लकीर मान चुके हैं। वे लोग इस किताब को आगे पढ़ने की जुर्रत न करें, आपकी भावना को ठेस पहुँच सकती है। इसका यह मतलब नहीं कि महत्त्वपूर्ण प्रश्न उठाए न जाएँ। हर धर्म या विज्ञान पर सवाल करना ही जीवन में नए तर्क और नई खोज को बढ़ावा देना है। जब तक हम सवाल ही नहीं करेंगे तब तक हम उस कैदखाने से बाहर नहीं निकल सकेंगे जिसमें हमें कैद कर दिया गया है। हमें यह सोचने पर मजबूर कर दिया गया है कि हम चाहे जितने बड़े हो जाएँ पर उस महान शक्ति से आगे नहीं बढ़ सकते।

इस किताब को पढ़ने के लिए सबसे पहली अर्हता है कि नई चीज़ों और नई बातों को ग्रहण करने के लिए दिमाग खुला होना चाहिए। मैं यह नहीं कहता कि हर नई बात को जस-का-तस मान लीजिए। मेरा बस इतना कहना है कि हर नई बात को पढ़िए, सुनिए और देखिए। ठीक लगे तो आगे उस पर विचार कीजिए और उसकी अच्छाई एवं कमियों पर बात कीजिए, न ठीक लगे तो बिना देर किए भुला दीजिए। कोई ज़रूरी नहीं है कि हर वाहियात बात को दिमाग में रखा ही जाए।

यह किताब भी सिर्फ़ अपना नज़रिया पेश कर रही है। ताकि आप भी अपनी रोज़मर्रा की जद्दोजहद से वक्त निकालकर इंसानी साहित्य से निकलकर थोड़ा वृहद पैमाने पर भी सोचना शुरू करें।

नवंबर, 2020

कानपुर

— भगवंत अनमोल

प्रमेय

सूर्यांश

"हे राम,'' की आवाज़ के साथ 'खटाक' की ज़ोरदार आवाज़ हुई और चारों तरफ़ खामोशी छा गई। ऐसी खामोशी कि एक सूई गिरने की आवाज़ भी सुनाई दे जाए। गर्दन पर तलवार इतनी तेज़ चली कि पलक झपकते ही सर धड़ से अलग हो गया। एक तरफ़ जहाँ पन्द्रह मिनट से धड़पकड़ चल रही थी, उस पर एकदम से विराम लग गया। धड़ थोड़ी देर वैसे ही खड़ा रहा, जैसे दिमाग से कोई सूचना मिलने का इंतज़ार कर रहा हो, जब कुछ पल तक कोई सूचना न मिली तो एक तरफ़ गिर गया। सर मैखाने की सीट पर जा गिरा था। आँखें वैसे ही बंद थीं जैसे मारे डर के भींच ली जाती हैं और एक बार और 'हे राम' कहने के लिए मुँह खुला-का-खुला रह गया था। सर इस तरह गिरा था कि उसकी आँखें और मुँह हत्यारे की ओर थे। चारों तरफ़ खून के छींटे फैले थे। उस मुस्लिम लड़की के मुँह से आख़िरी शब्द 'हे राम' निकले थे। वह लड़का जिसने उसे मुस्लिम समझ उसके ऊपर तलवार चलाई थी, खून के छींटों से सने अपने चेहरे से उस सर को निहारता उसी जगह खड़ा-का-खड़ा रह गया। तेज़ आवाज़ के बाद ऐसी खामोशी छाई जैसे गहरे बादल गरजने के बाद एकदम शान्त हो गए हों, जैसे कोई बड़ा तूफ़ान आने के बाद सब कुछ तहस-नहस कर गया हो। सारा माहौल कुछ देर के लिए ठहर गया था, सहम गया था। हर तरफ़ इतनी शान्ति थी कि मोबाइल पर आ रही 'हैल्लो, हैल्लो, हैल्लो' की आवाज़ बाहर खड़े दो लड़कों को भी सुनाई दे रही थी। मगर जिसके लिए यह आवाज़ दी जा रही थी, वह हमेशा-हमेशा के लिए शान्त हो चुकी थी। तभी, इस खामोशी को छन्न की एक आवाज़ ने तोड़ा, तलवार हाथ से छूट गई थी। थोड़ी ही देर में तलवार चलाने वाला व्यक्ति वहीं निढाल गिर गया।

एकदम से जैसे वह नींद में कोई बुरा ख़्वाब देखकर जागा हो। वह उठा और चिल्लाने लगा, ''मैं हत्यारा हूँ। मैंने ही फ़ातिमा को मारा है।'' जब वह जागा तो

उसके पास उसकी माँ, उसका हाथ पकड़ के समझाने की कोशिश कर रही थी, ''नहीं बेटा तुमने कुछ नहीं किया है।''

उनसे हाथ छुड़ाते हुए वह फिर चिल्लाया, ''मैं अपराधी हूँ, हत्यारा हूँ। मुझे जेल में होना चाहिए, अस्पताल में नहीं।'' वह ऐसे हाथ-पैर छुड़ा रहा था, जिससे उसके साथ कोई दुर्घटना हो सकती थी, उसके हाथों में लगी इंजेक्शन की सूई उसे ही चुभ सकती थी। वह चिल्ला रहा था, तभी भागती हुई नर्स आई और उसने फिर से इंजेक्शन दे दिया। ''मुझे इंजेक्शन मत दो। जेल भेज दो, हत्यारा हूँ मैं। मैं हत्यारा हूँ, मैंने फ़ातिमा की हत्या की है। मैं ही दोषी...'' कहते-कहते वह रोना चाहता था पर इंजेक्शन के कारण फिर से नींद की गोद में चला गया।

आस-पास डॉक्टर और उसके रिश्तेदार खड़े थे। सबको पता चल गया था कि इसे सदमा पहुँचा है, तभी जाने क्या-क्या बके जा रहा है। डॉक्टर ने भी सबको बाहर जाकर आराम करने के लिए कहा था। ''सिर्फ़ सदमा लगा है। ऐसे मामलों में पेशेंट को कुछ समय देना पड़ता है। धीरे-धीरे वह ठीक हो जाता है। गहरा सदमा लगा है। शायद दिमागी संतुलन बिगड़ गया है।''

अस्पताल में पाँचवें दिन तक हालत ठीक होने लगी थी। एक बार फिर से उसे होश आया था, अब उसका उग्र रूप थोड़ा शान्त होने लगा था। उसने देखा कि उसके चारों ओर बहुत सारे लोग खड़े थे। वह अस्पताल में लेटा हुआ था। उसे सब कुछ धुँधला-धुँधला दिख रहा था। उसे ढंग से किसी का चेहरा नहीं दिख रहा था। बस उसे सामने एक लड़की पीले क्रॉप टॉप और मिनी स्कर्ट में दिखाई पड़ रही थी। ''फा...फ़ातिमा!'' कहते हुए वह रुक गया।

फिर थोड़ी देर बाद उसे याद आया कि वह कुछ बोलने जा रहा था, ''मुझे पता था कि तुम मुझे छोड़कर कहीं नहीं जा सकतीं।'' उसने पीले रंग का टॉप पहने उस लड़की का हाथ पकड़ लिया, जो उसको दिखाई दे रही थी, ''तुम ज़रूर वापस आओगी।''

इधर सभी लोग चकराए हुए थे। वहाँ तो कोई फ़ातिमा नहीं थी। तभी उधर से आवाज़ आई, ''मैं माँ बोल रही हूँ। तुम्हारी मम्मी।''

उसे जैसे ही यह आवाज़ सुनाई दी, वह हाथ झटक-झटक कर बोलने लगा, ''मुझे आपसे बात नहीं करनी। आप लोग बहुत रिज़िस्ट् हैं। यह दुनिया ही बहुत रिज़िस्ट है। आप जाइए पूजा कीजिए। मुझे फ़ातिमा से बात करनी है। मैं और फ़ातिमा अपना अलग जहान बनाएँगे, आपके धरम-वरम से दूर। सिर्फ़ मैं

और फ़ातिमा।'' वह अपनी माँ का हाथ पकड़ रहा था। उसे लग रहा था कि वह फ़ातिमा है।

माँ की आँखों से आँसू बह रहे थे। अब कहें क्या? उनका बेटा बीच-बीच में जब भी होश में आता तो वह 'फ़ातिमा-फ़ातिमा' बड़बड़ाने लगता। वह बस उसकी बात सुन रही थीं। वह बस अपने बेटे का मुँह तके जा रही थीं।

सूर्यांश माँ को फ़ातिमा समझकर जो अंड-बंड बोले जा रहा था, वह उसकी माँ को समझ में नहीं आ रहा था। ''जानती हो मैंने एक खोज की है। समय चौथा आयाम नहीं है। यह पूरी दुनिया आवृत्तियों में चलती है। मैंने आइन्स्टाइन को गलत सिद्ध कर दिया है। जानती हो हम दोनों साथ में चलेंगे नोबेल प्राइज़ लेने।''

वह माँ का हाथ पकड़कर बोले जा रहा था, ''फ़ातिमा दूर मत जाना, यहाँ बैठ जाओ।'' कहते-कहते उसकी आँखें बंद हो गईं। उसे सपना आया कि वह स्वर्गलोक गया है। ठीक वैसे ही जैसे सती सावित्री ने यमराज को रोक लिया था और अपने पति को मृत्यु के मुँह से वापस ले आई थी। वह भी यमराज के पास गया था। यमराज से बोला था, ''मैं इससे सच्चा प्यार करता हूँ। इसे तुम नहीं ले जा सकते।''

बड़ी-बड़ी मूँछों वाले यमराज ने उसे हनक कर कहा, ''ऐसा क्या कारण है कि मैं इसे न ले जाऊँ?''

उसने बड़ी अच्छी तक़रीर दी, ''इसका मज़हब इस्लाम है। यमराज को मानती ही नहीं है, कैसे ले जा सकते हो?''

यमराज ने इस पर ज़ोर का ठहाका लगाया, ''तुम बहुत नादान हो। जब इस्लाम मज़हब नहीं था, तब भी मैं ही ले जाता था। जब आपको धर्म का ज्ञान तक नहीं था तब भी मैं ले जाता था।''

''कुछ भी हो, आप नहीं ले जा सकते। मैं अपनी जान दे दूँगा।''

''तुमने देरी कर दी है। अब तुम इसे वापस लेकर नहीं जा सकते, क्योंकि इसके शरीर को चीर-फाड़कर बराबर कर दिया गया है। बिना शरीर के आत्मा क्या करेगी?''

वह अचानक नींद से जागा और चिल्लाते हुए बोलने लगा, ''फ़ातिमा का शव सुरक्षित रखो। मैं फ़ातिमा को ज़िंदा करके लाऊँगा।''

उसको चिल्लाता देख, उसकी माँ दिलासा देते हुए कहने लगी, ''हाँ बेटा फ़ातिमा यहीं बैठी है।'' उनकी आँखों में आँसू भर आए थे।

सूर्यांश ने आँखें खोलकर देखा, ''फ़ातिमा किधर है?''

''मैं ही हूँ,'' माँ धीरे से बोली।

''पंडिताइन, तुम कब से झूठ बोलने लगीं? तुम्हें नरक मिलेगा, नरक।'' वह ज़ोर-ज़ोर से हँसने लगा। नरक का नाम ध्यान आते ही उसको वह दृश्य याद आया जब वह भूत में गया था और किसी चीज़ को छू नहीं पा रहा था। वही तो नरक था।

माँ अकबका गई। अभी तक वह उसे ही फ़ातिमा समझ रहा था। अब उसे माँ दिखाई पड़ने लगी। वह चुप हो गई। कुछ नहीं बोली थी। करती भी तो क्या करती।

''जानती हो पंडिताइन मैं फ़ातिमा को वापस लेकर आऊँगा। देख लेना एक दिन वापस लेकर आऊँगा। तुम्हारे धरम-मज़हब से दूर हम लोग रहेंगे।''

माँ ने आँखों में आँसू लिए सिर्फ़ उसकी हाँ में सर हिलाया था।

''मैं टाइम मशीन से वापस जाऊँगा और उसे बचा कर लाऊँगा।'' मन-ही-मन उसको फिर टाइम मशीन की बात याद आ गई। अब उसका मन उधर ही चलने लगा था। इधर कमरे में बैठे सभी लोगों को पूरी तरह एहसास हो गया था कि इसे इतना बड़ा सदमा लगा है कि यह पागल हो चुका है। हर कोई उसके ऊपर तरस खा रहा था। कितना ब्रिलियंट लड़का था। आज इस हालत में पहुँच गया था।

''देख लेना, मैं उसे मरने नहीं दूँगा।'' कहते-कहते एक बार फिर से बड़बड़ाते हुए दवाई के आगोश में सो गया।

यह लड़का कोई और नहीं, बल्कि मैं ही था। मैं ही हूँ सूर्यांश। जी हाँ, सूर्यांश त्रिपाठी। सच तो यही है कि मैं पागल नहीं हुआ था। मुझे सदमा लगा था पर मैं सच कह रहा था। मैंने वह सब देखा था जो लोगों को मेरे पागल होने की निशानी लग रही थी। जी हाँ, मैंने समय यात्रा की है, जी हाँ मैंने कुछ ऐसा देखा है जो आम जनमानस की सोच से परे है। मैं सच कह रहा हूँ।

एक साल बाद

''कहते हैं, किताब लिखना खोज है, साधना है, सृजन है और स्वयं को जानने की एक प्रक्रिया है। किसी विषय की जड़ तक पहुँचने का रास्ता है। वहीं किताब पढ़ना उसका अनुपालन करना है। किताब लिखने और किताब पढ़ने में ठीक वही फ़र्क है जो अध्यात्म और धर्म में है।'' यह शब्द थे मेरी प्रेमिका के। जब अपने बालों को लहराते हुए वह पीछे झटकती थी तो सौंदर्य भी उसके ऊपर शरमा जाता था।

आज एकदम से उसकी ये बातें कैसे याद आ गईं? इस घनघोर अँधेरे में

उजाले की किरण कैसे दिखाई पड़ गई थी? जब मुझे यह ज़िन्दगी नीरस लगने लगी थी, तब ऐसे सकारात्मक विचार क्यों आ गये? लगभग एक वर्ष से मैं अँधेरे में जी रहा था, बिलकुल अँधेरे में। मुझे किसी से कोई मतलब नहीं था। मैं बेशक अब अपने होश में हूँ पर मैं अब भी इस बात से सहमति नहीं बना पा रहा हूँ कि मैं अपराधी हूँ या नहीं? कई दफ़ा जवाब वक्त आने पर मिलते हैं। मैं भी वक्त का इंतज़ार करने लगा हूँ पर अब धीरे-धीरे मुझे यह बात कहने में भी सहजता महसूस नहीं होती। मैं किसी से इस बारे में नहीं कहता, न ही किसी से मिलता हूँ। यह झूठी दुनिया है, बिलकुल झूठी। सब कुछ एक भ्रम है। मैं भी एक भ्रम हूँ।

पिछले एक साल से मुझे कमरे के अन्दर कैद रहना ही पसंद था। मेरा लॉकडाउन तो एक वर्ष पहले ही शुरू हो गया था। मुझे घर की खामोशी की लत लग गई थी। पहले मैं अपनी प्रेमिका के ख़यालों में अकेले डूबा रहता था, हर रोज़ उससे मिलता, हर रोज़ उसे प्यार करता था, रोज़ संवाद होता था। देश-दुनिया, धर्म-मज़हब, विज्ञान-ईश्वर लगभग हर विषय पर। लेकिन अब घर में इतना शोर-गुल होता है कि मिल ही नहीं पाता अपनी प्रेमिका से। अब घर में मम्मी-पापा और आस-पड़ोस से खूब आवाज़ें आने लगी हैं। जिनका लड़का एनआईटी जालंधर से लौटकर आया था, वह अपने लड़के की तारीफ़ घर से ही सुनाने लगे थे।

लेकिन मुझे अपनी प्रेमिका की यह बात कैसे याद आई? क्यों याद आई? क्या इसका जीवन से कोई लेना-देना है। मैं सोच में पड़ गया। मुझे क्या पता था कि इस अँधेरे से भी उजाला झिलमिलाएगा? मुझे क्या पता था कि जीवन में दुःख स्थायी नहीं है, जैसे जीवन में सुख स्थायी नहीं है। मुझे याद आया कि उसी की बातों के कारण मैंने एक किताब भी तो लिखनी शुरू की थी। किताब लिखना मेरा कोई सपना नहीं था। बस जाने क्यों लिखना शुरू कर दिया। शायद यह कारण रहा हो कि मुझे जानना था—ईश्वर क्या है? मुझे जानना था कि बचपन से जिस चीज़ की शिक्षा दी जा रही है, वह कितनी सच है? मैं जानना चाहता था कि विज्ञान के अलावा कोई ऐसी चीज़ है जो हमें ब्रह्मांड को समझने में मदद कर सके? या फिर यह भी कारण हो सकता है कि उसके साहित्य प्रेम ने मेरे ऊपर असर डाला हो। शायद दूसरी वाली बात ही सही हो। नहीं-नहीं, पहला कारण भी उतना ही ज़रूरी था। शायद दोनों कारण उतने ही महत्त्वपूर्ण थे। तभी मुझे ध्यान आया और एकदम से आवाज़ निकली, ''उफ़! वह तो अधूरी पड़ी हुई है।'' मैंने तुरंत लैपटॉप उठाया और उस फ़ोल्डर को ढूँढने लगा, जिसमें मेरी वह अधूरी लिखी किताब थी।

मेरे मन में धर्म के प्रति शंका बढ़ती ही जा रही थी। मैं नास्तिक बनने की

तरफ़ बढ़ चुका था। इसके लिए मेरे पास ठोस कारण भी थे। एक वजह यह हो सकती थी कि मेरे जीवन में धर्म ने इतने व्यवधान पैदा किये थे कि इसने मेरी ज़िन्दगी हराम करके रख दी थी। जीना दुश्वार कर दिया था। धर्म की वजह से कदम-कदम पर रुकावटें थीं, अलाने के साथ नहीं खाना, फलाने को नहीं छूना, ढिमकाने के साथ ब्याह नहीं करना। सबसे बड़ी बात यह थी कि काश, धर्म या मज़हब न होता तो मेरी प्रेमिका मेरे साथ होती। मेरे पास होती। मेरा प्यार मेरे साथ होता। मेरी जीवनसंगिनी बनती। प्रेमिका की याद आते ही पता नहीं क्यों मैं बेचैन हो उठता हूँ? मैं किसी भी तरह के धर्म से कोसों दूर भागता हूँ। मेरी माँ का रोज़ सुबह घंटी बजाना, अब मेरे कानों में चुभने लगा है। उनका मुझे किसी भी तरह की धार्मिक शिक्षा देना ज़हर के समान लगने लगा है। पहले तो वह मुझे समझाने की कोशिश करती थीं, पर अब उन्होंने मुझे मेरे हाल पर छोड़ दिया है। खैर, मैं कहाँ यहाँ-वहाँ टहला रहा हूँ आपको। इस किताब को पूरी समझने के लिए आपको मेरे जीवन को भी पूरा समझना पड़ेगा। जीवन और लेखन दोनों समानांतर चलने वाली क्रियाएँ हैं। कहते हैं कि जैसा जीवन होगा, वैसा ही लेखन होगा। आपके विचार ही आपके लेखन में उतरकर आते हैं। जिस व्यक्ति ने कभी नॉर्वे की यात्रा ही न की हो तो हो सकता है वह उसे अमेरिका की तरह ही बता दे। कोई विदेशी लेखक जिसने कभी भारत की यात्रा ही न की हो वह भी भारत को सँपेरों का देश बता सकता है।

आप यह भी कह सकते हैं कि लेखक के बारे में क्या जानना। लेखक का काम बोलना होता है। ठीक वैसे ही जैसे शेक्सपियर ने कहा है कि नाम में क्या रखा है। लेखक के बारे में जानना उतना ही ज़रूरी है, जितना मेरी किताब पढ़ना। मेरा जीवन ही इस किताब का लेखन निर्धारित करेगा। जब आप दोनों को समझ पाएँगे तभी इस किताब के उद्देश्य को समझ पाएँगे। मेरी प्रेमिका के ही शब्द इस बात के लिए सटीक बैठते हैं।

"अगर आप किसी विषय को अच्छे से समझना चाहते हैं तो उसके ऊपर किताब लिखना शुरू कर दीजिये। एक परिकल्पना पहले ही निर्धारित कर लीजिये। जैसे आप गणित की कोई प्रमेय सिद्ध करते हैं। फिर आप जब उस विषय पर लिखते-लिखते डूब जायेंगे तो ऐसे नए विचार आने शुरू हो जायेंगे जिनके बारे में आपने लिखने से पहले सोचा ही नहीं होगा। फिर आप उस विषय की तह तक जा सकते हैं। आप एक नई दुनिया में प्रवेश कर जायेंगे। असल में

किताब लिखना, सिर्फ़ कहानी लिख देना भर नहीं है, बल्कि प्रमेय सिद्ध करना है।" इसलिए मैं इस किताब को नाम देता हूँ, *प्रमेय*।

मैंने भी हर लेखक की तरह इस किताब को लिखने से पहले इसकी रूपरेखा निर्धारित कर ली थी, परिकल्पना कर ली थी। पहले ही सोच लिया था कि किताब के माध्यम से समाज को क्या देना चाहता हूँ। मैं किताब के माध्यम से यह सिद्ध करना चाहता हूँ कि विज्ञान ही सत्य है। धर्म, मज़हब सब हमें आगे बढ़ने से रोकने के लिए बनाए गए हैं। इसलिए किताब लिखने से पहले प्रमेय की तरह मैंने परिकल्पना, इसकी रूपरेखा निर्धारित कर ली थी।

परिकल्पना

परिकल्पना कुछ ऐसी है कि सनातन धर्म के अनुसार तीन तरह की सभ्यताएँ बताई गई हैं। मानव योनि, राक्षस योनि और देव योनि। सनातन धर्म, कर्म के आधार पर सभ्यता में विभाजन करता है तो विज्ञान इन सभ्यताओं को ऊर्जा के आधार पर। अगर वैज्ञानिकों की मानें तो ब्रह्मांड में तीन तरह की सभ्यताएँ हो सकती हैं। आइये मिलाता हूँ आपको वैज्ञानिक आधार पर विभाजित तीनों तरह की सभ्यताओं से, फिर आप निर्धारित कीजियेगा क्या सही है और क्या गलत? मैं किसी निर्णय पर पहुँचने की क्षमता नहीं रखता। शायद आप रखते हों।

टाइप–1 सभ्यता

टाइप–1 सभ्यता, वह सभ्यता होती है जो अपने ग्रह की शत–प्रतिशत ऊर्जा का प्रयोग करती है। पृथ्वी अभी तक पूरी तरह से टाइप–1 सभ्यता भी नहीं बन पाई है। यानी अभी तक यहाँ के प्राणी अपने ग्रह की सौ प्रतिशत ऊर्जा का उपभोग नहीं कर पा रहे हैं। इक्कीसवीं सदी में पहुँचने के बावजूद यहाँ के लोग अभी भी ईश्वर और विज्ञान की लड़ाई लड़ रहे हैं। यहाँ के लोग इस बात पर कोई सम्मति नहीं बना पाए हैं कि क्या सही है और क्या गलत? इस ग्रह में कई धर्म बन गए हैं जो अपने आपको बेहतर बनाने की लड़ाई लड़ते हैं और एक–दूसरे को मरने–मारने पर तुले हुए हैं। दूसरी तरफ़ विज्ञान का भी उदय हो गया है। विज्ञान ने पंख फैलाने शुरू कर दिए हैं। लोग एक देश से दूसरे देश हवाई जहाज़ से जाने लगे हैं। हर हाथ में मोबाइल फ़ोन आ गया है और इन्टरनेट से जुड़ने की वजह से हर जगह की खबर पलक झपकते ही मिलने लगी है। रक्षा के लिए ड्रोन और परमाणु

बम का इस्तेमाल होने लगा है। रोबोट के मामले में अभी शुरुआत ही है, अलेक्सा जैसी आर्टिफ़ीशियल इंटेलिजेंस लोगों के घरों में लगना शुरू हो गई हैं। यहाँ पर जीवन अभी औसतन अस्सी बरस का है।

वैज्ञानिक अनेक बड़ी-बड़ी थ्योरी समझने लगे हैं। लेकिन अभी तक सिर्फ़ चंद्रयान या फिर मंगलयान जैसे सफल परीक्षण ही हुए हैं। अपने सौरमंडल से बाहर सिर्फ़ एक ही सेटेलाईट भेजी गई है। वह भी प्रकाश की रफ़्तार के पाँचवें हिस्से की रफ़्तार से। अभी हमारे देश की हालत यह थी कि हाल ही में भारत ने चन्द्रमा पर चंद्रयान भेजा था जो लड़खड़ाकर गिर गया था। अभी इस ग्रह के लोगों को कोई सुराग नहीं मिला है कि इस सौरमंडल के बाहर भी कोई जीवन है या नहीं? इस सौरमंडल से बाहर कैसे निकलना है? इस आकाश गंगा के अन्य सौरमंडल में जाकर जीवन कैसे तलाशना है? अभी ये सब कहने की बातें हैं।

टाइप-2 सभ्यता

दूसरी तरफ़ एक सभ्यता धर्म और मज़हब की बातों से आगे निकल चुकी है। उसने विज्ञान को ही दुनिया और ईश्वर मान लिया है। खाने-पीने से लेकर साँस लेने तक हर जगह विज्ञान का प्रयोग होने लगा है। अगर वैज्ञानिक रूप से देखें तो 'टाइप-2 सभ्यता' वह सभ्यता होती है जो अपने सौरमंडल की पूरी ऊर्जा का उपयोग करने लगती है। इस सभ्यता ने अपने ग्रह का मौसम मेन्टेन रखना कुछ हद तक सीख लिया है। अगर कोई बड़ी प्राकृतिक आपदा जैसे, ब्लैकहोल का निगल लेना या फिर उनके तारे का अस्त हो जाना जैसी घटनाएँ न हों तो उन्होंने आराम से अपने ग्रह पर कब बारिश करानी है और कब धूप निकलनी चाहिए, इस पर नियंत्रण करना सीख लिया है। ये लोग अपने शरीर को लम्बे समय तक जीवित रखने के काबिल हो गए हैं। इस लिहाज़ से इनका जीवन पाँच सौ से छह सौ पृथ्वी वर्ष होने लगा है। इन लोगों के घरों का अधिकतर काम रोबोट्स करने लगे हैं। इन्होंने टेलीपोर्टेशन का ज्ञान भी अर्जित कर लिया है। लेकिन सिर्फ़ सौ मीटर तक। इन्होंने विज्ञान का भरपूर उपयोग करना शुरू कर दिया है। अधिकतर काम मशीन के माध्यम से किए जाने लगे हैं। ये प्रकाश की रफ़्तार के लगभग बराबर हवाई यात्राएँ करने लगे हैं। ये लोग कई सौरमंडल में ऐसे ग्रह तलाशते हैं, जहाँ पर जीवन की संभावना बन जाए। चूँकि ये लोग अपने ग्रह के आस-पास वातावरण को नियंत्रित

करने का हुनर रखते हैं, इसलिए कोई भी ऐसा ग्रह जो हैबिटेबल ज़ोन* में है और वहाँ पर जीवन की उम्मीद है। वे लोग उसे अपने हिसाब से ढालकर अपना घर बना लेते हैं। जिस ग्रह में उन्हें नए प्राणी दिखाई पड़ते या नया जीवन दिखाई पड़ता, वहाँ पर वे धर्म और ईश्वर की आस्था का पाठ पढ़ाना शुरू कर देते हैं। जिससे उन्हें लगता है कि ये लोग विज्ञान की ओर अधिक न बढ़ पाएँ और किसी व्यक्ति को इतना सर्वशक्तिमान मान लें कि जीवन में उससे आगे निकलने के बारे में सोच ही नहीं पाएँ और उसी ग्रह में सिकुड़कर रह जाएँ। इन लोगों ने ईश्वर और धर्म को बिलकुल नकार दिया है। इनके यहाँ पर किसी देश की सम्पन्नता और वर्चस्व इस बात से निर्धारित किए जाते हैं कि किसी राष्ट्र ने कितने हैबिटेबल ज़ोन के ग्रह ढूँढकर उन पर अपना अधिकार कर लिया है। पृथ्वी में जिस तरह धन की प्रतिस्पर्धा चल रही है, ठीक उसी तरह इस ग्रह में हैबिटेबल ज़ोन के ग्रह ढूँढने की प्रतिस्पर्धा चल रही थी। इनके लिए विज्ञान ही धर्म और ईश्वर है।

टाइप–3 सभ्यता

टाइप–3 सभ्यता वह सभ्यता होती है जो अपनी आकाश गंगा की लगभग संपूर्ण ऊर्जा का उपयोग करती है। ये लोग पूरे ब्रह्मांड को कई बार नाप चुके होते हैं। इनके लिए ब्रह्मांड एक घर की तरह होता है। इन्हें सारी जानकारी होती है, कहाँ पर क्या चल रहा है। ये लोग गायब हो सकते हैं, ब्लैकहोल में प्रवेश कर दूसरे ब्रह्मांड में घूम सकते हैं। किसी भी ग्रह का ठीक–ठीक अनुमान लगाकर उसे हैबिटेबल ज़ोन में ला सकते हैं। जीवन की शुरुआत करने की परिस्थिति पैदा कर सकते हैं। यानी सृष्टि के निर्माणकर्ता भी बन सकते हैं। किसी भी ग्रह को तुरंत तहस–नहस कर सकते हैं। यानी सृष्टि का विनाश भी कर सकते हैं। ये आपातकाल में किसी भी ग्रह को बचा भी सकते हैं। यानी ये पालनहार भी हैं। ये लोग अजर–अमर हैं। जब तक खुद नहीं चाहेंगे तब तक कोई इनको मार नहीं सकता है। ये लोग जैसा चाहें वैसा आकार ले सकते हैं। जो रूप चाहें बना सकते हैं। जिस ग्रह में चाहें रह सकते हैं। इन्होंने विज्ञान और अध्यात्म के क्षेत्र में इतनी प्रगति कर ली है कि सब इनकी मुट्ठी में हो गया था। ये चाहें तो पूरे ब्रह्मांड में अपना कब्ज़ा कर सकते थे, किसी अन्य जीवन को पनपने

---

*हैबिटेबल ज़ोन वह होता है, जहाँ पर पानी तरल अवस्था में पाया जाता है और जीवन के लिए ठीक वैसी ही परिस्थितियाँ होती हैं जैसी धरती पर हैं। यानी साँस लेने के लिए हवा, पीने के लिए पानी, आग और खाने के लिए भोजन और वातावरण ऐसा जहाँ पर इंसान या कोई जीव रह सके।

नहीं दे सकते थे। परन्तु ये इस सोच से आगे बढ़ चुके हैं। वे पृथ्वी से चार सौ लाख प्रकाश वर्ष दूर एक ऐसी आकाश गंगा में शान्तिपूर्वक रहते हैं, जिसके बारे में कोई नहीं जानता है। ये अपनी आकाश गंगा को हमेशा गायब रखते हैं। जिसे वैज्ञानिक 'डार्क मैटर' के नाम से जानते हैं। सभी चीज़ों से ऊपर उठ चुके हैं, परन्तु एक चीज़ की लालसा अभी भी इनके अन्दर बाक़ी थी, वह है प्रेम। ये लोग अभी भी प्रेम के बंधन से मुक्त नहीं हो पाए हैं। सभी लोगों के बीच जीवन जीने का एक ही रस बाकी रह गया था वह है प्रेम। लोग एक-दूसरे से प्रेम करते हैं। ज्ञान प्रेम और सम्पन्नता को बढ़ावा देता है और अज्ञान, ईर्ष्या, द्वेष और प्रतिस्पर्धा को। इन लोगों ने लगभग सारी दुनिया देख ली है। ये लोग सबसे शान्त, एकांत में रहते हैं। वे हमेशा जवान ही दिखते हैं। भोजन के लिए भी इन्हें कोई मेहनत नहीं करनी पड़ती है, सब आसानी से ऊर्जा को तब्दील करके अपने शरीर के लिए आवश्यक ऊर्जा प्राप्त कर लेते हैं। ये लोग अन्य सभ्यताओं का शासन, पालन और विनाश करते हैं। इनके कहे अनुसार पहली और दूसरी तरह की सभ्यताएँ चलती हैं।

~

जैसे मैंने पहले बताया कि मैं विज्ञान विषय से पढ़ाई कर रहा था, इसलिए मेरे मन में ईश्वर को लेकर संशय बढ़ता जा रहा था। नरक और स्वर्ग की परिभाषा मुझे कम समझ आती थी। वह समय भी ऐसा था जब धार्मिक उन्माद हर तरफ़ से बढ़ गया था। कभी कोई नेता कहता, "फलाने धर्म वालों को 15 दिन में गोली मार देंगे।" दूसरी तरफ़ यह नारा गली-गली में चलने लगा था, 'हिन्दू-मुस्लिम भाई-भाई! पर मन्दिर वहीं बनाएँगे।' एक तरफ़ गाय की महत्ता देवी से बड़ी हो गई थी तो दूसरी तरफ़ लोग इसलिए बीफ़ खाने लगे थे ताकि बता सकें कि वे उनकी बात नहीं मानेंगे। कुछ लोगों के लिए इंसान से बड़ी गाय हो गई थी और कुछ लोगों के लिए राष्ट्र से बड़ा मज़हब हो गया था। हर तरफ़ धार्मिक कट्टरता बढ़ने लगी थी। कोई लाउडस्पीकर लगाकर अल्लाह को पुकारता और कोई माता का जगराता सुनाकर भक्ति में डूबता। इबादत और भक्ति बढ़ती जा रही थी और इंसानियत घटती जा रही थी। हर कोई अपने ईश्वर को बड़ा दिखाने के चक्कर में दूसरे इंसान को नीचा दिखाने में लगा था। इन बातों से भी मेरे मन में शंका बढ़ती जा रही थी। आख़िर क्या सही है और क्या गलत है? हर कोई अपने प्रोडक्ट को लेकर इतने कॉन्फ़िडेंस में था कि ईश्वर के साथ उसकी कल ही मीटिंग हुई

हो। मैं उनका आत्मविश्वास देखकर असमंजस में पड़ जाता। लेकिन जैसा कि मुझे बचपन से सिखाया गया था, मैं ईश्वर की मूर्ति के सामने हाथ जोड़ना नहीं भूलता। पर विश्वास दिन-प्रतिदिन कम होता जा रहा था। मुझे यह प्रश्न ईश्वर के सामने हाथ जोड़ने पर विवश करता था कि इतनी बड़ी दुनिया ऐसे तो नहीं बन गई होगी। कोई-न-कोई तो होगा ही जिसने इसे बनाया होगा, भले ही वह यहाँ के पूजे जाने वाले ईश्वर की तरह न हों। यहीं से मैंने किताब लिखने के बारे में सोचना शुरू किया था। पर किताब लिखना कैसे प्रारंभ करूँ, कथावस्तु क्या रखूँ। किताब लिखने के बारे में सोचना तो आसान काम है पर उसका लिखना प्रारंभ करना बड़ा मुश्किल। कई महीने इसी विचार में लगे। कभी साइंस फ़िक्शन के वीडियो देखता, कभी फ़िल्में देखता, कभी किताबें पढ़ता, पर कुछ समझ नहीं आ रहा था। कहते हैं कि अगर आपने ठान लिया है तो वह काम होकर ही रहता है। एक रात मुझे तब की बात याद आई, जब मैं कक्षा छह में पढ़ता था।

सूर्यांश आख़िर यही तो नाम दिया था मेरे पिताजी ने मुझे। देते भी क्यों ना। उनकी सुबह ही धरती माता के पैर छूने और 'कराग्रे वस्ते लक्ष्मी' मंत्र से होती थी। वह अपने हर वाक्य में भगवान का नाम ज़रूर लेने की कोशिश करते। वे इस बात पर पूरी तरह से भरोसा करते थे, 'जिस गाने में राम का नाम न हो, उस गाने को गाना न चाहिए।' अपने मोहल्ले के पुरोहित थे पंडित हृदय नारायण त्रिपाठी। राह चलते 'राम-राम' कहना और बात के बीच-बीच में नारायण कहना, उनकी आदत में ठीक वैसे ही शामिल हो गया था, जैसे बात के बीच में साँस लेना ज़रूरी होता है। उन्होंने बनारस हिन्दू विश्वविद्यालय से संस्कृत और कर्मकांड की पढ़ाई उस ज़माने में की थी, जब सिर्फ़ ब्राह्मण कुल में जन्म ले लेने मात्र से पंडिताई की डिग्री मिल जाती थी। ठीक उसी तरह मेरी ज़िन्दगी भी बनी जा रही थी। मेरी आदत हो गई थी—खेलने या परीक्षा देने से पहले आँख बंद करके ईश्वर को याद करना, स्कूल जाने से पहले परमेश्वर के सामने हाथ जोड़कर खड़े हो जाना। और सबसे बड़ी बात यह थी कि मेरा मन कुछ इस तरह से प्रोग्राम किया जा रहा था कि जिस दिन मैं यह करना भूल जाता तो मुझे एहसास होता जैसे मैंने दुनिया का सबसे बड़ा पाप कर दिया हो। मुझे नरक में ही जगह मिलेगी। मेरी माँ तो सुबह चार और शाम को छह बजे, बिना सर्दी-गर्मी देखे नहाकर दो घंटे पूजा-पाठ करती थी। करती क्या थी ? अभी भी करती हैं। फिर कहीं जाकर खाने-पीने में ध्यान लगाती थी। जब भी माँ या फिर मेरे परिवार का कोई सदस्य किसी चर्चा में शामिल होता तो इस बात को बताकर बड़ा गौरवान्वित महसूस करता था कि पंडिताइन सुबह चार बजे जग

जाती हैं और दो घंटे पूजा करने के बाद ही साँस लेती हैं। साथ-ही-साथ वह शाम को चार बजे बैठकर अपने आस-पास लोगों को कथा-कहानी सुनाया करतीं। शाम को वह फिर से दो घंटे की पूजा करती थीं। अगर यह सब सिर्फ़ अपने व्यवसाय की नज़र से करती थीं तो भी ठीक था। यह उनके लिए सिर्फ़ आस्था का विषय ही नहीं था, बल्कि उनके सम्मान से भी जुड़ गया था। सिर्फ़ सम्मान ही नहीं बल्कि भक्ति के माध्यम से उन्हें स्वर्गलोक जाने का रास्ता दिख रहा था। जो व्यक्ति पूजा-पाठ नहीं करता था, उसके बारे में तुरंत उनके मन में एक राय बन जाती थी कि इसका कुछ होना-हवाना नहीं है, इसे तो नरक ही नसीब होगा। उनका मानना था कि भगवान ने हमें भक्ति और पूजा करने के लिए ही ज़िन्दगी दी है और जो ऐसा नहीं करता वह अपना जीवन ऐसे ही व्यर्थ किये जा रहा है तथा पृथ्वी पर उपलब्ध सारा सुख देखने के लिए जीवन व्यर्थ किए जा रहा है। उन्होंने मुझे अधिकतर श्लोक भी याद करा दिए थे। मुझे पूजा-पाठ के मंत्र भी याद हो गए थे। भले ही मेरा मन क्रिकेट खेलने जाने के लिए हो पर मेरे मन को ऐसा प्रोग्राम कर दिया गया था कि मैं रोज़ सुबह आरती करता और हनुमान चालीसा पढ़कर ही निकलता था। जब भी मैं पूजा करता था, तो मेरी माँ और पिता जी को लगता कि उनका बेटा बहुत संस्कारी है। मानो श्री राम ने ही कलयुग में जन्म लिया है और जिस दिन भी पूजा-पाठ करना भूल जाता तो मुझे यह एहसास कराने से नहीं चूकते थे कि मैं ही इस कलियुग का रावण हूँ, जिसे ईश्वर से प्रेम नहीं हो सकता, उसका जीवन व्यर्थ है। बचपन में तो मैं हर बात मान लेता था पर धीरे-धीरे मेरे मन में प्रश्न उठने लगे थे। मैं शहर के एक नामी कॉन्वेंट स्कूल में पढ़ता था। इसलिए मेरा मन तर्क करने लगा था। पर हावी अभी भी अपने घर की सोच ही थी।

मुझे याद आया, एक बार मैं अपनी माँ के साथ गर्मियों की रात में छत पर सोने के लिए आया था। यही करीब कोई दस बज रहे होंगे। माँ बैठकर सोने से पहले माला जप रही थीं। मेरे मन में कई प्रश्न उठ रहे थे। मैंने पिछले दिनों 'कर्ण' नाटक देखा था, जिसमें यह दिखाया गया था कि कर्ण का जन्म सूर्य के आशीर्वाद से हुआ था। उसके बाद कल रात ही मेरी माँ ने कर्ण और कुंती की कहानी सभी को सुनाई थी। बार-बार मेरे मन में यह प्रश्न आ रहा था। मैंने लेटे-लेटे ही अपनी माँ से प्रश्न किया था, ''माँ ये बताइए कुंती के पुत्र कर्ण का जन्म आशीर्वाद से कैसे हुआ?''

''मतलब?'' मेरी माँ जो छत पर चाँदनी रात में माला लिए राम-राम जप रही थीं, इस प्रश्न से अचंभित रह गईं।

"आपने ही तो कल कहानी में सुनाया था कि कुंती ने अपने पुत्र को समाज के डर से नदी में बहा दिया था। यह पुत्र उनके लिए अभिशाप के समान हुआ। जब सूर्य भगवान थे और वह कुंती की भक्ति से प्रसन्न हुए थे तो उन्होने शाप क्यों दिया था?"

प्रश्न तो लाजवाब था। माँ कुछ देर के लिए सन्न रह गयीं। हाथ में ली माला एकदम से रुक गई। मानो राम का नाम गले में ही अटक गया हो। फिर खुद को सँभालते हुए बोलीं, "सब ईश्वर की लीला होती है। ईश्वर इस दुनिया में लीला ही तो कर रहे हैं। ईश्वर के बारे में ऐसे नहीं कहते, वरना नरक में जगह मिलती है।"

नरक में जगह मिलेगी, यह डर ही कई उठते प्रश्नों को दबा देता है। लेकिन मेरे मन में कुछ ऐसी ऊर्जा थी कि घर का माहौल इतना भक्तिमय होने के बावजूद मेरा दिमाग हर उस तरह के विचार की तरफ़ जो धर्म के लिहाज़ से पाप समझा जाता था, आकर्षित होता था। अब मेरे मन में अगला प्रश्न आया, "माँ, ईश्वर हम कमज़ोर लोगों के साथ बच्चों की तरह लीला क्यों करते हैं? उनके पास कोई और काम-धंधा नहीं है?" जैसे ही मेरे मन में यह प्रश्न आया, मैंने खुद को रोक लिया। मुझे पता था कि अगर मैंने ऐसा सोचा भी तो ईश्वर मेरा अनिष्ट कर देंगे। भगवान के लिए इतना बुरा नहीं सोचना चाहिए, वरना नरक में जगह मिलती है।

मैंने तुरंत अपना ध्यान दूसरी तरफ़ लगा लिया। मैं लेटे-लेटे अँधेरी रात में टिमटिमाते तारे ताकने लगा। आँखें तारे गिनने में लग गईं। मुझे याद आया कि किसी दोस्त ने कहा था कि आज तक कोई आसमान के सारे तारे नहीं गिन पाया है। फिर दूसरा दोस्त बोला था कि आसमान में उतने ही तारे हैं, जितने सूर्यांश के सर पर बाल। तीसरे ने कहा कि सूर्यांश को गंजा कर दो और उसके सर के बाल गिन लो, वही तारों की संख्या हो जाएगी। हम लोग एक नया आविष्कार कर लेंगे। सब लोग ठहाका मारकर हँस पड़े।

उन तारों को देखते हुए मेरे मन में एक ख़याल चल रहा था कि एक दिन ज़रूर आएगा जब मैं इन सभी तारों को गिन लूँगा और मेरा नाम *द गिनीज़ बुक ऑफ़ वर्ल्ड रिकॉर्ड* में लिखा जाएगा। मुझे ऐसा लग रहा था जैसे मेरा जन्म किसी मक़सद से हुआ है। मैं ठीक शक्तिमान की तरह इस पृथ्वी को राक्षसों और शैतानों से बचाऊँगा। लगभग हर किसी को अपने बचपन में ऐसा महसूस होता ही है। मैं इस भावना को महसूस ही कर रहा था कि तभी एक टूटा तारा जाता हुआ दिखाई दिया। सबसे पहले अपनी माँ की बतायी गई बात दिमाग में आई। वह टूटा हुआ तारा किसी की मृत्यु पर उसकी टूटी हुई आत्मा होती है। उससे आँख बंद करके जो माँगो मिल

जाता है। मैंने तुरंत आँखें बंद कर लीं, ''हे टूटे हुए तारे, मुझे ईश्वर से मिलवा दो।'' मैंने तीन बार कहा। फिर मैंने आँखें खोल दीं। सोचने लगा कि आख़िर यह आत्मा जाती किधर है? मतलब हर आत्मा के नाम से एक तारा है? यानी मेरे नाम पर भी एक तारा होगा? जब मेरी मृत्यु होगी तो भी एक तारा जो मेरे नाम पर होगा, वह टूट कर ऐसे ही जाएगा? मेरा मन असल में विज्ञान और धर्म के बीच सैंडविच बन गया था। अब ख़याल आने लगा कि जब मैं बड़ा हो जाऊँगा तो इस बात का पता लगा लूँगा कि यह टूटा हुआ तारा आख़िर जाता किधर है? भगवान् आएँगे और यह बता जायेंगे कि मेरा जन्म इसीलिए हुआ कि धरतीवासियों को नए-नए ज्ञान दूँ। वैज्ञानिकों ने सिद्ध किया है कि प्रकाश की गति ब्रह्मांड की सबसे तेज़ रफ़्तार है, उसे भी मैं गलत सिद्ध कर दूँगा और मुझे 'नोबेल प्राइज़ ऑफ़ यूनिवर्स' दिया जाएगा। उस दिन मेरे मम्मी-पापा कितना खुश होंगे। है ना? दुनिया के सबसे खुशनसीब मम्मी-पापा। मैं सोच ही रहा था कि तभी ख़याल आया कि भगवान मुझे दर्शन देंगे। उन्होंने कुंती को दर्शन दिया था, अब मुझे देंगे। मैं इस बार उनसे कुंती की तरह फ़ालतू-सा वरदान नहीं माँगूँगा। मैं माँगूँगा कि मेरे पास इतनी शक्ति आ जाए कि मैं गायब हो जाऊँ। मैं प्रकाश से भी तेज़ रफ़्तार से चलने लगूँ। मुझे कोई मार न पाए। मैं अमर हो जाऊँ। मैं कभी इस ग्रह में सुबह बिताऊँ और दोपहर का लंच उससे कई लाख प्रकाश वर्ष दूर दूसरे ग्रह में करूँ, रात्रि की नींद ऐसे ग्रह में लूँ, जहाँ एक नहीं सात चन्द्रमा हों। रात में ठंडक के साथ शीतल रौशनी भी हो, जहाँ मैं दिन भर की थकान मिटा सकूँ। मैं भगवान् ही बन जाऊँ तो कितना अच्छा हो। मैं धरतीवासियों को सही से जीना सिखा दूँ। अत्याचार रोक दूँ और सबसे पहले धर्म के बारे में फैली गलतफ़हमियों को दूर कर दूँ। सोचते-सोचते मैं सो गया।

अगले दिन सुबह जब मैं जागा तो मुझे बहुत बुरा महसूस हो रहा था। मैं किसी से कुछ कह नहीं सकता था। मैंने इतना बुरा सपना कैसे देख लिया? मैं रग-रग में खुद को दोषी और पापी समझ रहा था। मैं इस बात को भाँप गया था कि मैंने बहुत बुरा सपना देख लिया है। रही-सही कसर मेरी माँ ने पूरी कर दी थी। आज इसी चक्कर में मैं पूजा करना भूल गया था और मेरी माँ ने पकड़ लिया था कि मैं पूजा किए बगैर ही घर से निकल गया था। उन्होंने मुझे ख़ूब फटकार लगाई, ''पापी है, भगवान को नहीं मानता है। जो भगवान को नहीं मानता, उसका जीवन नरक है। राक्षस और इसमें कोई फ़र्क थोड़ी होता है। राक्षस भी भगवान को नहीं मानता। हमारे कर्म के दोष हैं जो भगवान ने ऐसा लड़का हमें दिया है।''

मुझे यह महसूस होने लगा था जैसे इस जन्म का रावण मैं ही हूँ। एक तो मैं

पूजा-पाठ में मन नहीं लगाता और दूसरा मैं इतने बुरे सपने देखता हूँ। हाँ सपने से याद आया कि आपको इस बात की जड़ बताई ही नहीं। मैंने देखा था कि आज से लगभग चार हज़ार वर्ष पूर्व दूसरे ग्रह से परजीवी धरती पर आया था। उसने अपने यान को राजा भोज के राज्य में उतारा था। चाँद की रौशनी में राजमहल की खिड़की से झाँकती सफ़ेद वस्त्र पहने कुंती को जब उसने देखा था तो वह उस पर मोहित हो गया। वह उसके आगे-पीछे चक्कर लगाने लगा। उसे मनाने लगा और उसे यह विश्वास दिलाने में कामयाब हो गया कि वह भगवान है। वह स्वर्गलोक से आया है और फिर दोनों में सम्भोग हुआ। और जब उसे पता चला कि कुंती गर्भवती है तो पुत्र को कवच और कुंडल देकर निकल गया।

यह सपना मेरे मन की फाँस बन गया था। मैंने ईश्वर के बारे में इतना गलत सोच लिया था, मेरा पूजा-पाठ में मन नहीं लगता और मेरी माँ ने भी कह दिया था कि मैं राक्षस हूँ। जो लड़का रात में खुद को ईश्वर समझ रहा था और खुद को दुनिया का रक्षक समझ रहा था। अब सुबह उसे रग-रग में महसूस हो रहा था कि पिछले जन्म का रावण वही है। आख़िर वह भी ब्राह्मण था, ज्ञानी था पर वह ईश्वर को नहीं मानता था और ईश्वर की पत्नी को हर कर ले आया था। मैं भी ब्राह्मण था, ईश्वर को उतना नहीं मानता था और मैंने भी ईश्वर के बारे में इतना बुरा सोच डाला था। मैं खुद को पापी समझते हुए सो गया था।

अमावस की काली रात में घने जंगल के बीचोबीच मैं भाग रहा हूँ। चार घुड़सवार मेरा पीछा कर रहे हैं, मैं नंगे पैर भाग रहा हूँ। पैर में काँटे चुभ गए हैं। पर दर्द की परवाह किए बिना सिर्फ़ भाग रहा हूँ। भागता चला जा रहा हूँ। हाँफ़ते हुए एक जगह पर मैं गिर गया था। जब मेरी आँख खुली तो देखा, एक कारागार में बंद, लेटा हुआ हूँ। चारों तरफ़ कुछ सैनिक हैं। हाथ में भाला लिए। मैं अकेला उस कारागार में बंदी हूँ। जब मैं उठा तो मैंने पाया कि मैं एक गहरे भूरे रंग के ताबूत में लेटा हुआ हूँ, मेरे मस्तिष्क में कोई यन्त्र लगा हुआ था। मैंने आँख मलते हुए उठकर रोशनदान से आ रही रौशनी की तरफ़ नज़रें घुमाईं। रौशनी की वजह से मैं आँख नहीं खोल पा रहा था। हाथ से आँख को ढँकते हुए उठकर दूसरी तरफ़ जा खड़ा हुआ। तभी पादुकाओं की खटखट की आवाज़ आती सुनाई देती है और देखता हूँ कि सभी सैनिक एकदम से चौकन्ने हो जाते हैं। वह फिर से आ गया? मेरा मन सोचने लगा। उसकी पादुकाओं की खटखट की आवाज़ तेज़ होती जा रही थी। आख़िर मुकुट पहने हुए वह जल्लाद आ ही गया।

"तुम आत्महत्या क्यों करना चाहते थे?" बड़ी-बड़ी मूँछों वाले जल्लाद ने भारी आवाज़ में मुझसे पूछा।

"मैं ऊब गया हूँ इस जीवन से। मैंने दुनिया के सारे रस देख लिए हैं। मेरे लिए यह जीवन उबाऊ हो गया है। रोज़ वही काम। अब इस नीरस जीवन से मुझे विदा लेनी है। मैं जानता हूँ कि मुझे जो करना था मैंने कर दिया है। अब मुझे यहाँ से इजाज़त चाहिए।"

"तुम्हें पता है कि इस लोक में कोई भी आत्महत्या नहीं कर सकता। हम खुशहाल समाज के वासी हैं। तुम्हें इसकी सज़ा मिलेगी। जाओ इसे नरक में धकेल दो," जैसे ही उसने कहा, मेरी नींद खुल गई। मैं माँ से चिपक गया। मैं बहुत डर गया था, हाथ काँप रहे थे। रोंगटे खड़े हो गए थे, दाँत किटकिटा रहे थे। मेरी माँ की नींद खुल गई। "क्या हुआ बच्चा?"

"मम्मी, वे मुझे नरक में डाल देंगे," मैं उनसे और चिपका जा रहा था।

"डरो मत बेटा।" माँ ने मुझे अपने सीने से लिपटा लिया। "मैं साथ हूँ ना। ईश्वर साथ हैं। हनुमान चालीसा पढ़ो। उनको सुनते ही भूत-प्रेत सब भाग जायेंगे।"

मैं काँपते हुए पढ़ने लगा, "भूत पिशाच निकट नहीं आवे, महावीर जब नाम सुनावे..."

उस हनुमान चालीसा में इतना दम था कि पढ़ते-पढ़ते मुझे नींद आ गई।

~

मेरे मन में विचार आया, 'कहीं दूसरे ग्रह से आए प्राणियों को ही हम देवता तो नहीं मानने लगे हैं। शायद उन्हीं लोगों ने हमें धर्म के जाल में इसलिए फँसा दिया हो ताकि हम कभी इस जंजाल से बाहर न निकल पाएँ और किन्हीं ऐसे प्राणियों को ईश्वर मानने पर विवश हो जाएँ जो दूसरे ग्रह पर रहते हों। फिर हम कभी अपने ग्रह से बाहर निकलने के बारे में सोच ही न पाएँ।' बात भी सही थी कि जब हम किसी को सर्वशक्तिमान मान लेते हैं और सब कुछ उस पर ही छोड़ देते हैं तब विचार करना बंद कर देते हैं। शायद उनका इरादा हमें कूपमंडूक बनाने का रहा हो। यहीं से मुझे विचार आया कि क्यों ना वहाँ से कहानी की शुरुआत की जाए,जब परग्रही धरती पर आए थे। अगर कुछ वैज्ञानिक थ्योरियों की मानें तो वे परग्रही आर्यों के काल में आए थे और यहाँ पर मन्दिर निर्माण वगैरह का ज्ञान देकर गए थे। फिर वे मध्यकाल में आए थे। मैंने कहानी की शुरुआत मध्यकाल से करना सही समझा, जब वे दोबारा धरती पर जीवन देखने आए थे कि उनके सिखाए प्राणी आज क्या कर रहे हैं।

तारकेय

कुछ सौ वर्ष पूर्व, पृथ्वी ग्रह

सौ हाथियों के वज़न के बराबर और लगभग दस बीघा ज़मीन के बराबर बड़ा यान आकर पृथ्वी ग्रह के इर्द-गिर्द रुक गया था। वह उपग्रह की भाँति धरती का चक्कर लगाने लगा। इस यान को एक रोबोट चला रहा था, जो खुद को आर्टिफ़ीशियल इंटेलिजेंस द्वारा संचालित करता था। रोबोट हमेशा विपरीत लिंगी भेजा जाता था। वह यान का संचालन करता था और उस यान की स्लीपिंग चेयर पर सो रहे दूत की देख-रेख और हिफ़ाज़त करता। आवश्यकता पड़ने पर वह शत्रुओं से लड़ता भी था। इस यान के रोबोट को एक महिला के रूप में बनाया गया था। यानी इसमें सो रहा इंसान पुरुष था। जब सिवाका नामक उस रोबोट ने सुनिश्चित कर लिया कि इस ग्रह में जीवन है तो वह इस यान के दूत के पास जा पहुँचा। उसने स्लीपिंग चेयर से उस दूत, जिसका नाम तारकेय था, को जगाया। वे लोग अपने ग्रह से पृथ्वी की यात्रा पर इसलिए निकले थे, क्योंकि उनकी थ्योरी के हिसाब से यह ग्रह हैबिटेबल ज़ोन में दिखाई पड़ रहा था। और जब यहाँ पर आकर रोबोट ने देखा तो उसने पाया कि यहाँ पर जीवन है।

"क्या हम एनएच-62 पर पहुँच गए?" शायद उनके वैज्ञानिकों ने धरती का नाम एनएच-62 रखा होगा। जैसे धरतीवासियों ने भविष्य में उनके ग्रह को 2015 में तलाशा था और उसे 'केप्लेर 452बी' नाम दिया था।

"हाँ तारकेय, हम पहुँच चुके हैं। यहाँ पर जीवन भी है," सिवाका ने अपनी बात बताई।

अंगड़ाई लेते हुए स्लीपिंग चेयर से बाहर निकलने के बाद तारकेय, जो टाइप टू सभ्यता का दूत था, नहा-धोकर फ्रेश होकर बाहर आया। विज्ञान के अनुसार स्लीपिंग चेयर वह चेयर होती है, जिसमें अगर कोई लेट जाए और यान प्रकाश की रफ़्तार में चले तो व्यक्ति की उम्र नहीं बढ़ती। जिस वजह से उसे इस यात्रा में सोते हुए 1400 वर्ष तो हो गए थे। पर उसकी उम्र पच्चीस बरस ही थी।

वह सात फ़ीट लंबा व्यक्ति था। कान बड़े-बड़े। रंग बिलकुल सफ़ेद।

"यह ग्रह अपने ग्रह से छोटा और कम भारी है। और यहाँ की त्रिज्या भी हमारे यहाँ से कम है। जिस वजह से यहाँ का गुरुत्वाकर्षण अपने ग्रह का लगभग आधा है।" सिवाका रोबोट ने इस ग्रह पर उतरने से पहले स्क्रीन पर जाँच-पड़ताल करनी शुरू कर दी थी।

''मतलब यहाँ के लोगों के लिए मैं बिना तकनीकी के ही सर्वशक्तिमान लगूँगा। एक कदम में चार कदम जितना चल लूँगा,'' बड़े-बड़े कान वाले बिलकुल सफ़ेद रंग के एलियन तारकेय ने उत्साहित स्वर में कहा। वह उस ग्रह का इंसानी दूत था, जो हैबिटेबल ज़ोन के ग्रहों में जीवन की संभावना तलाश रहा था।

''हाँ, यहाँ के लोगों की औसतन लम्बाई साढ़े पाँच फ़ीट है। जो हमारे यहाँ की औसतन लम्बाई साढ़े सात फ़ीट से दो फ़ीट कम है।''

''मतलब यहाँ पर मैं बौना नहीं कहलाऊँगा,'' सात फ़ीट के तारकेय ने हँसते हुए कहा।

स्क्रीन पर देखते हुए सिवाका ने आगे जोड़ा, ''यहाँ पर नाइट्रोजन की मात्रा 78% है और ऑक्सीजन की मात्र 21%। यहाँ के लोग सिर्फ़ ऑक्सीजन ही साँस में लेते हैं। मतलब आप बिना नाइट्रोजन-ऑक्सीजन सिलिंडर के भी उतर सकते हैं।'' सिवाका ने तारकेय को बताया, जिससे वह इस ग्रह के वातावरण का अनुमान लगाकर नीचे उतरने के बारे में सोच सके। तारकेय जिस ग्रह से आया था वहाँ पर नाइट्रोजन और ऑक्सीजन का मिश्रण साँस के रूप में लिया जाता था। इस वजह से पृथ्वी पर बिलकुल उसके ग्रह जैसा ही जीवन था।

''यहाँ का टेम्परेचर भी हैबिटेबल ज़ोन के ग्रह की तरह है, जिससे मुझे भी कोई दिक्कत नहीं होगी,'' सिवाका ने ग्रह की पूरी एनालिसिस कर डाली थी।

''यहाँ पर हमारे ग्रह के मुकाबले बीस दिन कम का एक साल होता है। यानी हमारे ग्रह के मुकाबले एनएच-62 (पृथ्वी) 365 दिन में अपने तारे सूर्य की परिक्रमा कर लेता है, जबकि हमारा ग्रह 385 दिन में पूरा कर पाता है।''

वे अपने यान से निकलकर उड़नतश्तरी पर सवार हो चुके थे और पृथ्वी के जीवन के बारे में समझने की कोशिश कर रहे थे। सबसे पहले वे यह पता लगाना चाहते थे कि इस ग्रह का जीवन कितना पुराना हो चुका है और यहाँ के लोग मानसिक और वैज्ञानिक रूप से कितना विकसित हो चुके हैं। उड़नतश्तरी पृथ्वी का निरीक्षण कर रही थी। जिधर से वह उड़नतश्तरी गुज़रती धरती पर रौशनी छा जाती। इतना प्रकाश इससे पहले किसी ने नहीं देखा था। पशु-पक्षी इतना प्रकाश देखकर इधर-उधर भागने लगे।

''यहाँ की सभ्यता अभी नई-नई विकसित हुई है। अभी ये लोग जीने का ढंग अच्छी तरह से नहीं सीख पाए हैं। विज्ञान का अभी ढंग से उदय भी नहीं हुआ है।'' सिवाका ने उड़नतश्तरी को रोकते हुए कहा।

"तो फिर हम सिखा देते हैं।"

दोनों हँसने लगे।

दोनों ने देखा कि गंगा नदी के किनारे एक ऐसी आकृति बनी हुई है। जो ठीक उनकी उड़नतश्तरी की तरह है। तारकेय को शंका हुई कि कहीं यह उनके ग्रह पर किसी दूसरे एस्ट्रोनॉट की उड़नतश्तरी तो नहीं है। जैसे ही पास पहुँचे तो देखा कि यह ईंट-गारे का बना हुआ है। दोनों उसे देखने के लिए धीरे से नीचे उतर आए। जैसे ही नीचे उतरे उनके सामने थोड़ी दूर आश्रम से एक सफ़ेद दाढ़ीवाला व्यक्ति बाहर निकला और भागते हुए उनकी तरफ़ आने लगा। जितनी देर में वे सँभलते वह चरणों में लेट गया। उसके बदन पर सिर्फ़ एक धोती थी और एक धागा था, जनेऊ। "हे प्रभु आपने मुझ जैसे पापी को दर्शन दिए। मैं धन्य हुआ, मेरी इतनी मेहनत, पूजा-पाठ आज सब सार्थक हुए।"

चूँकि इनको पता था कि इस ग्रह के लोग अभी इतना विकसित नहीं हुए हैं कि उन दोनों का सामना कर सकें, इसलिए वह उसके चरणों पर गिरने से कतई भयभीत नहीं हुए।

सिवाका जो एक कदम पीछे खड़ी थी, ने तुरंत ही अपने स्कैनर से उस पृथ्वी ग्रही की मानसिक और शारीरिक जाँच-पड़ताल कर डाली। सिवाका ने तुरंत तारकेय को बताया, "आपको कुछ करना ही नहीं पड़ा। इसने स्वयं आपको परमेश्वर मान लिया। यह यहाँ के प्रकांड विद्वान ऋषि हैं। जो ईश्वर की आराधना में बारह बरस से जुटे थे।"

यह वह सभ्यता थी जिसने अभी विज्ञान के क्षेत्र में नगण्य प्रगति की थी। अभी भी एक जगह से दूसरी जगह जाने के लिए उसे घोड़े, हाथियों और बैलगाड़ियों का सहारा लेना पड़ता था। प्रकाश के लिए दीपक का प्रयोग होता था। वहाँ पर एकदम से आसमान से एक प्रकाश से चमचमाती उड़नतश्तरी, जो ठीक उनके मन्दिर की तरह हो, का उतरना किसी चमत्कार से कम नहीं था। इतना प्रकाश इससे पहले किसी ने नहीं देखा था। उनका मानना था कि यह चमत्कार तो सिर्फ़ भगवान ही कर सकते हैं। शायद यही कारण था कि ऋषि झंडेलाल बारह वर्ष से उसकी पूजा कर रहे थे। ऐसा चमत्कार देख, उन्हें अपना इष्ट देव ही मान बैठे। उस समय के हिसाब से देखा जाए तो यह स्वाभाविक भी था।

तुरंत तारकेय ने उस ऋषि को अपने दोनों हाथों से उठा लिया। हाथों से उठाने का तात्पर्य यह नहीं था कि वह उसकी भक्ति से प्रसन्न हो गए हों, बल्कि वह उनकी भाषा और आवृत्ति को समझना चाहता था। उसने पाया कि सामने जो

ईंट–गारे से बना स्थान है वह ऋषि की पूजा–अर्चना का स्थान यानी मन्दिर है। वह समझ गया था कि इससे पहले भी दूसरे ग्रह के लोग यहाँ आ चुके हैं और इनकी प्रगति की गति धीमी करने के लिए इन्हें धर्म और पूजा–पाठ का ज्ञान दे चुके हैं। इन्हें विज्ञान से दूर कर चुके हैं। आख़िर जब व्यक्ति अपने से बड़ा और सर्वोपरि किसी अन्य को मान लेता है तो वह स्वयं ईश्वर और ब्रह्मांड को जानने का प्रयास ही नहीं करता है। वह सब कुछ उस ईश्वर के भरोसे छोड़ देता है, जो सिर्फ़ उसकी कल्पना है। वह समझ गया था कि इनकी मन:स्थिति ने अब इन सब बातों को दृढ़ता से स्वीकार कर लिया है, जिसे अब हिला पाना मुश्किल है।

वह उनकी मानसिक स्थिति में बिना बदलाव किए उनके ही स्वर में बात करना चाहता था। अब तक तारकेय ऋषि झंडेलाल की भाषा भी समझ चुका था। "हे ऋषि झंडेलाल। हम आपकी आराधना से प्रसन्न हुए। क्या वरदान चाहिए?"

ऋषि की आँखों में आँसू भर आए। वह स्वयं को दुनिया का सबसे भाग्यशाली व्यक्ति समझ रहे थे। इससे पहले कि वह कुछ माँगते पीछे से दो महिलाएँ एवं चार पुरुष भागते हुए आ गए। "गुरुदेव आप कहाँ चले आए थे। हम परेशान हुए जा रहे थे।"

उन्हें देखते ही तारकेय समझ गया कि ये सब इनके शिष्य हैं। चारों पुरुष और दोनों स्त्रियाँ पंक्तिबद्ध हाथ जोड़कर वैसे ही खड़े हो गए। चारों पुरुष ठीक वही वस्त्र पहने थे जो ऋषि ने पहने थे और साढ़े पाँच फ़ीट लम्बी सोलह बरस की यौवना, राजसी कपड़े पहने अति सुन्दर लग रही थी। तुरंत ही तारकेय की आँखें उसके गुलाबी गालों पर जाकर ठहर गईं। उसकी बड़ी आँखें तारकेय को देखते ही झुक गईं। उसके बगल में एक स्त्री खड़ी थी जो लगभग तीस वर्ष की उम्र की थी, वह साधारण धोती पहने हुए थी। ऐसा लग रहा था जैसे वह उस लड़की के संरक्षक के तौर पर भेजी गई हो। सभी लोग ऐसे हाथ जोड़े खड़े हुए थे जैसे साक्षात् परम पिता परमेश्वर के दर्शन कर लिए हों। तारकेय उस लड़की पर मोहित हो गए थे। 2016 होता तो 'लव एट फ़र्स्ट साईट' ज़रूर कहा जाता। वह उसे निहारते हुए ऋषि से फिर से पूछ बैठे, "क्या वरदान चाहिए ऋषिवर?"

ऋषि वैसे ही आँखों में आँसू लिए कहने लगे, "आपके दर्शन हो गए, अब कोई इच्छा बाकी न रही भगवन्।"

तारकेय जान चुका था कि मन्दिर इस प्रकार बनाये ही गए हैं कि वहाँ पर

लगे घंटे की ध्वनि की आवृत्ति ऐसे गूँजे कि मन्दिर की चोटी पर लगे त्रिशूल के सहारे पृथ्वी के चक्कर लगा रहे यान तक पहुँच जाए। वह समझ गया था कि उसके पूर्वज जो यहाँ आये होंगे, उन्होंने ही इन्हें मन्दिर बनाने की शिक्षा दी होगी। पृथ्वीवासियों ने ठीक वैसे ही मन्दिर बनाए जैसे उड़नतश्तरी होती है। ताकि वे अपने ईश्वर की उसी स्थान पर पूजा-अर्चना करें, जहाँ वे रहते हैं। इन्हें बनाने का कारण यह भी था कि जब भी ऋषि-मुनियों को आवश्यकता पड़े तो वे मन्दिर जाकर घंटा बजाकर आराधना करें ताकि वह आवृत्ति उस यान तक पहुँच जाए और उसके पूर्वज जानवरों से उन ऋषि-मुनियों की मदद कर सकें। तारकेय इस बात को इसलिए आसानी से समझ गया था, क्योंकि यह पहला ग्रह नहीं था, जहाँ पर उसने ऐसा देखा था। उसके पूर्वज हर हैबिटेबल ज़ोन के ग्रह में जाकर यही करते थे।

लेकिन तारकेय के दिमाग में इस बार कुछ और ही चल रहा था। वह इस मौके को ऐसे नहीं जाने देना चाहता था, वह उन्हें कुछ देना चाहता था। "मैं आपकी तपस्या से प्रसन्न हुआ। झंडेलाल यह जादुई यन्त्र लीजिए। आपको जब कभी आवश्यकता पड़े। आप मंत्र का जाप करते हुए मुझे पुकार लीजियेगा। मैं आपकी हमेशा सहायता करूँगा। आपको मन्दिर में जाने की और कई वर्ष तपस्या करने की आवश्यकता नहीं पड़ेगी।" वह यन्त्र देने के पीछे तारकेय का ऋषि-मुनि को वरदान देना नियत नहीं था, बल्कि उसकी दिली इच्छा यह थी कि वह फिर से इसी स्थान का लोकेशन ट्रैक कर सके और उस आकर्षक महिला को फिर से देख सके।

तारकेय ठीक उसी तरह से बात कर रहे थे, जिस तरह से पृथ्वी के प्राणी के मन में उनकी छवि बनी हुई थी।

यह देखते ही सभी शिष्य तारकेय और सिवाका के चरणों में लेट गए थे। तारकेय ने उस राजकुमारी को उठाया, "आपका नाम क्या है सुंदरी ?" इतनी सुन्दर स्त्री उसने काफ़ी लम्बे वक्त से नहीं देखी थी। विशेषकर तब से जब से वह अपने ग्रह से निकला था। चौदह सौ बरस स्लीपिंग चेयर में सोते हुए कट गए थे। आज वह इस सुन्दर कन्या को निहार लेना चाहता था।

थोड़ा सकुचाते हुए नज़रें झुकाकर कन्या ने अपना नाम बताया, "सुनैना।" पृथ्वी की स्त्रियों में लाज, शर्म और संकोच कूट-कूट कर भरा था, सामने भले ही ईश्वर खड़े हों पर स्त्री मन ने आँखें झुकाकर ही बात की थी। वह उसकी आँखों से लेकर सारे बदन को निहार रहा था। हर अंग ऐसा बना था जो उसकी दृष्टि को अपनी तरफ़ ही खींच रहा था।

"आप बहुत सुन्दर हैं," एक लट जो सुनैना की आँखों के सामने आ रही

थी, तारकेय ने हटाते हुए कहा था। वह कहना तो बहुत कुछ चाहता था, पर इतना ही कहकर रुकना पड़ा था।

इस तरह का संसर्ग सुनैना के साथ पहली बार हो रहा था। कोई पुरुष उसे इस तरह की कामुक दृष्टि से पहली बार देख रहा था। जब वह घर पर रहती थी तो कोई इस दृष्टि से नहीं देखता था और जब ऋषि झंडेलाल के आश्रम में आई तो वहाँ पर सभी ब्रह्मचारी थे। जो स्त्री को उस दृष्टि से देखते ही नहीं थे। हर स्त्री में यह विशिष्ट गुण अवश्य पाया जाता है कि वह पुरुषों की हर दृष्टि को समझ जाती है। पर वे थे ईश्वर, कुछ कह नहीं पायी थी। परन्तु जैसे ही पुरुष का स्पर्श और अपनी प्रशंसा सुनी थी। उसके शरीर में एक अजीब-सी सिहरन दौड़ गई थी। पर उसका मन अभी इन सबका आदी नहीं था, पीछे हट गई। अभी वह समाज इन सब मामलों में इतना सहज नहीं हुआ था। यह उसकी स्वाभाविक प्रतिक्रिया थी। इसका किसी अन्य बात से कोई लेना-देना नहीं था।

एकदम से सबके सब अचंभित रह गए। ऋषि तुरंत बोल उठे, ''क्या हुआ देवी ? ईश्वर स्वयं आप से बात कर रहे हैं, आप क्यों पीछे हट गईं।''

सुनैना ने कुछ बोला नहीं था। बस चुपचाप खड़ी रही।

तारकेय ने बात सँभाल ली थी, ''कोई बात नहीं। ऋषि झंडेलाल, आपको जब मेरी आवश्यकता पड़े। मुझे याद कीजियेगा,'' कहकर वह लौट चले अपनी उड़नतश्तरी की तरफ़। सभी ऋषि-मुनि हाथ जोड़े खड़े हुए थे। उन्हें ऐसा लग रहा था जैसे ईश्वर ने दर्शन देकर उनके जीवन को धन्य कर दिया। आज उनका जीवन सार्थक हो गया। अब उन्हें स्वर्ग की प्राप्ति होगी। अब उनको जीवन में कुछ करने की इच्छा नहीं बची थी। उड़नतश्तरी एक ज़ोरदार प्रकाश के साथ इतनी तेज़ गति से उड़ी कि ऋषि-मुनि इस गति को देखकर हतप्रभ रह गए। ''सब भगवान की माया है।'' एकाएक ऋषि झंडेलाल के मुखमंडल से निकला। दूसरी तरफ़ कुछ ही सैकेंड में वे दोनों यान पर पहुँच चुके थे। तारकेय के मन में तो सुनैना ही चल रही थी, उसके सुन्दर सुडौल वक्ष, तीखे नयन-नक़्श, रसीले होंठ बार-बार उसके मन के पर्दे पर उभर रहे थे। वह कई सालों से किसी इंसानी स्त्री के संसर्ग में नहीं आया था। वह सुनैना की याद में डूबा हुआ था, तभी सिवाका ने पूछ लिया, ''अब किधर चलना है ?''

''कहीं नहीं जाना, हम लोग कुछ दिन इसी ग्रह पर रहेंगे। इन्हें शिक्षा देनी है। जीवन जीने का सलीका सिखाना है। हम एक सैटेलाइट की भांति इसी ग्रह के चक्कर लगाएँगे।''

"ठीक है जैसा आप सही समझें।"

इतने सालों से उसने सिवाका को भी छुआ नहीं था। जी हाँ, आप सही समझ रहे हैं। विपरीत लिंगी रोबोट इसीलिए भेजा जाता था ताकि इतनी लम्बी दूरी में जब भी दूत को यौन तृष्णा लगे तो वह रोबोट के साथ ही सम्भोग करके संतुष्ट हो जाए। किसी ग्रह की किसी स्त्री के साथ ऐसा न करे, जिससे कहीं वह वहाँ से बीमारियाँ लेकर न आ जाए। रोबोट अन्दर से तो कई पदार्थों से मिलकर बना था पर ऊपर से उसकी खाल ठीक स्त्री की तरह नाज़ुक थी। किसी इंसान द्वारा यह पता लगाना कि यह रोबोट है या इंसान मुमकिन नहीं था। व्यक्ति अपनी फंतासी के अनुसार उस रोबोट को जैसा चाहे वैसा आकार भी दे सकता था। आज उसके मन में सुनैना ही चल रही थी। अब उससे रहा नहीं गया और उसने अपने मन में बसी सुनैना की छवि के अनुसार मशीन के माध्यम से रोबोट को आकार दे दिया था। अब वह पूरी सुनैना ही लग रही थी। सिवाका को सुनैना समझ तारकेय टूट पड़ा। चौदह सौ बरस की आग बुझाने। फिर कुछ ही देर में अपने मन को शांत कर निढाल होकर लेट गया था।

सूर्यांश

मुझे याद है कि मैंने बी-टेक फ़र्स्ट ईयर में ही किताब लिखने की शुरुआत कर दी थी। मेरा आईआईटी कानपुर में बी-टेक में दाखिला हुआ था। घर में सब बहुत खुश थे। मोहल्ले का सबसे काबिल लड़का माना जाने लगा था मैं। सब उदाहरण देने लगे थे कि पढ़ाई करनी है तो सूर्यांश की तरह करो। सबसे बड़ी बात यह थी कि मेरी पढ़ाई के साथ मेरी माँ की भी तारीफ़ हुआ करती थी। हर कोई मेरी माँ की तारीफ़ भी कर जाता, "देखो, पंडिताइन की पूजा-पाठ का असर है, लड़का आईआईटी में हो गया है।" दूसरा कहता, "पंडिताइन ने जितने मन से पूजा की है, उतने मन से विरले ही कर पाते हैं। ईश्वर ने आख़िर सुन ली।" इधर पंडिताइन और खुश हो जाती। हाथ जोड़कर ईश्वर की तरफ़ इशारा करती, "सब उनका ही आशीर्वाद है। हम सब तो निमित्त मात्र हैं।" वह बोल तो ऐसा देती थी पर मन-ही-मन उन्हें लगने लगा कि लड़के की मेहनत के साथ उनकी पूजा-पाठ का ही असर है जो लड़के का आईआईटी में एडमिशन हो गया। वरना उसके जितने होशियार कई लड़के थे जो अभी भी यहाँ-वहाँ तैयारी ही कर रहे हैं।

हॉस्टल पहुँचने के बाद मेरे बस दो ही काम थे, पहला पढ़ाई करना और

दूसरा...आप सोच रहे होंगे लेखन? जी नहीं, मेरा दूसरा काम था विचार करना। लेखक असल में लेखक नहीं, विचारक होता है। वह अपने विचारों को किसी भाषा के माध्यम से पाठकों तक पहुँचाता है। लेखक का असल काम लिखना नहीं, देश, समाज और दुनिया की बेहतरी के बारे में विचार करना है। इसलिए मैं अधिकतर समय सोचता रहता था। टहलते, घूमते, बैठते और यहाँ तक विचार में खोए-खोए रातों की नींद तक उड़ जाती थी। तब कहीं जाकर मैं कोई एक दृश्य लिख पाता। अपनी ख़याली दुनिया में खोने के मेरे पास कई स्थान थे। यूँ कहें तो चलते-चलते खो जाता, वह भी बिना प्यार हुए।

विचार करने के लिए मेरी पसंदीदा जगह थी कमरे की पीछे वाली खिड़की। मुझे नहीं पता कि उस खिड़की से मेरे प्यार की रौशनी आने वाली थी। उस खिड़की से पीछे दूर तक लहराते खेत दिखाई पड़ते। हॉस्टल के गेट के सामने से रोड जाती थी और दूर-दूर तक कोलाहल और शोर-गुल सुनाई पड़ता था। एक तरफ़ शान्ति थी दूसरी तरफ़ शोर-गुल। एक तरफ़ हरियाली थी दूसरी तरफ़ प्रदूषण भरा शहर। एक तरफ़ आधुनिकता दर्शाती गाड़ियाँ थीं, दूसरी तरफ़ प्राकृतिक सौंदर्य। उन खेतों के बीच सड़क थी, जहाँ से इस सोसाइटी के लोग दौड़ने या जॉगिंग करने जाया करते थे। सड़क के किनारे बीच-बीच में बैठने की जगह थी और हर सीमेंट की सीट के बगल में पोस्ट बॉक्स की तरह बड़ा-सा डस्टबिन था। जिस वक्त बच्चों के खेलने का वक्त होता, मैं खिड़की खोलकर पीछे हरियाली का नज़ारा देखा करता था। हरियाली में कितनी शान्ति थी। कई कवियों की कल्पनाओं को उस हरियाली से जोड़कर देखता। सोचता, 'प्रकृति ही शान्ति की प्रतीक है। इंसान उन्माद का, शोरगुल का। प्रकृति हमें शान्त रहकर खुद में झाँकने के लिए प्रेरित करती है और हम अपने उन्माद और शोरगुल में हर वस्तु बाहर तलाशते रहते हैं।'

दूर-दूर तक फैली हरियाली निहारता रहता। दृश्य देखता जहाँ पर आसमान का ज़मीन से गठबंधन होता है, देखते हुए मैं सोचा करता कि आख़िर ऐसा क्या है जो हम इंसानों की समझ से बाहर है। जिसे हम पकड़ नहीं पा रहे हैं। शायद हम गलत रास्ते पर हों? फिर खुद के विचार को नकार देता, 'नहीं-नहीं।' हम इतना आगे बढ़ आए हैं। हमने अपने जीवन को सुगम बना लिया है। आज हमारे पास हर तरह की सुख-सुविधाएँ हैं। हम थोड़ी ही देर में कई हज़ार किलोमीटर की हवाई यात्रा कर सकते हैं। हमने अपने इलाज के लिए बेहतर मेडिकल सुविधाएँ उपलब्ध करा ली हैं। हम अपनी सूचनाओं को पहुँचाने के बहुत सारे नए माध्यमों की खोज कर चुके हैं। हम गलत रास्ते पर नहीं हो सकते। हम...हम सही रास्ते पर ही हैं। हो

सकता है कि जहाँ हमें पहुँचना चाहिए वहाँ पहुँचने में अभी वक्त लगे।

एक दिन ऐसे ही खिड़की खोलकर मैं अपने विचारों में खोया हुआ था, तभी दूर एक लड़की दिखाई पड़ी, सड़क के किनारे नीम के पेड़ के नीचे बैठी हुई। उसमें ऐसा आकर्षण था, जिसके मोह से मैं निकल नहीं पाया, उसे देखता रहा। उस दिन हरियाली से अधिक उस लड़की ने आकर्षित किया था। यह एक ऐसी उम्र होती है, जब लड़कियाँ अधिक आकर्षित करती हैं। मुझे अपनी माँ की वह बात याद आई कि कुछ चीज़ें होती हैं जो जन्म लेने के साथ ही आपकी ज़िन्दगी में लिख दी जाती हैं। साँस लेने का एक-एक सैकेंड तक लिख दिया जाता है। मुझे पहले ही मिनट में ऐसा महसूस हो गया था—जैसे दिल में बजी गिटार। अब मैं हर रोज़ उसी वक्त खिड़की खोलकर उसका इंतज़ार करने लगता। हरियाली और हरियाली के बीच में शान्ति से बैठी कोयल। वह वहाँ पर तब तक बैठी रहती, जब तक सूरज ढल नहीं जाता। यह ठीक वैसा ही था जैसे अकबर के महल में रखे दीप को देखकर एक व्यक्ति यमुना में गर्मी महसूस कर रहा था। मुझे भी उतनी दूर से नयनपान की जो गर्मी मिल रही थी, सिर्फ़ मैं ही महसूस कर पा रहा था।

कभी वह अकेले बैठकर तल्लीनता से कोई किताब पढ़ रही होती। वह अपनी किताब में ऐसे खोयी रहती कि उसे मतलब ही न रहता कि सामने से कौन गुज़र रहा है और कौन देख रहा है। पेज-दर-पेज उन किताबों की भावनाओं से उमड़ती खेलती, हँसती और भावुक होती रहती थी। किसी दिन जब वह किताब न लाती तो कान में इयरफ़ोन लगाकर मस्त-मौला मिज़ाज में गाने सुन रही होती थी। उन गानों की धुन में बेसुध हिल-डुल रही होती थी। दुनिया से बेपरवाह। अपने में खोयी उस लड़की को प्रकृति की गोद में अकेले बैठकर विचार करना पसंद था और मुझे भी। यही समानता थी हम दोनों के बीच, जो मुझे उसकी ओर आकर्षित कर रही थी। यह अब प्रतिदिन का काम हो गया था। हम दोनों की खासियत यह थी कि दोनों समय के बहुत पाबन्द थे। न उस लड़की को आने में साढ़े पाँच से एक मिनट ऊपर होता और न ही मुझे खिड़की खोलकर बैठने में।

पर...एक दिन साढ़े पाँच बजे से पाँच मिनट ज़्यादा हो गए थे। समय की पाबन्द लड़की समय पर नहीं थी। उस दिन मेरी बेचैन निगाहें चारों तरफ़ सिर्फ़ उस छरहरी काया वाली लड़की को तलाश रही थीं। कोई भी लड़की दूर से उधर आती दिख जाती थी तो मुझे लगता था कि यह वही लड़की है। मैं पहली बार किसी लड़की के लिए बेचैन हुआ था। मैं मन-ही-मन सोचता, 'अगर कोई समय का पाबन्द नहीं है तो जीवन में आगे कैसे बढ़ सकता है? इस लड़की को भी अगर

जीवन में कुछ करना है तो समय का पाबन्द होना पड़ेगा।' धीरे-धीरे वक्त गुज़रता जा रहा था और मेरी बेचैनी बढ़ती जा रही थी। यह ठीक वैसा ही था जैसा किसी को लत लग जाना। वैसे वैज्ञानिकों ने भी सिद्ध किया है कि अगर कोई भी काम लगातार 21 दिन करते हैं तो वह आपकी आदत बन जाती है। ठीक वैसा ही मेरे साथ में भी हुआ था। वह लड़की मेरी आदत बन चुकी थी। उस लड़की के तार मन से जुड़ चुके थे।

एक तरफ़ पूरा कॉलेज फ्रेशर्स पार्टी को लेकर उत्साहित था। उसमें भाग लेने वाले प्रतिभागी रिहर्सल कर रहे थे। उस फ्रेशर्स पार्टी के बीच में अपना-अपना मौसम बनाने के लिए लड़के-लड़कियों के अपने-अपने प्लान थे। कुछ लोग रिहर्सल में ही अपनी वाली तलाशने लगे थे और कुछ उस दिन टल्ली होकर पहुँचने का प्लान बना रहे थे ताकि पूरा मज़ा लिया जा सके। जबकि एक लड़का ऐसा था जिसको इन बातों से कोई लेना-देना नहीं था। वह वहाँ के अन्य लड़कों के लिए संन्यासी हो गया था। उसका नाम भी संन्यासी रख दिया गया था। लेकिन आज रात उसे साढ़े पाँच बजे आने वाली वह लड़की बेचैन किये हुए थी। कई बार ख़याल आता कि कहीं वह बीमार तो नहीं? तत्काल ही उसका मन नकार देता, ''नहीं, नहीं ऐसा नहीं हो सकता।''

''कहीं वह, अपने किसी रिश्तेदार के घर तो नहीं चली गई?''

''अगर वह रिश्तेदार के घर चली गई है तो काफ़ी वक्त भी लग सकता है। तब तक मेरी आँखें कैसे चैन पाएँगी। जैसे मेरे फेफड़ों के लिए हवा ज़रूरी है, ठीक उसी तरह मेरी आँखों के लिए उसको देखना जरूरी है। शरीर में एक अजब-सी ऊर्जा आ जाती है। उसके सहारे मैं पूरे साढ़े तेईस घंटे काम कर लेता हूँ।''

रात में सोने से पहले तक कई बार खिड़की खोलकर देखता रहा। फिर जब वह नहीं आई तो आख़िर में सोच ही लिया, 'क्यों ना एक ख़त लिखा जाए? और उसे बताया जाए कि मैंने तुम्हें कल कितना मिस किया?'

यह बात सही थी। ऐसे प्रेम का क्या फ़ायदा, जिसमें प्रेमिका को पता ही न चले कि कोई उसे प्रेम भी करता है? यह तो ठीक वैसा ही हुआ कि अँधेरे में दूर किसी लड़की को लाइन मारना और यह सोचना, 'उस तक तुम्हारी बातें पहुँच गई होंगी।'

बिना देर किए तुरंत एक ख़त लिखा, 'मैं नहीं जानता कि तुम कौन हो, पर जब साढ़े पाँच बजे तुम आती हो तो मैं तुम्हें देखता हूँ। देखता ही नहीं हूँ, देखता रहता हूँ, पल भर के लिए आँखें हट ही नहीं पातीं। ऐसा नहीं है कि मुझे तुम्हारी

सारी खूबसूरती दिख जाती है लेकिन जब से मैंने तुम्हें देखा है, तब से पता नहीं क्यों? मुझे ऐसा लगता है कि हमारा जन्म एक दूजे के लिए हुआ है। मेरी माँ कहती हैं कि ईश्वर जोड़ियाँ ऊपर से बनाकर भेजता है। तुम्हें देखते ही मुझे ठीक वैसा ही लगा। तुम्हारी सुन्दरता की आँच को मैं खुद में महसूस करता हूँ। तुम्हारी बड़ी-बड़ी आँखों की झीलों में मैं डूब जाता हूँ। जानती हो, मेरा पूरा दिन अब सिर्फ़ इस ख़ुशी में बीतने लगा है कि मुझे साढ़े पाँच बजे तुमसे मिलना है। हाँ, मैं साढ़े पाँच बजे रोज़ तुमसे मिलता हूँ। तुम्हारी तनहा आँखें शायद किसी विचार में खोयी रहती हैं। मैं उन्हें महसूस कर पाता हूँ। उनकी उदासी, उनका अकेलापन। पर आज तुम नहीं आईं, मैंने कई बार तुम्हें देखने की कोशिश की। पर तुम कहीं नहीं दिखीं। मुझे ऐसा लग रहा है कि जैसे मछली को पानी से निकालकर फेंक दिया गया हो। मेरे लिए तुम दवा हो गई हो। शायद तुम्हें मालूम न हो पर अब जब भी तुम अगली बार न आओ तो याद रखना तुम किसी की दवा हो।'

मैंने यह ख़त लिखकर अगले दिन सुबह उसी डस्टबिन में डाल दिया, जिसके बगलवाली सीट पर वह बैठा करती थी। यह ख़त वहाँ पर डालने के बाद मेरा सारा दिन लेक्चर में मन नहीं लगा, बस साढ़े पाँच बजने का इंतज़ार था। 'वह आएगी तो क्या डस्टबिन की तरफ़ देखेगी? आख़िर डस्टबिन की तरफ़ कोई क्यों देखेगा? किसी को पागल कुत्ते ने काट रखा है या ईश्वर ने रात में सपना दिया है कि डस्टबिन में देखने से उसे उसके जीवन का प्यार मिल जाएगा। फिर, अगर उसने डस्टबिन की तरफ़ नहीं देखा तो मेरा ख़त लिखना तो बेकार ही गया,' मैं मन-ही-मन सोच रहा था। सामने प्रोफ़ेसर केमिस्ट्री की ऑक्सीजन और हाइड्रोजन के गठबंधन से पानी का निर्माण होना बता रहे थे और इधर मैं अपने गठबंधन के बारे में सोच रहा था। 'क्या मैंने अपनी भावनाओं को कूड़ेदान में डाल दिया था? क्या मुझे अपनी भावनाओं की भी क़द्र नहीं है?' मैंने खुद को तुरंत ख़ारिज कर दिया। 'नहीं-नहीं ऐसा नहीं हो सकता।'

उधर अध्यापक ने भी नकारते हुए कहा कि सिर्फ़ एक हाइड्रोजन अणु से ऑक्सीजन की क्रिया कराने पर पानी का निर्माण नहीं होता। उसके लिए दो हाइड्रोजन अणु चाहिए ही चाहिए। मैं भी मन-ही-मन सोच रहा था, 'जब सब कुछ इतना व्यवस्थित है, पूरी दुनिया में कि हमें कुछ करना नहीं पड़ता। ईश्वर खुद ऑक्सीजन को हाइड्रोजन के दो अणु दे देता है तो मेरे भी जीवन में मोहब्बत पाने के लिए वह भाग्य का ऐसा साथ ज़रूर देगा।' प्रेम किसी भी विचारधारा से ऊपर उठकर आगे बढ़ता है। ठीक उसी तरह प्रेम ही था, जो मेरे विज्ञान की तरफ़ रुझान

वाले मन में ईश्वर के प्रति थोड़ी-सी आस्था भरने का काम कर रहा था।

जैसे-तैसे करके साढ़े पाँच बज गए और फिर से मैं नियत समय पर वहीं खिड़की खोलकर खड़ा हो गया और अपनी उस साढ़े पाँच बजे वाली सखी के आने का इंतज़ार करने लगा। हर सैकेंड के साथ मेरी धड़कनें बढ़ती जा रही थीं। वह जब आएगी तो डस्टबिन में पड़े उस बड़े से कागज़ को पढ़ेगी या नहीं? तभी मेरे मन में ख़याल आया कि आकर्षण का सिद्धांत कहता है, ''अपने मन का आँगन इतना सकारात्मक कर लो कि नकारात्मक के लिए जगह ही न बचे फिर देखना तुम्हारी कौन-सी ख़्वाहिश पूरी नहीं होती।'' अब मैंने सोच लिया था कि इस विषय पर कोई नकारात्मक बात नहीं सोचूँगा। अब मैं सोचने लगा था कि जब वह आएगी और डस्टबिन में आज यूँ ही झाँकेगी तो उसे एक ख़त दिखेगा, जिसके कवर पर लिखा है, 'हे हुस्न की मल्लिका तुम्हारे लिए ही है।' वह तुरंत उसे उठा लेगी, यह सोचते हुए कि किसी प्रेमी ने अपनी प्रेमिका के लिए ख़त लिखा होगा। और उस प्रेमिका ने पढ़कर इसको डस्टबिन में डाल दिया। किसका मन नहीं करता दूसरों के ख़त पढ़ने का? शायद यही कारण है कि आजकल प्रेम कहानी की किताबों की बिक्री भी बढ़ गई है।

जैसे-जैसे घड़ी की सूई बढ़ती जा रही थी, वैसे-वैसे मेरी धड़कनें तेज़ होती जा रही थीं। अब धीरे-धीरे धड़कनें भी धीमी पड़ने लगी थीं। चिंता की लकीरें मन में खिंचने लगी थीं। हर जाता सैकेंड मन में यह ख़याल लाने लगता कि कहीं वह बीमार तो नहीं है? कहीं उसे कुछ हो तो नहीं गया? कहीं वह यहाँ से चली तो नहीं गई? आख़िर वह कब तक वापस आएगी? ये सवाल मन में घर करने लगे। तभी मैंने फिर से सोचा, 'ऐसा कोई ख़याल मन में नहीं लाना है।' अब मैंने ऊपर की तरफ़ देखा, भगवान की ओर आँखें बंद कीं। मुझे माँ की बात याद आई, ''जब कोई काम नहीं आता तो ईश्वर को स्मरण करो, वह ज़रूर ध्यान देते हैं।'' मैं भी तुरंत बिना कुछ सोचे आँखें बंद करके भगवान को याद करने लगा। विज्ञान और धर्म की शंका मन से तब दूर भाग गई थी, जब हमारे पास कोई रास्ता नहीं बचता तब हम ईश्वर की ओर देखते हैं। यही विश्वास हमें परमेश्वर की दुनिया में विश्वास रखने के लिए प्रेरित करता है।

सामने से जीन्स पहने हाथ में एक किताब पकड़े वही लड़की आ रही थी। मेरी आँखों को ऑक्सीजन मिल गई, दिल को उसका रक्त मिल गया, शरीर को उसकी ऊर्जा मिल गई और हाइड्रोजन परमाणु को ऑक्सीजन मिल गई। मैंने गहरी लम्बी साँस ली। 'आह!' सुकून की साँस, तसल्ली की साँस। आख़िर सब ठीक

है। ईश्वर की तरफ़ देखा और उन्हें धन्यवाद दिया। जब प्रेम में कोई सकारात्मक बात होती है तो वह किसी भी विचार को और पुख़्ता कर देती है। मेरे मन को भी लगा कि जो मैं ईश्वर के प्रति शंका करता हूँ, वह बेहूदगी भरा है। फिर अगले ही पल मैंने अपनी ही बात को नकार दिया, नहीं किताब लिखना भी एक नज़रिया देना है और जीवन कई उतार-चढ़ावों से होकर गुज़रता है। सबका अपना महत्त्व है।

वह आकर अपने नियत स्थान पर बैठ गई थी। अपने में मस्त वह लड़की किताब पढ़ने लगी। थोड़ी देर बाद जो तसल्ली थी, वह उत्सुकता में तब्दील होने लगी। अब मन चाह रहा था कि वह किताब रखकर डस्टबिन की तरफ़ देखे। लेकिन उसे कोई फ़र्क नहीं पड़ता था। वह अपनी किताब की कहानी में मस्त थी। हो सकता है कि वह कोई प्रेम कहानी ही पढ़ रही हो।

जैसा कि आप सभी को पता है। उसे किसी बात से घंटा फ़र्क नहीं पड़ता था। लेकिन तभी उसने अपनी आँखों से चश्मा उतार दिया। शायद कुछ भावुक पढ़ लिया होगा। आख़िर लेखन में कितनी शक्ति होती है, काल्पनिक कहानी पाठकों को असल में रुला देती है। उसने अपने जीन्स में हाथ डाला पर कोई रुमाल नहीं था। शायद लाना भूल गई हो। लेकिन उसकी जेब से एक टिश्यू पेपर निकला। उसने टिश्यू पेपर से अपनी आँखों का पानी पोंछा और फिर उसे फेंकने के लिए जैसे ही डस्टबिन की तरफ़ बढ़ी थी, मुझे लग गया था कि ईश्वर ने आँसुओं के रूप में दूसरा हाइड्रोजन अणु दे दिया है। उसने भी डस्टबिन की तरफ़ देखा, जैसे ही वह टिश्यू पेपर फेंकने वाली थी, उसने वह लाइन पढ़ ली, 'हे हुस्न की मल्लिका तुम्हारे लिए ही है।'

उसके मन में ठीक वही फ़ीलिंग आई थी कि आख़िर इस ख़त में क्या लिखा होगा? दूसरों का ख़त पढ़ने का अलग ही मज़ा है। उसके मन में आया, 'फिर तो उसे यह लव लैटर अवश्य ही पढ़ना चाहिए।' उसके हाथ टिश्यू पेपर फेंकने से पहले रुक गए थे। उसने एक हाथ से उस ख़त को उठाया और दूसरे हाथ से टिश्यू पेपर को फेंक दिया।

जब उसने पढ़ना शुरू किया था तो इस मकसद से कि वह किसी दूसरे प्रेमी जोड़े का ख़त पढ़ेगी। लेकिन जब पढ़ने लगी तो उसे एहसास हो गया था कि वह अपना ही ख़त पढ़ रही है। उसने चारों तरफ़ सर घुमाकर देखा, पर दूर-दूर तक उसे कोई नज़र नहीं आ रहा था। 'आख़िर कौन है, उसका सीक्रेट प्रेमी।'

उसने दायें देखा तो दूर एक किसान अपने खेतों पर काम कर रहा था। बाएँ देखा तो दो सौ मीटर दूर दो बुड्ढे व्यक्ति बैठकर बातें कर रहे थे। पीछे देखा तो पीछे

खेत-ही-खेत थे। और सामने देखा तो दूर हॉस्टल का पिछवाड़ा था, जहाँ पर सिर्फ़ बंद खिड़कियाँ ही नज़र आ रही थीं। खैर, जो कोई भी हो।

उसके लिए सबसे बड़ा सवाल यह उठता था कि इस आधुनिक युग में ख़त? जहाँ लोग चैटिंग या फ़ोन कॉल में बिना देर किए अपने मन की बात तुरंत कह देते हैं, प्रेम नहीं होता तो भी प्रेम का इज़हार कर देते हैं। प्रेम होता है तो वह अलग ही बात है। उसी युग में यह ख़त लिखना अलग था और उसके लिए सुखद भी था। वह लिखने-पढ़ने वाली लड़की थी, वह किताबें पढ़ती थी, ग़ज़लें लिखती थी। साहित्य से जुड़े लोगों को ऐसा आशिक कैसे नहीं भायेगा? उसे नहीं पता था कि वह व्यक्ति कौन है पर उसका इज़हार करने का तरीका भा गया था। उसने उस गुमनाम आशिक के लिए ख़त का जवाब देना सही समझा था। 'कौन हो तुम? मुझे तो आस-पास कोई नहीं दिखता। खैर, जो भी हो मेरे से तुम्हारा क्या लेना-देना? ऐसे किसी को अपनी आदत कैसे बना सकते हो, जिससे तुम मिले तक नहीं, जिसे जानते तक नहीं? अगर तुम मेरी बात पूछोगे तो मेरी तरफ़ से पूरी तरह से न है। मैं इस्लाम को मानने वाली हूँ। मैं सिर्फ़ उससे ही निकाह करूँगी जो इस्लाम को मानता हो। मेरे प्रेमी होने की पहली शर्त है कि उसे *कुरआन शरीफ़* याद होनी चाहिए। मुझे लगता है कि तुम इस्लाम से ताल्लुक नहीं रखते हो। इसलिए मेरी तरफ़ से न है।' वह समझ गई थी कि इसने इतनी बार ईश्वर का नाम लिया है, ज़रूर ही यह हिन्दू है और बहुत अधिक चांस हैं कि यह ब्राह्मण हो। *कुरआन* पढ़ना तो दूर की कौड़ी होगी उसके लिए।

इसके बाद उसने उस ख़त को उसी डस्टबिन में रख दिया था और कवर पर लिखा, 'दूरबीन जैसी आँखों वाले आशिक को।' मेरी तो ख़ुशी का ठिकाना ही नहीं था। माँगा सौ रुपया भगवान् ने दोगुना करके दिया था। उसने सिर्फ़ ख़त पढ़ा ही नहीं जवाब भी दे दिया था। सच कहते हैं कि भगवान जब देता है तो छप्पर फाड़ के देता है। अब मेरे मन में यह चल रहा था कि कितनी जल्दी यह जाए और मैं ख़त उठा कर ले आऊँ। आख़िर उसके जाने के एक घंटे बाद वह ख़त उठाकर ले आया था। मुझे यह भी पता चल गया था कि डोरा इस्लामिक मज़हब मानने वाली लड़की पर पड़ा है।

मेरी माँ की धर्म के लिए सिखाई गई सीख कहीं भाग गई थी। मुझे तो सिर्फ़ वही लड़की दिख रही थी। कहते हैं कि प्रेम धर्म के बंधन को तोड़ देता है और नफ़रत धर्म और देश की लकीरें खींच देती है। यहाँ भी ठीक वैसा ही हुआ उस लड़की के प्रेम के आगे लकीरों ने घुटने टेक दिए थे। धर्म पर प्रेम की जीत हुई थी।

अगले दिन सबसे पहला काम मैंने जो किया था वह यह था कि लाइब्रेरी से

कुरआन शरीफ़ उठा लाया था। फिर जब घर वापस आया और जैसे ही साढ़े पाँच बजे लड़की आई तो उसने आते ही सबसे पहले डस्टबिन की तरफ़ देखा। वहाँ पर वे ख़त नहीं थे, एक नया ख़त था। जिसके ऊपर लिखा था, 'मैं जन्म से मुसलमान नहीं हूँ, इसमें मेरा क्या दोष है? यह न ही मेरे हाथ की बात है। हाँ तुम्हें पाने के लिए जो भी तुम्हारी शर्त होगी, उसे पूरा करूँगा। तुम्हारे लिए *कुरआन* ले आया हूँ। पढ़ रहा हूँ। उस दिन अब ख़त लिखूँगा जिस दिन मैं इसे समझ लूँगा। बस तुमसे एक निवेदन है कि अपना नाम बता दो।'

उस लड़की ने फिर इधर-उधर देखा, आस-पास कोई भी उसे नहीं देख रहा था। एक बुढ़िया थी, जो खेत में काम कर रही थी। दो अन्य किसान थे, वे भी अपने-अपने खेत में काम कर रहे थे। ये वे लोग नहीं थे, जो कल थे। उसने फिर से उस ख़त में बची जगह पर लिख दिया। 'एक बात सुन लो। मेरा निकाह सिर्फ़ उसी से होगा जो इस्लाम को मानता होगा। पहली बात तो मैं तुम्हें जानती नहीं हूँ। दूसरी बात तुम मुसलमान नहीं हो। इसलिए तुम इकतरफ़ा आशिक बने रहने की गलती मत करो।' लड़की बड़ी समझदार थी, कुछ लड़कियाँ होती ही हैं समझदार। ब्यूटी विद ब्रेन। उसने सभी बंद खिड़कियों में एक खुली खिड़की को देख लिया था और वह पूरा किस्सा समझ गई थी। आगे उसने लिखा था, 'नाम में क्या रखा है? इज़हार-ए-मोहब्बत बेनाम से किया है तो उसी से रखो ना। बस इतना समझ लो कि मैं तुम्हारे प्रोफ़ेसर की लड़की हूँ।'

ख़त का सिलसिला चल निकला था। दोनों तरफ़ से ख़त लिखे और डस्टबिन में डाले जा रहे थे—'तुम तो पढ़ने-लिखने वाली लड़की लगती हो। फिर इतनी कट्टर कैसे हो सकती हो? जो चीज़ अपने हाथ में नहीं है, उसके बारे में क्या ही कर सकता हूँ। हाँ जो चीज़ अपने हाथ में है, उसे पढ़ने में जुटा हूँ। जहाँ तक हो सकेगा इस्लाम का पालन भी करूँगा।'

'क्या तुम मेरे लिए इस्लाम अपनाओगे?'

'मैं किसी धर्म को नहीं मानता। हाँ हर धर्म की कुछ अच्छी बातों का जीवन में उपयोग करने में कोई बुराई नहीं है। वह इस्लाम की हो या हिन्दू धर्म की हो। चूँकि मैं विज्ञान का छात्र हूँ, इसलिए ईश्वर पर भी शंका होती है। शंका ही नहीं होती, मैं विज्ञान पर ही विश्वास करता हूँ। मैं विज्ञान का छात्र हूँ और वही मेरा जीवन। बस तुम्हारे लिए मैं *कुरआन शरीफ़* पढ़ रहा हूँ।'

लड़की बातों से प्रभावित तो हुई पर मोहब्बत के लिए राज़ी नहीं हुई। प्रभावित होने और मोहब्बत होने में कानपुर और पेरिस का फ़र्क होता है।

तारकेय

एक तरफ़ फ्रेशर्स पार्टी के दिन नज़दीक आ रहे थे, हर कोई अभ्यास में जुटा था। एक वही लड़का था, लड़का क्या अन्य लोगों के लिए संन्यासी, अपने लिए विचारक और किसी के लिए आशिक। आजकल वह उसी वक्त *कुरआन* पढ़ता जब अन्य लोग फ्रेशर्स पार्टी का रिहर्सल करते। अब ज़िन्दगी में दो के बजाय तीन काम हो गए थे। विचार करना, खिड़की से उस लड़की को देखना और *कुरआन* का अध्ययन करना। प्रेम की शक्ति देखिए भला, वह लड़का जो माँ-बाप के कई बार कहने पर हनुमान चालीसा पढ़ता था, उसने अब उस लड़की के एक बार कहने पर उसके लिए *कुरआन* पढ़ना शुरू कर दिया था।

मेरी तरह मेरी किताब का पात्र 'तारकेय' भी सुनैना के प्रेम में पड़ चुका था। उसकी भी हालत खराब हो रही थी। पृथ्वी के हिसाब से दो दिन से अधिक बीत चुके थे, परन्तु तारकेय के पास ऋषि झंडेलाल या फिर सुनैना का कोई सन्देश नहीं आया था। तारकेय प्रति क्षण सुनैना की यादों में ही खोया रहता। हर पल उसकी आँखों में सुनैना को पाने का ही सपना चल रहा था। उसने इस ग्रह पर प्रेम की सारी बातें जान ली थीं। लोग कैसे प्रेम करते हैं और सामने वाले की कैसी अपेक्षाएँ होती हैं। लोगों की जीवनशैली क्या है? उसने पता कर लिया था कि यहाँ पर अब कई धर्म हो गये हैं। उसने पाया कि यहाँ के राजा-महाराजा आपस में ही लड़े-भिड़े जा रहे हैं। हर एक राजा शक्ति प्रदर्शन के माध्यम से अपने आप को सर्वश्रेष्ठ दिखाने के चक्कर में पड़ा हुआ है। हर तरफ़ भुजाओं में बल था और घुटनों में बुद्धि। उन्हें तनिक भी इस बात का अंदेशा नहीं था कि आपस की फूट एक दिन पूरे भारतवर्ष की दिशा और दशा बदलने वाली है। यह उनकी समझ से बाहर की बात थी लेकिन तारकेय इस धरती का भविष्य देख पा रहा था। उसे समझ आ रहा था कि इस ग्रह में उसके पूर्वज तो एक ही धर्म सिखा कर गए होंगे लेकिन यहाँ पर कई धर्म बन गए हैं। विज्ञान को छोड़कर लोग यहाँ धर्म के लिए मार-काट मचाने पर तुले हुए हैं। उसे एहसास हो गया था कि ये लोग तो आपस में ही कुछ हज़ार सालों में एक-दूसरे का विनाश कर डालेंगे।

खैर, उसने फिर अपना ध्यान पूरी धरती से हटाकर उस क्षेत्र में लगाया, जहाँ की लड़की उसके मन में बस गई थी। उसने पाया कि पशुपालन यहाँ का प्रमुख व्यवसाय था तथा गंगा एवं यमुना किनारे बसे होने के कारण कृषि इनका दूसरा व्यवसाय हो गया था।

प्राचीनकाल में स्त्रियों की दशा मज़बूत थी, परन्तु मध्यकाल में स्त्रियों की दशा कमज़ोर हो गई थी और पितृ सत्तात्मक सत्ता का निर्माण हो गया था। जो ब्राह्मण ऋषि होते, वे राजा और सामंतों के सलाहकार की भूमिका निभाते थे। उन्हें पुरोहित कहा जाता था। महाभारत का युद्ध हुए तीन हज़ार साल हो गए थे लेकिन श्रीकृष्ण के चमत्कारों की महक दिन-प्रतिदिन सम्पूर्ण पृथ्वीवासियों में ईश्वर के प्रति आस्था बढ़ा रही थी। सभी ईश्वर को ब्रह्मांड के किसी स्वर्ग में ढूँढ़ने लग गए। जिस भी बात पर उनको हैरानी होती, वे उसको ईश्वर का चमत्कार मानते। पर तीन हज़ार वर्ष लम्बा समय होता है। किसी ने लम्बे समय से ईश्वर को देखा नहीं था, सिर्फ़ सुना ही था। कानों सुनी बात अलग होती है आँखों देखी अलग। इसलिए ईश्वर के दर्शन प्राप्त करने को दुर्लभ माना जाने लगा था। ऋषि-मुनि यज्ञ आदि करने लगे थे। उसी की देन ऋषि झंडेलाल थे। वह ईश्वर की पूजा-पाठ में बारह वर्षों से लगे थे। वह राजा जयचंद के एक सामंत के पुरोहित थे और बिठूर के अपने एक आश्रम में पूजा-पाठ में लीन थे। सुनैना कन्नौज नरेश के साम्राज्य के एक छोटे से भूभाग ससियामऊ के सामंत करण की बेटी थी, जिसे वह यज्ञ की सिद्धि हेतु अपने आश्रम में लाये थे। अन्धकार में इतना प्रकाश एक साथ उन्होंने पहली बार देखा था। उन्होंने इसे ईश्वर का चमत्कार मान लिया। जैसे ही उन्होंने देखा कि दो लोग उस विमान से नीचे उतर रहे हैं, उनको ईश्वर समझकर वे भागकर उनके चरणों में लेट गए।

तारकेय ने पूरी तरह से इस ग्रह का अध्ययन कर लिया था। वह जान गया था कि उसके पूर्वजों ने काम पहले से ही आसान कर रखा है। उसे अधिक कुछ करना नहीं है, अब उसका सिर्फ़ एक ही लक्ष्य हो गया था। साम-दाम-दंड-भेद किसी भी तरह उसका लक्ष्य सुनैना को पाना हो गया। उसने चाल चली, सिवाका से कहकर उसने उसी वक्त उस आश्रम में आग लगवा दी, उस समय सुनैना आश्रम की कुटिया के अन्दर स्नान कर रही थी, बाकी लोग किसी-न-किसी कारण से आश्रम से बाहर थे। उसका रूप वैसे ही ढाला गया था जैसे उन लोगों के मन में राक्षस का चित्र बना था। सिवाका को असल में एस्ट्रोनॉट सूट पहनने की भी कोई आवश्यकता नहीं पड़ती थी। वह गुरुत्वाकर्षण के अनुसार खुद को तत्काल ढाल लेती थी। सिवाका को धरती पर उसी स्थान पर सब कुछ समझा-बुझाकर छोड़ दिया गया। उसने बिना देर किए आश्रम के चारों तरफ़ आग लगा दी और भाग खड़ी

हुई। हाहाकार मच गया। एक-दो लोगों ने उसे भागते हुए भी देखा था और मान लिया कि किसी राक्षसी ने यह कार्य किया है। जैसे-तैसे ऋषि 'त्राहिमाम, त्राहिमाम' कहते हुए आश्रम से भागे। लेकिन सुनैना अन्दर ही फँस गई थी, असल में वह उस वक्त स्नान कर रही थी। निकले भी तो कैसे निकले और निकले न तो करे क्या? अब एक तरफ़ उसकी लाज थी और दूसरी तरफ़ जीवन। उसके गुरु ने सिखाया था, "जीवन से बड़ी कोई अन्य वस्तु नहीं है। जीवन है तभी हम पुण्य करके ईश्वर को प्राप्त कर सकते हैं। अगर जीवन ही नहीं रहेगा तो हम ईश्वर को प्राप्त करने के लिए यत्न कैसे कर सकते हैं?" वह अपने जीवन को बचाने के लिए स्नानगृह से निकलकर भाग जाना चाहती थी। तभी उसे याद आया कि उसकी माँ ने उसे हमेशा सिखाया था, "स्त्री की लाज से बड़ी कोई वस्तु नहीं है। अगर स्त्री अपनी लाज ही न बचा पाई तो उसका मर जाना बेहतर है।" वह करे तो क्या करे? एक तरफ़ आग की धधकती ज्वाला थी और दूसरी तरफ़ खाई। दोनों तरफ़ उसकी मौत ही सामने थी। जब कोई याद नहीं आया, तब उसे ईश्वर की याद आई। वह ईश्वर का स्मरण करने लगी। अब सिर्फ़ वही बचे थे जो उसका जीवन और लाज दोनों बचा सकते थे। वह आँखें मूँदे थी, तभी उसे दूसरी बात याद आई कि इसी आश्रम में वह यन्त्र भी रखा है, जिसके सामने ईश्वर को पुकार के उन्हें बुलाया जा सकता है। उसे याद आया कि ईश्वर ने कहा था कि इस यन्त्र के सामने आकर मुझे पुकार लेना, मैं आ जाऊँगा। वह बिना देर किए भागकर उस स्थान पर गई, जहाँ पर वह यन्त्र रखा था और उसने उस यन्त्र को उठाया और ईश्वर की प्रार्थना करने लगी, "हे ईश्वर आज मेरी लाज और जीवन दोनों आपके हाथ में हैं, बचा लीजिए। बचा लीजिए।"

उसका इतना कहना था कि तारकेय तुरंत उपस्थित हो गए थे। मानो बस इसी पल की प्रतीक्षा कर रहे हों। वह पूरी तैयारी के साथ बैठे थे। एक मिनट के अन्दर आए और सिलिंडर के पानी से पूरे आश्रम में पानी छिड़कने लगे। इसी बीच सिवाका भी नए रूप में आ गई। और बिना देर किए वह भी सिलिंडर में भरे पानी से पूरी कुटिया में लगी आग को बुझाने लगी। मुश्किल से दो मिनट के अन्दर आग बुझ चुकी थी। सभी के बुझे हुए चेहरों पर मुस्कान खिल उठी थी। सभी भगवान को मन-ही-मन धन्यवाद देने लगे। लेकिन तारकेय किसी और ही उद्देश्य से आया था। वह धीरे से अपने उद्देश्य की ओर आगे बढ़ चला। अपने हाथों से उसने बाहर वालों को रुकने का आदेश दिया था। कुटिया में कुछ अंदर जाने पर उसकी नज़र सुनैना से टकराई। वह एक तरफ़ डरी, सिकुड़ी, दाँत कँपकँपाती बैठी हुई थी। तारकेय उसके पास पहुँचे और बड़े प्रेम से उसको उठाते हुए बोले, "घबराओ नहीं सुनैना। मेरे रहते

हुए तुम्हारा कोई कुछ नहीं बिगाड़ सकता। यह सृष्टि मेरे कहे अनुसार ही चलती है।''

ईश्वर का स्पर्श पाते ही सुनैना का डर कम हो गया, वह सहमते हुए खड़ी हुई। विश्वास में बहुत बड़ी शक्ति होती है। कछुए के काटने पर अगर उसे साँप समझ लें तो मौत हो सकती है और साँप के काट लेने पर उसे चूहा समझ लें तो विष आपके रक्त में पानी की तरह बह सकता है। लेकिन तारकेय की दृष्टि सिर्फ़ सुनैना के सौंदर्य पर थी। एक सफ़ेद धोती में भीगी हुई यौवना के सौंदर्य पर। वह सफ़ेद धोती उसके अंग ढँकने में असफल सिद्ध हो रही थी। उभरा वक्ष, ऊपर से भीगी हुई धोती लिपटी हुई थी, उस सफ़ेद धोती में उसकी नाभि दूर से ही दिखाई दे रही थी। तारकेय उसके अंग-अंग को निहार रहा था। मानो समय रुक-सा गया हो। सामने परम पिता परमेश्वर थे, सुनैना करे तो क्या करे? वह परमेश्वर जिन्होंने उसे बचाया था। इंसानी प्रवृत्ति कई मायनों में अपना काम करती है। ठीक उसी तरह, उसकी आँखों को देखकर सुनैना ने अपने हाथों से अपने अंगों को छिपाने की असफल कोशिश की। उसकी इस असहजता को तारकेय ने समझ लिया था। इस घटना के बाद उसकी जो छवि बन गई थी, वह उसको खोना नहीं चाहता था। तारकेय उसके मोहपाश से बाहर आया और उसने पास रखे वस्त्र उसे पकड़ा दिए। सुनैना वस्त्र पकड़ते ही कुटिया के पीछे स्नानगृह में पहनने के लिए भाग खड़ी हुई। भागने के कारण उसके हिलते हुए कूल्हे देखकर तारकेय कामुक हो गया। उसने अपने मनोमस्तिष्क पर यह तस्वीर सेव कर ली थी। उसके मन में पूरी तरह से सुनैना ने घर बना लिया था।

उधर सुनैना के मन में प्रेम का अंकुर फूटने लगा, सोलह बरस की यौवना को पुरुष का स्पर्श मिल गया था। अब उसके मन में सपनों के राजकुमार की जगह तारकेय ने ले ली थी। वैसे भी, श्रीकृष्ण की कहानियों ने लोगों को प्रेम के लिए प्रेरित करने का काम किया है। अब युवा पीढ़ी छुप-छुपकर प्रेम करने को बुरा नहीं मानती थी। राजकन्याओं के सपनों में वैसे राजकुमार आने लगे जो उनको उसी तरह प्रेम करते थे। कभी तालाब में नहाते वक्त कपड़े चुराकर ले जाते तो कभी उनको भगाकर ब्याह के लिए ले जाते। ऐसा नहीं था कि श्रीकृष्ण से पहले प्रेम नहीं होता था परन्तु अब प्रेम को प्रेरणा देने का काम श्रीकृष्ण की लीला ने किया था। श्रीकृष्ण ने आम लोगों के जीवन में प्रेम का बीज बोया। वरना प्रेम राजा-महाराजाओं का शौक माना जाता था। सबसे आश्चर्य का विषय यह था कि राजाओं को कभी प्रेम अपने राज्य में होता ही नहीं था। उन्हें दूसरे राज्य की राजकुमारी ही पसंद आती थी, जिसकी सुन्दरता और यौवन के बारे में उन्होंने अपने दूतों से सुन रखा होता था

और उनका प्रेम तब तक पूर्ण नहीं माना जाता था, जब तक हज़ारों-हज़ार सैनिकों की बलि न चढ़ जाए और वे अपने प्रेम को जीतकर न ले आएँ। श्रीकृष्ण ने बड़े भूभाग को प्रभावित किया। सुनैना को भी लग रहा था कि शायद उसके श्रीकृष्ण यही हैं। उसने ज़रूर पिछले जन्म में पुण्य किया होगा, जो वे उसके पास आये हैं।

इसी बीच पीछे से तारकेय के कंधे पर किसी ने हाथ रखा, पलटकर देखा तो वह सिवाका थी। ''ऐसे मत घूरिए कि जैसे नज़रों से ही खा लेंगे। यह ग्रह अभी इतना विकसित नहीं हुआ है। यह समय लेगा। कृपया बाहर चल के उन्हें शिक्षा दीजिए,'' सिवाका ने अपने स्वामी की भावनाएँ समझ ली थीं।

तारकेय के बाहर निकलते ही, सभी लोग ईश्वर समझकर उनके चरणों पर गिर पड़े, ''हे ईश्वर, पालनहार हम सबके रक्षक, आज आप न होते तो सुनैना रह जाती अन्दर। हम क्या उत्तर देते सामंत जी को।'' तब तक सुनैना भी बाहर आ गई और वह भी अन्य लोगों की तरह चरणों में लेट गई। अब तक किसी ने अपने ईश्वर से उनका नाम तक पूछने की सामर्थ्य नहीं दिखाई थी। उनका मानना था कि ईश्वर से प्रश्न करना घनघोर पाप होता है।

इस बार उन्होंने तत्काल ऋषि को उठाया, ''मुनिवर, आपने बारह वर्षों तक मेरी तपस्या की है। अब आपके आश्रम के इस मन्दिर का कायाकल्प कर दूँगा।''

सभी लोग फिर से उनके चरणों में लेट गए थे। सुनैना भी प्रणाम करने जा रही थी कि तभी तारकेय ने उसे पकड़ लिया, ''हे देवी, आपको पता नहीं है कि आप पिछले जन्म में कौन थीं? और इस जन्म में आप किस निमित्त यहाँ हैं?''

ऐसा बोलना था कि सुनैना को भी एकदम से लगा कि शायद उसके श्रीकृष्ण यही हैं। उसने अवश्य पिछले जन्म में पुण्य किया होगा जो वह उसके पास आये हैं। कहा गया है कि ईश्वर का अवतार इन दैत्यों को मारने के लिए कई बार होगा। शायद ईश्वर ने फिर अवतार लिया हो और क्या पता कि वह उनकी लीला में सहभागिनी बने।

अब तक तारकेय ने सुनैना के दिमाग में चल रही उधेड़-बुन को भाँप लिया था। वह समझ गया कि उसका निशाना सही बैठा है। ''आपका समय निकट आ गया है। आप इस यन्त्र को लीजिए और हर रात सोने से पहले आप मुझे स्मरण कीजिए। जल्द ही आप मुझे प्राप्त कर लेंगी देवी।''

तारकेय का यह कहना था कि सुनैना को लगा कि सच में कई देवियों ने जैसे भगवान को प्राप्त किया है, वैसे ही वह भी इस यन्त्र के माध्यम से भगवान को प्राप्त कर सकती है। वह अब प्रसन्न हो गई थी। प्रसन्न भी क्यों ना हो? इतना

ताकतवर, सर्वशक्तिमान पति किसे प्यारा नहीं होगा? किसे ख़ुशी नहीं होगी। वह भी खुश थी और फिर यह कहकर तारकेय अपने विमान में बैठकर अंतर्धान हो गए।

कुछ ही दिनों में तारकेय द्वारा सभी आश्रमवासियों के साथ मिलकर उसी आश्रम में बने मन्दिर का कायाकल्प कर दिया गया। एक भव्य मन्दिर का निर्माण हो गया था। जहाँ पर बैठकर लोग सिर्फ़ सकारात्मक बातें करते और सकारात्मक ऊर्जा का संचार होता था।

प्राचीनकाल में स्त्रियों की दशा बेहतर बतायी गई है, खासकर *ऋग्वेद* काल में। परन्तु महाभारत युद्ध के बाद द्रौपदी को इस नरसंहार का सबसे बड़ा दोषी माना गया और यह बात आम जनमानस में पूरी तरह से फैल गई थी कि स्त्रियों की हर बात मानना महाभारत कराना है। दूसरा कारण यह भी हो सकता है कि छोटे-छोटे गाँवों की कन्याएँ अपने गाँव के कान्हा से नयन-मटक्का करने लगी थीं। श्रीकृष्ण की लीला का असर दिन-प्रतिदिन बढ़ता ही जा रहा था। इसे ही कालजयी होना कहते हैं। जिस कारण गाँव के माँ-बाप अपनी बेटियों की पहरेदारी करने लगे। परन्तु वे ईश्वर को सर्वश्रेष्ठ मानते थे, जिस वजह से पुरोहित के यज्ञ में शामिल होने के लिए राजा या मंत्री अपनी बेटियों को भेज दिया करते थे। यह धारणा थी कि कुँआरी कन्या के यज्ञ में शामिल होने से ईश्वर प्रसन्न हो जाते हैं। यही कारण था कि सुनैना ऋषि झंडेलाल के पास गई थी। जब यज्ञ सम्पन्न हो गया तो ऋषि झंडेलाल उसे सधन्यवाद उसके घर छोड़ आए।

एक तरफ़ सुनैना को दिन-रात तारकेय की याद आने लगी थी। सुनैना को खाते-पीते, उठते सात फ़ीट लम्बा सबसे ताकतवर नौजवान, जिसके अनुसार पूरी सृष्टि चलती है। पूरा ब्रह्मांड चलता है, याद आने लगा। अब वह उसके सपनों का साथी बन गया था। उसके पिताजी की बातों ने उसकी इस भावना को और मज़बूत बनाया।

सुनैना के पिता सामंत करण का घर बिठूर आश्रम से चार मील दूर ससियामऊ में था। उनका चार कमरों का बड़ा-सा घर था। बाहर छप्पर पड़े हुए थे। जिसके नीचे दो पलंग पड़े हुए थे। जहाँ पर बैठकी जमती। या फिर शाम को वह पलंग बाहर निकालकर रख दिए जाते थे। गाँव के बड़े बुजुर्ग, खेत-खलिहान और गाय-भैंस का काम करके वहीं बैठकर राजप्रासाद में चल रहे काम-काज की बात किया करते थे। उनका साल में कई बार कन्नौज के राजप्रासाद की बैठक में आना-जाना होता था। फिर वह वहाँ के किस्से कई दिनों तक चटखारे मार के सुनाया करते थे। जब झंडेलाल, सुनैना को छोड़ने गए थे तो उनसे पहले ही दो आगंतुक बैठे हुए थे। एक आगंतुक ने सफ़ेद धोती और कुर्ता पहना हुआ था और सर पर पगड़ी बाँधे हुए

था। दूसरे ने कुछ पुराने कपड़े पहन रखे थे, जिस कारण ऐसा लग रहा था कि सामने वाले आगंतुक किसी गाँव के मुखिया थे और दूसरा व्यक्ति उनके यहाँ काम करने वाला कोई व्यक्ति लग रहा था। आगंतुकों ने सुनैना को पहली बार देखा था। इतनी सुन्दर कन्या उन्होंने अपने गाँव में इससे पहले कभी नहीं देखी थी। प्यारे-प्यारे मादक गुलाबी होंठ, कोमल ठुड्डी, हवा में उड़ते बाल, मोती जैसी बड़ी-बड़ी आँखें, नागिन जैसी लहराती हुई कमर, किसी को भी अपनी ओर आकर्षित करने के लिए पर्याप्त थी। वह किसी राजकुमारी से भी अधिक सुन्दर लग रही थी।

वह आई और अन्दर प्रवेश कर गई। अपनी माँ से मिली। ऋषि झंडेलाल को बाहर एक पलंग पर बैठने का आग्रह किया गया और आगंतुक के साथ सामंतजी बैठ गए। दूसरे आगंतुक पलंग से उठकर खड़े हो गए।

सामंतजी ने आगंतुक का ऋषि झंडेलाल से परिचय करवाया, ''ये कौशाम्बी नगर से दस मील करीब गाँव ऋषिपुर के मुखिया हैं।''

अब कुछ वरिष्ठ लोगों के बीच बात हो रही हो तो राजनीति और खेती-बाड़ी पर बात न हो, ऐसा हो ही नहीं सकता था।

मुखिया जी ने चिंता व्यक्त की थी कि अगर इस बार ढंग से बारिश न हुई तो बड़ी दिक्कत का सामना करना पड़ेगा। सूखा पड़ जाएगा, लोग अन्न के एक-एक दाने को तरस जाएँगे।

बात भी सही थी। सामंतजी ने उनकी हाँ में हाँ मिलाई। तभी सामंतजी को यह जानकारी मिली कि ऋषि झंडेलाल ने अपने यज्ञ और पूजा-पाठ से ईश्वर को प्रसन्न करके वरदान प्राप्त कर लिया है। उन्होंने ऋषि से आग्रह किया, ''ऋषिवर अगर आप चाहेंगे तो ईश्वर बारिश भी करवा देंगे।''

इस पर मुखियाजी ने बिना देर किए अपनी बात जोड़ दी—''हाँ, अगर ऋषिवर आप बारिश करवा दें तो हमारी गायों के लिए चारा पैदा हो जाएगा। वरना उनके लिए चारा जुटाना मुश्किल हो जाएगा। मैं सदैव आपका आभारी रहूँगा।''

ऋषिवर ने भी हाथ उठाते हुए वचन दिया, ''आप लोग कतई चिंतित न हों, समझ लें कि काम हो गया।''

मुखियाजी फिर बोल पड़े, ''यज्ञ वगैरह कुछ करना हो तो जो खर्च आएगा, मैं तन-मन-धन और पूरे परिवार सहित निर्वहन करने के लिए तैयार हूँ।''

ऋषिवर ने उन्हें इस बात को याद रखने के लिए कह दिया, ''आप इस वचन को याद रखियेगा। मैं समय आने पर ज़रूर आपसे माँग लूँगा।''

उस वक्त तो मुखिया जी ने बड़े जोश में कहा था, ''हाँ, आपका आदेश

सर आँखों पर होगा ऋषिवर।''

बात किसी दूसरी तरफ़ मुड़ गई थी, लेकिन मुखियाजी ने जब से सुनैना को देखा था, तब से रह-रहकर उनके मन में बस सुनैना का अपने पुत्र सुभद्र के साथ विवाह कराने का विचार चल रहा था। समझ नहीं पा रहे थे कि बात किस तरह शुरू की जाए।

तभी उनके मन में विचार आया, ''सामंत जी, अगर आप बुरा न मानें तो एक बात कहूँ?''

''अरे मुखिया जी, कैसी बात करते हैं आप? आपकी बात का बुरा क्यों मानूँगा। आप मेरा अहित थोड़े ही चाहते हैं।''

थोड़ा संकोच करते हुए, उन्होंने अपनी पगड़ी सँभाली और बोलना शुरू किया, ''आपकी बेटी अब बड़ी हो गई है। इसके विवाह के लिए लड़का नहीं देख रहे आप?''

मानो सामंतजी की दुखती रग पर उन्होंने हाथ रख दिया हो, ''देख रहे हैं, पर कोई ढंग का लड़का मिल नहीं रहा है।''

मुखिया जी मानो इसी वक्त की प्रतीक्षा कर रहे थे। वे अपना दुखड़ा सुनाने लगे, ''सही कह रहे हैं। आजकल बड़ा कठिन हो गया योग्य वर ढूँढ़ना। हम भी अपने पुत्र सुभद्र के लिए लड़की नहीं ढूँढ़ पा रहे हैं।''

''आजकल जान-पहचान में योग्य वर ढूँढ़ पाना बहुत कठिन हो गया है।''

वहाँ तीसरे व्यक्ति झंडेलाल बैठे थे। उन्होंने संपूर्ण बातचीत के मर्म को समझ लिया, ''बगल में छोरा, गाँव में ढिंढोरा।''

सुनकर मुखिया जी हँस पड़े, फिर सकुचाते हुए बोले, ''मैं भी यही चाहता था कि मेरे सुपुत्र सुभद्र का विवाह अगर सामंतजी की बिटिया के साथ हो जाए तो कितना अच्छा हो। लेकिन सामंतजी की प्रतिष्ठा देखकर मैं कहने में हिचक रहा था।''

सामंतजी के मन में अचानक कौंधा कि यह विचार अब तक उनके मन में क्यों नहीं आया। जब हमारे जान-पहचान के ही सज्जन का पुत्र इतना योग्य है तो कहीं और जाने की आवश्यकता ही क्या है? अपनी जान-पहचान में ऐसा लड़का कहाँ मिलता है? उन्होंने बात आगे बढ़ाई, ''आप क्यों हिचक रहे थे? आप तो ऋषिपुर के मुखिया हैं।'' फिर रुककर ऋषिवर की तरफ़ इशारा करते हुए उन्होंने बताया, ''इनके पास आस-पास के क्षेत्र में सबसे अधिक गाएँ हैं। एक वक्त जो जलवा गाएँ पालने के मामले में बरसाना का था, वह अब ऋषिपुर का है। अब ये

हम जैसे राजप्रासाद के सेवक से हिचकेंगे तो कैसे काम चलेगा?"

वैसे भी उस वक्त ब्राह्मण, क्षत्रिय, वैश्य और शूद्र के अलावा सामाजिक संरचना ऐसी थी कि सामंत या मंत्री को गाँव का सबसे शक्तिशाली व्यक्ति माना जाता था और सबसे धनवान वे लोग होते थे जिनके पास गाय और खेत अधिक होते थे। कोई भी व्यक्ति अपनी बेटी का विवाह ऐसी जगह नहीं करता था जिसके पास उससे कम गाएँ या खेत हों। यहाँ तक कि राजमहल के मंत्रीगण या सामंत भी अपनी बेटियों का विवाह गाँव के सबसे अधिक पशु मालिक या फिर अधिक खेत वाले लोगों के यहाँ करना अच्छा समझते थे। फिर अगला नंबर उनका आता था जो क्षत्रिय थे और राजमहल में बतौर सैनिक नौकरी करते थे। इनकी पहुँच राजा तक नहीं होती थी, ये बस राजमहल के बाहर नौकरी करते थे और युद्ध आने पर लड़ाई के लिए तैयार रहते थे। ठीक इसीलिए राज्य के सामंतजी अपनी बेटी की शादी अपने राज्य के सबसे धनवान गौ मालिक या फिर कृषक से करना चाहते थे। इसीलिए सामंतजी बात-बात में यह बताना भी नहीं भूले कि मुखियाजी के पास बरसाना को टक्कर देने की क्षमता है। जो इतिहास में लम्बे समय तक गायों के लिए ही जाना जाता रहा है।

ऋषि झंडेलाल ने उनका गोत्र आदि पूछा और फिर रिश्ते को अच्छा बताया। कुल छत्तीस के छत्तीस गुण मिलते थे। दोनों समधी चहक उठे। अब यह था कि चट मंगनी पट ब्याह हो जाए।

सुनैना बरामदे के पीछे से उनकी बात सुन रही थी। उसे ऐसा लगा जैसे यह सुनते ही उसके कान फट क्यों नहीं गए? जिस स्थान पर वह खड़ी है, वह धरती धँस क्यों नहीं गई? जैसे सीता माता धरती में समा गई थीं। यह छत उसके ऊपर गिर क्यों नहीं गई? आख़िर उसके पिता उससे बिना पूछे ब्याह की बात कैसे कर रहे थे? क्या पुत्री की सहमति नहीं ली जानी चाहिए? उसे भी अपनी पसंद-नापसंद बताने का अधिकार होना चाहिए।

सूर्यांश

जिस तरह मेरी किताब की पात्र सुनैना प्रेम और शादी के ऊहापोह में फँसी थी, ठीक उसी तरह मेरी ज़िन्दगी में होने वाली प्रेमिका भी इसी ऊहापोह में फँस गई थी—प्रेम करे या न करे?

मैं उसके लिए रात-दिन जुटा हुआ था। बस कुछ ही दिन में मैंने *कुरआन* लगभग पढ़ ली थी। फिर मैंने ख़त लिखकर उसे सूचित भी कर दिया, "मैंने *कुरआन* पढ़ ली है। अब बताओ आपके प्यार को पाने के लिए क्या करना पड़ेगा?"

उस खत को पढ़ते ही, लड़की को अपनी एक फ्रेंड की बात याद आई। उसने फ्रेंड को मेरे बारे में बताया था। उसकी फ्रेंड ने उसे समझाते हुए कहा था, "अगर तुम्हें वह बिना देखे इतना भा रहा है तो एक मौका दे सकती हो। एक बार उससे मिल लो, ठीक लगे तो बात आगे बढ़ा दो। अभी से इतना आगे सोचने का कोई फ़ायदा नहीं?"

लड़की ने सवाल किया था, "कहीं सच्चा वाला प्यार हो गया तो गड़बड़ हो जायेगी। मैं अपने अम्मी और अब्बा को दुःख पहुँचा कर कोई काम नहीं करना चाहती।"

उसकी फ्रेंड ने उसे समझाते हुए कहा था, "देखो, अभी बी-टेक कर रही हो, फिर कहीं जॉब करने बाहर जाओगी। इसके बाद हो सकता है कि विदेश भी चली जाओ। तब तक तुम्हारी और तुम्हारे पापा की सोच कितनी बदल जाए, तुम नहीं जानतीं। चलो अगर तुम्हारी बात मान भी लें तो विश्वास करो अधिकतर मोहब्बत निकाह तक नहीं पहुँचतीं, बहुत पहले ही दम तोड़ देती हैं। ऐसे में मोहब्बत करने में कोई बुराई नहीं है। अभी के लिए इतनी दूर की मत सोचो। निकाह बड़ी दूर की बात है। मोहब्बत करने में कोई बुराई नहीं है। बस ढँग से जाँच-परख लो।"

उस ख़त ने इस सोच को तो पक्का कर दिया था कि सूर्यांश उसको लेकर सीरियस था। अब फ्रेंड की बातों ने उसे इश्क़ के बारे में सोचने के लिए मजबूर कर दिया। लेकिन वह पहले सूर्यांश को परख लेना चाहती थी। "मुलाक़ात, इतनी आसान नहीं है। मुझे छूने का सपना भी नहीं देख सकते तुम। *क़ुरआन* टेस्ट तो ख़ैर बाद में लिया जाएगा। बिना परीक्षा लिए पास नहीं किया जाएगा। अगर तुम मुझसे मोहब्बत करते हो तो तुम्हें परसों फ्रेशर्स पार्टी के दौरान स्टेज पर चढ़कर मुझे प्रपोज़ करना पड़ेगा। करने के बाद अगर मुझे तुम पसंद आये तो मैं आगे के बारे में सोचूँगी। अगर फट्टू निकले तो अपने लिए कोई दूसरी ढूँढ़ लेना। हाँ, एक बात तो भूल ही गई। मेरा नाम नाज़ है। प्रपोज़ करने के लिए नाम तो पता होना चाहिए ना!"

खचाखच भरा हुआ ऑडिटोरियम, लगभग हज़ार लोगों की भीड़, नौजवानों का जोश। हर तरफ़ उत्सुकता थी। जिसे कहते हैं ना चेरी ऑन द केक, वह काम मिस्टर फ्रेशर और मिस फ्रेशर का कॉम्पीटीशन करने वाला था। मिस्टर फ्रेशर और मिस फ्रेशर को लेकर भी कई लड़के-लड़कियों के ख़्वाब रहे होंगे। जो भी खुद को थोड़ा ड्यूड समझता उसको यही लगता कि मिस्टर फ्रेशर बनकर वह हिन्दी युवा

लेखकों की तरह कॉलेज का पोस्टर बॉय बन जाए। दूसरी तरफ़, ऐसी लड़कियाँ जिनके बॉयफ्रेंड ने कभी कहा हो, "तुम्हारी खूबसूरती के आगे तो सारी कायनात ही शरमा जाए," वह मिस फ्रेशर बनकर हर लड़के के सपनों में आने का ख़्वाब देखने लगी थी। दूसरी तरफ़, कॉलेज के नए-नए पियक्कड़ हॉस्टल से हल्की-हल्की चढ़ा कर आए थे। नए प्रेमी-प्रेमिका एक-दूसरे के संग बन-ठन कर घूम रहे थे। कुछ जो इस कॉलेज की रूटीन लाइफ़ से बोर हो चुके थे, वे ऐसे मौके की तलाश में थे कि कब मौका मिले और वह अपनी प्रेमिका को मूवी दिखाने ले जाएँ। जो युगल मोहब्बत की शे'र-ओ-शायरी से आगे बढ़ चुके थे, वे इस मौके की तलाश में रहते कि जब ऑडिटोरियम पूरा भर जाएगा तो वह किसी क्लास रूम में अपनी प्रेमिका को ले जाकर कम-से-कम किस तो कर ही लेंगे। फ्रेशर्स पार्टी एक थी और हर किसी के सपने अनेक।

मेरी आँखें नाज़ की तलाश कर रही थीं। अर्जुन की निगाह मछली पर थी। आख़िर मछली किधर है? आख़िर वह कौन है? मैं अपने पास बैठी लड़की को देखता, कहीं यही तो नाज़ नहीं? फिर ध्यान आता कि दूर से देखी नाज़ की नाक इससे नहीं मिल रही, बस मेरा मन नकार देता। तभी कोई सुन्दर-सी लड़की बगल से गुज़रती, मेरे मन में तुरंत ख़याल आता कहीं यह नाज़ तो नहीं? इससे पहले मैं उसे नाज़ मान लेता, मेरा मन अपनी खिडकी के पीछे वाली तस्वीर से उस लड़की को मैच करने की कोशिश करता और फिर नकार देता, "नहीं-नहीं, नाज़ तो लम्बी है। यह नहीं हो सकती।" हर लड़की में मुझे नाज़ दिखने लगी थी। प्रेम का रंग ठीक परम पिता परमेश्वर की भाँति होता है। जैसे हर भक्त को हर जगह परमेश्वर दिखाई पड़ते हैं, ठीक वैसे ही मुझे हर लड़की में नाज़ दिखाई पड़ने लगी थी।

उससे पहले ही मैंने अपने रूममेट 'जीलियो', जो दूसरी ब्रांच में था, से भी नाज़ के बारे में पूछ लिया था। वह भी हैरान था, उसकी अधिकतर लड़कियों से दोस्ती हो गई थी, पर नाज़ नाम उसने पहली दफ़ा सुना था।

मैं इधर-उधर हैरान निगाहों से तलाश कर ही रहा था कि मेरे फ़ोन में एक व्हाट्सऐप मैसेज आया, 'अभी इस इवेंट के बाद दो मिनट का ब्रेक होगा। उस वक्त अगर तुमने स्टेज पर चढ़कर प्रपोज़ कर दिया तो तुम्हारा प्यार तुम्हें मिल जाएगा। वरना अपने लिए कोई ऐरी-गैरी दूसरी देख लेना। तुम्हें नाज़ तो न मिलने वाली बच्चू!' बिना फ़ोटोग्राफ़ वाले उस व्हाट्सऐप मैसेज से साफ़ था कि नाज़ का ही मैसेज है।

जैसे ही मैंने वह मैसेज देखा, मेरी फट के हाथ में आ गई। अभी तक मुझे

लग रहा था कि नाज़ ने ऐसे ही कह दिया होगा। भला ऐसा कोई करता है कि हज़ार बच्चों और सभी प्रोफ़ेसर्स के सामने कोई लड़का अपने कॉलेज की किसी लड़की को प्रपोज़ करे? हो सकता है, हिन्दी फ़िल्मों में किया जाता हो, वरुण धवन ने किया हो, गोविंदा या सलमान खान ने किया हो। हो सकता है कि किसी पॉपुलर लेखक ने अपनी कॉलेज लव स्टोरी में ऐसा दिखा दिया हो। हो सकता है कि किसी तकनीकी कोर्स का छात्र जो नया-नया कवि बना हो, उसने अपनी कल्पना की पींगें उड़ाकर एक कविता रच दी हो और वह वीडियो वायरल हो गया हो। पर यह ज़िन्दगी उनकी तरह काल्पनिक कहानी थोड़ी है। यह वास्तविक जीवन है, यहाँ पर ऐसा कैसे हो सकता है? असल जीवन और काल्पनिक जीवन में यही फ़र्क होता है। इसीलिए हम काल्पनिक फ़िल्में, किताबें और कवितायें पसंद करते हैं, क्योंकि उनमें वह लिखा होता है जो असल जीवन में हम नहीं कर पाते, सिर्फ़ कल्पना में ही पढ़, देख व सुन पाते हैं। लेकिन नाज़ के इस मैसेज ने तो यह दिखा दिया था कि वह इस बात को लेकर सीरियस है। मैंने कभी नहीं सोचा था कि मेरे जीवन में ऐसा समय आएगा जब मुझे अपना प्यार सिद्ध करने के लिए हज़ारों लोगों के सामने प्रपोज़ करना पड़ेगा। अगले पल मेरा मन दूसरी तरफ़ दौड़ गया। मैंने एक किताब में पढ़ा था कि प्रेम कोई सिद्ध करने वाली चीज़ नहीं है। यह तो खुद इंसान को समझ आती है। कहते हैं कि जो खामोशी न समझे वह अलफ़ाज़ क्या समझेंगे? मैं इस असमंजस में इधर-उधर पेंडुलम की भाँति लटक रहा था कि वह इवेंट ख़त्म हो गया और नए कार्यक्रम के लिए दो मिनट का ब्रेक दिया गया। इससे पहले कि मैं कुछ सोच पाता, मेरे पास व्हाट्सऐप मैसेज आया, 'अपने प्रेम को पाने के लिए सिर्फ़ दो मिनट हैं तुम्हारे पास। सिर्फ़ दो मिनट। प्यार को पाने को दो मिनट। तुम्हारी ज़िन्दगी के दो मिनट।'

अगर वह मैसेज न करती तो शायद मैं स्टेज पर जाकर प्रपोज़ करने की सोचता भी नहीं, उस बात को जाने देता और उसे बाद में मना लेता। पर अब तो वह लगातार अलार्म बजा रही थी, जैसे उससे प्रेम सिद्ध करने का यही तरीका है। प्रेम न हो गया प्रमेय हो गया, जिसे सिद्ध ही करना है। मेरे मन में ख़याल आया कि इतने लोगों के सामने अगर आज मैंने बोल दिया तो हज़ारों लोग मुझे पहचान जायेंगे, हो सकता है कि चार साल तक मेरी खिल्ली भी उड़ायें। कैसे बिताऊँगा मैं चार साल? सबसे बड़ा डर यह था कि सामने वाली पंक्ति में बैठे प्रोफ़ेसर को भी अगर इस बात से बुरा लगा तो मुझे रेस्टिकेट किया जा सकता है। फिर क्या मुँह दिखाऊँगा अपने मम्मी-पापा को?

अगले ही पल एक कहानी ध्यान आई, जो मैंने किसी विदेशी लेखक की किताब में पढ़ी थी। कहानी का सारांश था, "प्रेम ही जीवन है। अगर प्रेम में बचपना नहीं, प्रेम में नादानी नहीं है, प्रेम में पागलपन, दीवानापन नहीं किया, प्रेम में कभी कोई गलती नहीं की तो क्या ख़ाक प्रेम किया? वह प्रेम नहीं, समाज के दायरे में फ़िट जीवन हो गया। बिलकुल नीरस! साधारण प्रेम ही तो है जो इस नीरस जीवन की सब्ज़ी में चटक मसाले का काम करता है। जो बिना स्वाद की तरकारी को भी स्वाद से भर देता है। लोगों ने तो प्रेम साबित करने के लिए अपनी जान तक दी है।" अगले ही पल मुझे ध्यान आया, 'देवदास और पारो की कहानी किसने नहीं सुनी, रोमियो-जूलिएट, हीर-रांझा। किसी को प्रेम नहीं मिल पाया। लेकिन मैं इस वक्त प्रेम हासिल कर सकता हूँ। मेरे पास मौका है। अगर मुझे आज प्यार न मिला तो इसका दोषी मैं खुद होऊँगा कोई और नहीं। का वर्षा जब कृषि सुखाने।'

मैंने मंच की तरफ़ देखा और पाया कि दोनों तरफ़ से सीढ़ियाँ हैं चढ़ने के लिए और पीछे बाएँ हाथ की तरफ़ बाहर निकलने का रास्ता भी है। मैं अब तक तय कर चुका था कि जो होगा देखा जाएगा। प्यार के लिए इतना पागलपन न दिखाया तो क्या ख़ाक प्यार किया? मैं एक नए जोश से भर गया। अपनी जगह से अभी हिला नहीं था, तभी मेरे पास फिर मैसेज आया, 'नाज़ ऐसे नहीं मिलती। अब उसे पाने के सिर्फ़ 30 सैकेंड बचे हैं।' इस मैसेज ने मेरी जड़ता तोड़ दी। अब मुझे कुछ नहीं दिखाई दे रहा था। मुझे किसी से कोई मतलब नहीं था। मुझे लग रहा था कि इस ऑडीटोरियम में सिर्फ़ नाज़ है और मैं हूँ। इसके सिवाय कुछ नहीं। बिलकुल शांत है पूरा ऑडीटोरियम। एक गज़ब की ऊर्जा का संचार हो गया था। मैं भागकर पहुँचा स्टेज पर, एंकर से माइक छीना। अपनी आँखें मूँदीं। मुझे नीचे कुछ नहीं दिख रहा था। दिख रही थी सिर्फ़ एक लड़की, पीला सलवार-सूट पहने लम्बी-सी वह लड़की, जिसके दायें गाल पर हल्का-सा तिल है। चेहरे पर इस बात की ख़ुशी कि उसका प्रेमी उसे पागलपन की हद तक प्रेम करता है। उसकी आँखों से आँसू गिर रहे होंगे। वह सोच रही होगी कि उसने सिर्फ़ मज़ाक में ऐसा कहा था और इसने तो सच कर दिखाया, किसी बात की परवाह किए बग़ैर। वह लड़का जिसका बचपन से सपना रहा होगा, आईआईटी में पढ़ने का और जब वह आईआईटी में आया तो ऐसी लड़की के लिए अपने भविष्य को दाँव पर लगा दिया था जिसे अभी तक उसने नज़दीक से देखा भी नहीं था। मैं ज़ोर से चिल्लाया था, "आई लव यू नाज़।" और कहकर भाग खड़ा हुआ था। एग्ज़िट गेट से रफ़ूचक्कर। जितनी देर में एंकर छात्र या वहाँ मौजूद बच्चों को कुछ समझ आता, उतनी देर में कहानी पूरी

हो चुकी थी। भागते हुए मुझे कुछ नहीं दिखाई पड़ रहा था, पीछे ऑडिटोरियम से सीटियों और तालियों की आवाज़ आ रही थी।

तेरह दिन! हाँ तेरह दिन के वनवास के बाद मुझे हॉस्टल में लौटना था। मेरी इस गलती के लिए डीन ने तेरह दिन के लिए रेस्टिकेट किया था। घर पर माँ-बाप के भाषण सुनने के साथ सिर्फ़ एक ही उम्मीद थी जो मुझे ज़िंदा रखे हुए थी। तेरह दिन बाद साढ़े पाँच बजे नाज़ से मिलना। सिर्फ़ इस एक उम्मीद में मैंने तेरह दिन गुज़ारे थे।

एक लड़का जिसके माँ-बाप उसके आईआईटी में सेलेक्शन के बाद गर्व से सीना चौड़ा करके चलते थे। दो महीने के अन्दर अगर उसे रेस्टिकेट कर दिया जाता है तो उनके दिल पर क्या गुज़री होगी। किस मुँह से बताते कि लड़कीबाज़ी के चक्कर में लड़के को तेरह दिन के लिए रेस्टिकेट कर दिया गया है। "छि-छि! आज तक मेरे ख़ानदान में ऐसा किसी ने नहीं किया था। आज इसने वह कारनामा कर दिखाया है," पिताजी बोले। मैंने भी जवाब दे दिया था, "पूरे खानदान में आज तक कोई आईआईटी भी तो नहीं जा पाया है।" लड़का बड़ा हो गया है, समझकर घर से बाहर निकल गए थे पिता जी।

जब तेरह दिन बाद माँ की ढेर सारी सलाह और पिताजी के ढेर सारे ताने सुनकर मैं वापस आया तो मन में यही चल रहा था कि अब ऐसी कोई हरकत नहीं करूँगा और बस पढ़ाई पर ध्यान दूँगा। लेकिन साढ़े पाँच बजे का जादू ऐसा था कि माँ-बाप का सिखाया सब कुछ भूल जाया करता था। लौंडा बिगड़ गया टाइप। मैं उस खिड़की की तरफ़ देख रहा था। मारे गुस्से के। वह लड़की वहीं पर बैठी कुछ लिख रही थी। मैं उससे मिलना चाहता था। मैं तुरंत हॉस्टल से नीचे उतरकर पीछे सड़क पर जाने लगा। जब वहाँ पर पहुँचा तो मेरा गुस्सा सातवें आसमान पर पहुँच चुका था। वह लड़की वहाँ से फुर्र हो चुकी थी। मैं उस सीट पर गुस्सा होकर बैठ गया। मैं वापस आने ही वाला था कि मन ने कहा कि एक बार डस्टबिन देख लिया जाए। देखा वहाँ ढेर सारे ख़त थे। सभी खतों पर तारीख़ लिखी थी।

जिस दिन सूर्यांश ने उसे प्रपोज़ किया था, उस रात उस लड़की को नींद नहीं आई। बिना देखे कोई इतना प्यार कैसे कर सकता है? दूर से देखना भी लगभग नहीं देखना ही है। कोई बिना देखे अपने करियर को दाँव पर कैसे लगा सकता है? ऐसा करियर जिसके बारे में लोग सपना देखते हैं। वह ऐसा कैसे कर सकता है? चेतन मन ने उससे सवाल किया था, "क्या सच में वह मुझसे इतनी मोहब्बत करता है?" अवचेतन मन ने तत्काल जवाब दिया, "अब भी कोई शक?"

अंगड़ाई लेते हुए उसने अपने आपसे पूछा, "लेकिन अम्मी-अब्बा?" फिर से उसे उसकी फ्रेंड की एक बात ने मोटिवेट किया, "ज़्यादातर इश्क़ निकाह से पहले ही दफ़न हो जाते हैं।"

"यह तो उस मोहब्बत करने वाले के साथ बेवफ़ाई करने जैसा होगा? यह निहायत ही गलत काम है?" उसके चेतन मन ने फिर से सवाल किया।

अवचेतन मन पूरी मज़बूती से जवाब दे रहा था, "ये कैसी बात है? सारी बात सच-सच कह दो। किसी से झूठ बोलना अपराध है। लेकिन किसी को सच बताकर मोहब्बत करना कोई अपराध नहीं है। शादी करना ही मोहब्बत को सार्थक करना है तो बहुत सारे प्रेमी-प्रेमिका निकाह किए बग़ैर मोहब्बत की निशानी के रूप में अमर हो गए।"

असल में अवचेतन मन किसी मज़हब को नहीं मानता। अवचेतन मन मोहब्बत समझता है, भावनाएँ समझता है। वह शारीरिक ज़रूरतें समझता है। जबकि चेतन मन मज़हब भी मानता है, अपने लिए लकीरें भी खींचता है और उसे मोहब्बत समझने के लिए अलफ़ाज़ भी सुनने होते हैं। चेतन मन समाज के बनाए नियमों पर चलता है और अवचेतन मन प्रकृति के बनाये नियमों पर। अवचेतन मन को प्रेम हो गया तो चेतन मन सवाल करने लगा। प्रकृति का काम है प्रेम करना और समाज का काम है नियम-कानून बनाना। दोनों ही अपने-अपने काम में लगे हुए थे।

लेकिन मोहब्बत के मामले में आख़िर अवचेतन मन जीत गया। फ़ातिमा ने न-न करते हुए कलम उठा ही ली। लिखूँ-न-लिखूँ के द्वंद्व में उसका अवचेतन मन चेतन मन पर भारी पड़ता जा रहा था। वीर तुम बढ़े चलो की तर्ज पर उसने ख़त लिख ही डाला, 'कोई लड़का बिना देखे-जाने-समझे ऐसा कैसे कर सकता है? तुम बहुत बड़े पगलू हो। तुम्हें ऐसा नहीं करना चाहिए था। तुम तेरह दिन के लिए रेस्टिकेट हो गए हो। मुझे तुम्हारी बड़ी फ़िक्र हो रही है। मेरे मज़ाक को तुमने बहुत गंभीरता से ले लिया। आई हेट यू। यू आर ए मैड।' इस ख़त में उसके अंतर्मन का प्रेम था, फ़िक्र थी और ख़याल भी। चेतन मन का मिज़ाज जुदा था।

चार दिन हो चुके थे अब तक अवचेतन मन ने विजय पा ली थी। चेतन मन ने अपने हथियार डाल दिए। चार दिन बाद उसने फिर से कलम उठाई, 'अब चार दिन हो चुके हैं। जब ठहर कर सोचती हूँ तो पाती हूँ कि तुमने वह कर दिखाया जो मेरे जैसी लड़की के लिए सपना होता है। आजकल की लड़कियों के सपने में कोई राजकुमार घोड़े पर सवार होकर नहीं आता। आजकल लड़कियाँ इन्हीं छोटी-छोटी चीज़ों में अपना सब कुछ न्योछावर कर देती हैं। मैं तुम्हारी हो चुकी हूँ,

पूरी तरह तुम्हारी। एक लड़की को क्या चाहिए, तुम्हारे जैसा पागलपन जो अपने प्यार के लिए कुछ भी न सोचे। तुम्हारे पागलपन ने मुझे जीत लिया, तुम्हारे प्यार के दीवानेपन के आगे मैंने घुटने टेक दिए और तुम्हारी ज़िन्दगी के फक्कड़पन के साथ मुझे जीने में बड़ा मज़ा आएगा। मुझ जैसी लड़की को तुमसे बेहतर कोई नहीं मिल सकता था। अब रोज़ सुबह जगती हूँ तो रोज़ एक दिन और कम हुआ एहसास करते हुए दिन की शुरुआत करती हूँ। मैं तेरह दिन बाद तुमसे मिलने के लिए बेताब हूँ। जब तुम मिलोगे मुझसे तो उस दिन अपनी पसंद पर उतना ही गर्व करोगे जितना मैं अपनी पसंद पर आज कर रही हूँ।'

दो ख़त पढ़ते ही मेरा गुस्सा काफ़ूर हो गया। मेरे मन में ख़ुशी की लहर दौड़ गई। ऐसा लगा कि मेरा इतना दंड पाना सफल हो गया। रेस्टिकेट होना, माँ की ढेर सारी बातें सुनना और पिता के उलाहने सुनना सब सफल हो गया।

तीसरे ख़त में लिखा था, 'अब तुम्हारे आने में सिर्फ़ तीन दिन बचे हैं। मेरी तो ख़ुशी की सीमा ही नहीं रह गई है। उस दिन के लिए मैंने पहले से ही प्लान कर लिया है। कल जाऊँगी उस शाम के लिए शॉपिंग करके आऊँगी। मैं अब खुद को सँभाल नहीं पा रही। बस आ जाना चाहती हूँ तुम्हारी बाँहों में, हमेशा-हमेशा के लिए। जानते हो, लड़की का दिल जीतना सबसे कठिन काम होता है। बाकी सब तो वह तुरंत हार बैठती है। तुमने मेरा दिल जीता है, देखना इसका ब्याज सहित क़र्ज़ वापस करूँगी तुम्हें।'

अंतिम ख़त, 'आज मैं बहुत खुश हूँ। तुम आ रहे हो। तुम बेशक मुझसे मिलना चाहते होगे। पूरे तेरह दिन बाद। तेरह दिन बाद मैं तुम्हारी उस खुली खिड़की को देखूँगी। बेचारी तेरह दिन से बंद थी। अकेले करती भी क्या? कोई उसके दिल को खोलने वाला भी तो होना चाहिए। जानते हो, मैं भी अब तुमसे मिलना चाहती हूँ। अब सब्र नहीं होता, अपने प्रेमी को बाँहों में भर लेना चाहती हूँ। तुम्हें चूम लेना चाहती हूँ और अपना बना लेना चाहती हूँ। एक खुशखबरी देती हूँ। अल्लाह ने भी क्या दिन चुना है तुम्हारे वापस आने का। आज मेरे मामू की शादी है। मैंने जाने से इनकार कर दिया है। सिर्फ़ तुम्हारे लिए। मेरे अब्बा और अम्मी, मामू के यहाँ शादी पर सुबह से ही चले गए हैं। शायद शाम को नहीं आयेंगे। आईआईटी के पीछे वाली कॉलोनी के सी-ब्लॉक के 203 नंबर घर पर आ जाना। मैं ठीक आठ बजे तुम्हारा इंतज़ार करूँगी।'

इधर मैंने अपनी प्रेमिका के दिल को जीत लिया था और आठ बजे अपनी

प्रेमिका से मिलने को तड़प रहा था, ठीक उसी तरह मेरी किताब की चरित्र सुनैना भी अपने प्रेम से मिलने के लिए तड़प रही थी।

तारकेय

बचपन से हर लड़की की तरह सुनैना भी सपने देखती थी कि एक दिन उसके सपनों का राजकुमार आएगा जो उसे डोली में ले जाएगा। पर जब आज उसकी शादी तय होने की बातचीत चल रही थी तो वह व्याकुल थी, पलंग पर इधर-से-उधर करवटें बदल रही थी। एक-एक पल उसको भारी लग रहा था। उसके मन में उसके ईश्वर घर कर गए थे। वह ईश्वर जिन्होंने उसे दर्शन दिए थे। जैसे गोपियाँ श्रीकृष्ण की दीवानी हो गई थीं, ठीक उसी तरह उसे भी लग रहा था कि वह अपना पूरा जीवन उस ईश्वर के लिए समर्पित कर दे जो हमेशा उसकी रक्षा के लिए खड़े रहते हैं। उसे बार-बार तारकेय की कही गई वह बात याद आ रही थी, ''हे देवी, आपको पता नहीं है आप पिछले जन्म में कौन थीं? आपका यह जन्म किस निमित्त हुआ है?'' वह बार-बार खुद को कभी पार्वती समझती और कभी रुक्मिणी। वह समझ रही थी, ईश्वर आएँगे और मृत्युलोक में उसके साथ लीला करेंगे। फिर जीवन-मरण के बंधन से हमेशा-हमेशा के लिए छुटकारा दिला देंगे। उसे याद आया कि ईश्वर ने उसे एक यन्त्र दिया था। जिससे वह उन्हें बुला सकती है। उसने तुरंत दरवाज़ा बंद किया और उस यन्त्र को पकड़ लिया। जैसे ही वह ईश्वर को पुकारने जा रही थी, उसे समाज की वे बंदिशें याद आईं। एक बार जब पड़ोस की लड़की पड़ोस के ही एक लड़के के साथ प्रेम करते हुए पकड़ी गई थी, तो उसके पिताजी ने बुलाकर उसे समझाया था, ''बेटा, सब कुछ करना पर कभी अपनी मर्यादा मत भूलना। तुम्हारी मर्यादा में ही हमारा सम्मान है, अगर तुमने अपनी मर्यादा के विपरीत कोई कार्य किया तो उस दिन मेरी नाक कट जाएगी। जीवन में मैंने सिर्फ़ सम्मान ही तो कमाया है। वह चला गया तो कुछ न बचेगा।'' वह उस यन्त्र को रखने ही जा रही थी। तभी उसे याद आया कि उसकी माँ दिन-रात ईश्वर की पूजा करती हैं। एक बार माँ ने कहा था, ''बेटा मेरे साथ ईश्वर की प्रार्थना किया कर। ईश्वर की प्राप्ति से बड़ा सुख कोई नहीं है।'' तब उसने बचपन में ही माँ से पूछ लिया था, ''माँ अगर आपको भगवान प्राप्त हो गए तो क्या आप पिताजी को छोड़ के चली जाएँगी।''

उन्होंने बड़े प्यार से दुलारते हुए उत्तर दिया था, ''इस अभागिन को ईश्वर कहाँ नसीब हैं?'' इसका मतलब उसे अब समझ आया था। जब माँ ईश्वर को

प्राप्त करने पर सबको छोड़कर उनके साथ चली जाती तो जब ईश्वर ने मुझे उन्हें याद करने का यन्त्र दिया है तो उन्हें बुलाने में क्या दिक्कत है? आख़िर वह इस वक्त बहुत बड़ी समस्या में फँसी थी। सिर्फ़ ईश्वर ही इससे निकाल सकते थे।

उसने तुरंत यन्त्र के सामने ईश्वर को याद किया, ''हे प्रभु, मैं इस वक्त बड़ी दुविधा में हूँ। आप मदद करिए मुझे इस समस्या से निकालने में।'' जैसे ही उसने दो-तीन बार यह कहा। उसकी आवाज़ पृथ्वी का चक्कर लगा रहे अंतरिक्ष यान पर पहुँची और तारकेय को अपनी उड़न तश्तरी से वहाँ पहुँचने में ज़रा भी समय नहीं लगा। वहाँ पहुँचने के बाद उसने सिवाका को तत्काल उड़नतश्तरी ले जाने का आदेश दिया। अभी वे लोग सिर्फ़ सौ मीटर तक ही 'टेलीपोर्ट' करना सीख पाए थे। टेलीपोर्ट वह तकनीक होती है, जिससे एक जगह से गायब होकर आप दूसरी जगह पर पहुँच सकते हैं। तारकेय भी सीधा उस जगह से सुनैना के कमरे में टेलीपोर्ट होकर पहुँच गया। यह उस समय किसी दूसरी सभ्यता के इंसान को भगवान मानने के लिए पर्याप्त था। उस समय के अनुसार सोचा जाए तो यह कितना आश्चर्यचकित करने वाला था कि एक इंसान बिना दरवाज़ा खोले ही अन्दर एकदम से प्रकट हो गया। इसे ही शायद प्रकट होना कहा जाता होगा। सुनैना के लिए भी तारकेय को ईश्वर मानने के लिए इतना ही काफ़ी था। हर किसी के मन में यही विचार आता कि ऐसा तो सिर्फ़ ईश्वर ही कर सकते थे। वह हाथ जोड़कर खड़ी हो गई थी।

~

अगले दिन सुबह जब उसके चेहरे पर सूर्य की किरणें पड़ीं तो उसकी नींद खुल गई। कहीं वह सपना तो नहीं देख रही थी? उसका मन इसी दुविधा में था कि क्या पिछली रात जो हुआ वह सपना था या सच? अगर यही सच है तो वह कितनी भाग्यशाली स्त्री है। आँखें मलते हुए जब वह उठी तो उसे महसूस हो रहा था कि सूर्य की किरणों की भाँति उसके जीवन की भी यह नई सुबह हो गई थी। वह अपनी ख़ुशी को ढंग से महसूस भी नहीं कर पायी थी कि तभी उसकी माँ ने दरवाज़े पर दस्तक दे दी, ''बेटा भोर हो गई, तुम अब तक सो रही हो?''

''आई माँ,'' एकदम से चहक उठी थी सुनैना। तत्काल वह उठकर माँ के पास पहुँच गई। वह खुद को आज देवी समझ रही थी और माँ को एक साधारण प्राणी। ''हाँ माँ, कल रात देर से सोई।''

''चल तैयार हो जा, आज तेरे होने वाले ससुर तेरे हाथ का भोजन करेंगे।'' उसके लिए मानो दिल छलनी करने वाला वाक्य था यह। ''क्या वह बुड्ढा अभी

तक यहाँ पर है?'' वह अपनी माँ से पूछना चाहती थी, लेकिन तभी उसे वह बात याद आई जब उसके प्रभु कल रात कमरे में आ गये थे और वह हाथ जोड़कर खड़ी हो गई थी। प्रभु ने अपने परिधानों (स्पेस सूट) से अपना मुकुट (हेलमेट) उतार दिया था। वह सुनैना की तरफ़ कामुक दृष्टि से देख रहे थे। सुनैना ने उनकी आँखों को पढ़ लिया था, लेकिन साथ-ही-साथ वह यह भी जानती थी कि हर पुरुष के अन्दर यह भावना प्राकृतिक रूप से रहती है। उसे इस बात पर भी गर्व हो रहा था कि ईश्वर ने उसका शरीर ऐसा गढ़ा है कि उसका अंग-अंग उन्हें कामुक बनाने के लिए पर्याप्त था। वह स्त्री ही क्या जो अपने शरीर से किसी पुरुष को अपने वश में न कर सके। वह एकटक उसे निहारे ही जा रहे थे। तभी उनकी मन:स्थिति को सुनैना समझ गई थी और उसने सिर्फ़ इतना कहा था, ''प्रभु?'' यह शब्द सुनते ही परमेश्वर ने खुद को ऐसे सँभाला था जैसे कोई साधारण इंसान हों। ऐसा साधारण इंसान जिसके मन में वासना हावी हो गई हो। आख़िर यह ईश्वर भी लीलाएँ करने में माहिर होते हैं। वह मुस्कुराई थी, उनकी इस लीला पर। थोड़ी देर में उन्होंने उसके दोनों हाथ छुड़ाते हुए कहा था, ''देवी, आप पिछले जन्म की मेरी अर्धांगिनी हैं। आपको इस जन्म में मेरे साथ लीला करने के लिए इस मृत्युलोक में जन्म लेना पड़ा है।'' यह सुनते ही उसके मन में गर्व का अंकुर फूट चुका था। उस वक्त वह स्वयं को चिकोटी काटना चाहती थी ताकि यह सुनिश्चित कर सके कि कहीं वह स्वप्न तो नहीं देख रही। यह कितने गर्व की बात थी कि वह इस सृष्टि के रचयिता की अर्धांगिनी है। आज तक जिसका उसे आभास भी नहीं था। यह चेतना भी कितनी विचित्र होती है। बहुत कुछ अपने गर्भ में छुपाए रहती है। ठीक इस धरती की भांति, हमें सिर्फ़ ऊपरी सतह ही दिखाई पड़ती है। जबकि इसके अन्दर जाने कितने खनिज, धन, स्वर्ण, हीरे-मोती और न जाने क्या-क्या छुपा हुआ है। ठीक इसी तरह चेतना भी जाने कितने जन्मों का लेखा-जोखा अपने अन्दर छिपाए रहती है और हमें लगता है कि हम बस यही हैं जो अभी दिखाई पड़ रहा है। एक मामूली स्त्री, एक मामूली इंसान। लेकिन वह बहुत भाग्यशाली थी जिसका भूत उन देवताओं के साथ गुज़रा था, जो सृष्टि के संरक्षक हैं। वह बिना देर किये अपने ईश्वर के चरणों में गिर पड़ी थी।

उसके ईश्वर ने तुरंत उठाया था और कहने लगे थे, ''देवी, आपका स्थान मेरे चरणों में नहीं बल्कि दिल में है। आइये गले लगिए।'' और सुनैना को अपने गले लगा लिया था। सुनैना को यह देखकर कितना अच्छा लगा था कि ईश्वर ऐसे ही ईश्वर नहीं होते। वे महिलाओं को भी बराबरी का स्थान देते हैं। दूसरी तरफ़

तारकेय आँखें बंद करके सुनैना के शरीर को महसूस कर रहा था। पीठ पर वासना जड़ित हाथ फेर रहा था और सुनैना को यह स्नेह के हाथ लग रहे थे। तारकेय ने बड़े दिनों के बाद किसी स्त्री का इस तरह से आलिंगन किया था। वह चाह रहा था कि बस उसे ऐसे ही पकड़े रहे और महसूस करता रहे। किन्तु उसने अपने आप को नियंत्रित किया और दोनों अलग हुए। उसने एक तरफ़ अपना हेलमेट रखा और दोनों साथ में पलंग पर बैठ गए। सुनैना को याद आया कि वह उसकी ही तरफ़ देख रहे थे और मारे शर्म के उसने नज़रें झुका ली थीं। पृथ्वी पर अभी भी शर्म और लाज ही लड़की का गहना था।

उसे याद आया कि कुछ देर दोनों तरफ़ चुप्पी छाई रही थी फिर ईश्वर ने पूछा था, ''देवी, आपने मुझे क्यों याद किया? कोई विशेष कारण?''

वह अपनी बात कहने में हिचक रही थी, ''मैं कैसे कहूँ आपको?'' संकोच में सुनैना कुछ कह नहीं पा रही थी।

''कहिए देवी। आप मुझसे कुछ भी निस्संकोच कह सकती हैं,'' सुनैना का हाथ पकड़ते हुए उसके ईश्वर ने भरोसा दिया।

उसने कहना शुरू किया, ''प्रभु, आप तो जानते ही हैं। आपसे क्या छुपा है। पिताजी ने मेरा विवाह ऋषिपुर के मुखिया के सुपुत्र सुभद्र के साथ तय कर दिया है,'' उसने यह कहते हुए नज़रें झुका लीं।

''बस इतनी-सी बात! आप परेशान न हों। यह सृष्टि मेरे कहे अनुसार चलती है। सृष्टि के आरम्भ से ही जो-जो होना है सब लिखा जा चुका है। आप कतई परेशान न हों। पिताजी को अपना कर्म करने दीजिये, आप अपना कर्म कीजिए। सृष्टि अपना काम स्वयं करती है। आप मेरी अर्धांगिनी हैं और हमेशा रहेंगी। सृष्टि का नियम नहीं बदलता।'' हाथ थामकर आँख से आँख मिलाकर ईश्वर ने उसे विश्वास दिलाते हुए कहा।

जिस तरह से देखते हुए उसके हाथ थामकर उन्होंने सुनैना से कहा, उससे सुनैना को भरोसा हो गया।

वह सोच में डूबी हुई थी कि उसकी माँ ने उसे तंद्रा से जगा दिया, ''क्या हुआ सुनैना? किस सोच में पड़ गईं? जल्दी जाकर तैयार हो जाओ। ससुरजी भोजन की प्रतीक्षा कर रहे हैं।''

''हाँ,'' दरवाज़े पर टेक लगाए खड़ी सुनैना एकदम से चौंक पड़ी, ''बिलकुल, तैयार होती हूँ।'' वह अपने ईश्वर के सिखाये रास्ते पर चल रही थी। मन में उमंग लिए पिछली रात के बारे में विचार करती हुई वह स्नानगृह में पहुँच

गई थी। उसने जैसे ही वस्त्र उतारने के लिए अपने हाथों से छुआ था तो उसे पिछली रात की वह सिहरन याद आई, जब किसी पुरुष ने पहली बार उसे इस तरह से स्पर्श किया था।

सुनैना को दिलासा देने के बाद तारकेय को पता था कि उसका जादू चल गया है। वह लोहे के गरम रहते ही हथौड़े से प्रहार करना चाहता था। सुनैना को अपने आगोश में भर लेना चाहता था, उसके होंठों का रस पी लेना चाहता था। तारकेय ने धीरे-से अपना हाथ उसकी हथेलियों से आगे बढ़ाया था। पुरुष स्पर्श की वजह से एकदम से सिहरन पैदा हुई थी, रग-रग में। वह इस स्पर्श में खो जाना चाहती थी। लेकिन समाज के बनाए नियम अनुमति नहीं दे रहे थे। वह चाहती थी कि ईश्वर उसको अपनी बाँहों में ले लें, लेकिन दूसरी तरफ़ यह भी चाहती थी कि कहीं ऐसा कुछ न हो जाए, जिससे उसका कुल बदनाम हो जाए। अभी कुछ वर्षों पहले कुंती से भी ऐसी ही कोई गलती हुई थी, जो पूरे समाज को कथा की तरह याद है। वह उदाहरण बन चुकी है। आख़िरकार एक स्त्री मन ने खुद पर काबू पा लिया था और अपना हाथ खींच लिया था।

तारकेय जो अब तक सोच रहा था कि मछली जाल में फँस चुकी है, पर यहाँ पर उसके उलट हुआ था। "क्या हुआ देवी?"

असल में हुआ कुछ नहीं था। सुनैना शरमा गई थी। उसने बात को दूसरी दिशा में मोड़ दिया, "प्रभु, मैं आपके प्रति समर्पित हूँ। अब आप ही हैं मेरे जीवन के पालनहार। लेकिन उसके पहले मैं आपके बारे में कुछ जान लेना चाहती हूँ। बेशक यह मेरी नासमझी है। मगर मेरा मन पहले यह जानना चाह रहा है।"

"पूछो देवी। मैं आपके सभी प्रश्नों का उत्तर देने के लिए तैयार हूँ।"

सुनैना थोड़ी आगे बढ़ी और उसने हाथ पकड़ते हुए प्रश्न किया, "मैं आपको किस नाम से पुकारूँ प्रभु?"

वह बताना चाहता था कि उसका नाम तारकेय है लेकिन उसने झूठ बोला, "देवी, मेरा नाम मंगल देव है।"

उसने इस देवता का नाम पहली बार सुना था, फिर देवता होना अपने आप में बड़ी चीज़ थी, "हे देव, तो ब्रह्मा, विष्णु, महेश कौन हैं?"

उसका मन हो रहा था कि वह बता दे कि वह जिस ग्रह से आया है, वहाँ ऐसे किसी ईश्वर को नहीं माना जाता, वहाँ विज्ञान से ऊपर कुछ नहीं है। वह बताना चाहता था कि वही न्यूट्रॉन, इलेक्ट्रॉन, प्रोटॉन हैं। लेकिन उस वक्त सबसे बड़ा उद्देश्य सुनैना को प्राप्त करना लग रहा था, "देवी, ब्रह्मा, विष्णु और महेश इष्ट देव

हैं। वे अपने लोक पर रहते हैं। वहाँ से वे हमें नियंत्रित करते हैं। हम उनके आदेश का पालन करते हुए संपूर्ण ब्रह्मांड को नियंत्रित रखते हैं।''

अब सुनैना के मन में प्रश्न आया, ''मंगल देव, आप रहते कहाँ हैं?''

वह बताना चाहता था कि जिसे आने वाले समय में केप्लेर 452 बी नाम दिया जाएगा, वह उस ग्रह पर रहता है। लेकिन उसने ठीक वैसा ही जवाब दिया, जैसा वह अपेक्षा रख रही थी ताकि उसके मन में सुदृढ़ कर सके कि वह देव पुरुष है। ''देवी, मैं स्वर्गलोक में रहता हूँ। वहीं पर सभी देवता गण रहते हैं। यहाँ से चौदह सौ प्रकाश वर्ष दूर।''

सुनैना को प्रकाश वर्ष तो समझ नहीं आया, लेकिन यह समझ आ गया था कि वह स्वर्गलोक में निवास करता है। ''आपके यहाँ पर लगभग कितने देवी-देवता हैं?''

पहली बार तारकेय ने सही संख्या बताई थी। उसने अपने ग्रह में रहने वाले इंसानों की संख्या बता दी थी। ''वहाँ तैंतीस करोड़ देवी-देवता रहते हैं।''

सुनैना स्नानगृह में अपने वस्त्र उतारते हुए याद कर रही थी कि जब वह अगला प्रश्न पूछने वाली थी, तभी मंगल देव ने सवाल जड़ दिया था, ''देवी, अगर आप कहें तो मैं आपको अपने विमान से घुमा कर ले आऊँ।''

सुनैना के मन में संदेह था, कहीं कोई जग गया तो जान जाएगा। इससे पहले कि वह कुछ बोलती मंगल देव ने उसकी बात समझकर पहले ही संदेह मिटा दिया, ''देवी, यह सृष्टि हमारे इशारों पर चलती है। सारे पेड़-पौधे, हमारी इच्छानुसार ही हिलते हैं, ये विशालकाय पहाड़ तब तक सीना ताने खड़े हैं, जब तक मेरी इच्छा है, ये बड़ी-बड़ी नदियाँ तब तक गतिमान हैं जब तक मेरी इच्छा है। यहाँ तक कि बारिश होना, खेती-बाड़ी सब मेरी इच्छानुसार ही होता है। छोटे से पत्ते से लेकर एक-एक कण तक, बड़ी-बड़ी मछलियों से लेकर कीट-पतंगों तक सब मेरे कहे अनुसार ही चलते हैं। इसलिए आप किसी बात की कतई चिंता न करें। आपके परिवारवालों को कुछ भी पता नहीं चल पाएगा। जब तक मेरी इच्छा नहीं होगी तब तक बिलकुल नहीं।'' मंगल देव ऐसे थे जैसे मन की बात पहले ही जान जाते हों। उन्होंने सारे संदेह पहले ही मिटा दिए।

उनके इतना बोलते ही सुनैना को भरोसा हो गया। उसे याद आया कि उसने कुछ कहा नहीं। बस सर झुका लिया। उन्हें उसकी मौन स्वीकृति समझने में देर नहीं लगी। वहीं दूसरी तरफ़ जैसे ही तारकेय को मौन स्वीकृति मिली, उसने बिना देर किए सिवाका को बुला लिया। तारकेय ने हाथ पकड़कर सुनैना को घर से बाहर

टेलीपोर्ट कर लिया। कुछ क्षण को सुनैना को लगा कि उसका कोई अस्तित्व ही नहीं है। वह इस ब्रह्मांड में है ही नहीं। शून्य। कुछ ही देर में वह पुरानी चेतना के साथ घर से बाहर खड़ी थी। यह एक अजीब तरह का अनुभव मिला था। कुछ नहीं से सब कुछ तक। शरीरहीनता से लेकर शरीर तक। यह असल में कमरे के अन्दर से कमरे के बाहर तक की बात नहीं थी। असल में यही जीवन था, जिसे समझना न सुनैना के बस की बात थी और न वासना युक्त उन परग्रहियों के।

जैसे ही उसने स्नान करते हुए ठंडे जल का पहला लोटा अपने शरीर पर डाला था। वह काँप गई। उसे याद आया कि ठीक इसी तरह वह पिछली रात भी तो काँप गई थी।

उस छोटे से विमान में वे लोग पीछे बैठ गए थे और उड़ चले अपने बड़े विमान की तरफ़ जो धरती का चक्कर लगा रहा था। सुनैना पहली बार हवा में उड़ रही थी। उसे लग रहा था जैसे वह सपना देख रही हो। जैसे वह बचपन में देखा करती थी, उसके सपनों का राजकुमार आएगा और उसे हवा में उड़ाकर ले जाएगा। यह सपना ऐसा था जो बच्चे ही देख सकते थे। वह पूरा हो रहा था, जैसे ही वह उड़ा था, उसने ज़ोर से मंगल देव का हाथ पकड़कर उनको भींच लिया। उसकी आँखें बंद हो गई थीं। मंगल देव उसकी साँसों को महसूस कर रहे थे। मंगल देव ने उसको अपनी बाँहों में भर लिया। वह अब खुद को दुनिया में सबसे सुरक्षित महसूस करने लगी।

जैसे ही उसने उस बड़े से विमान में प्रवेश किया। वह हतप्रभ रह गई। एक ओर जिसने अब तक दीपक और आग छोड़कर कुछ देखा नहीं था, पूरे विमान में प्रकाश–ही–प्रकाश था। ऐसा विमान था जिसकी उसने अब तक कल्पना नहीं की थी। मदिरा पीने के लिए मदिरालय (बार), सोने के लिए ऐसे अद्‌भुत मखमली बिस्तर! यान इतना बड़ा था कि उसमें एक गाँव बसा दिया जाए तो कम नहीं पड़ेगा। उसे किसी भी जगह पहुँचने के लिए स्थान नहीं बदलना पड़ता था। बल्कि वही स्थान उसी रूप में ढल जाता था, जिसे मंगल देव दिखाना चाहते थे। असल में वह ट्रांसफ़ोर्मिंग हाउस था, जिसके बारे में उसे जानकारी नहीं थी। ट्रांसफ़ोर्मिंग हाउस उसे कहते हैं, जब कम जगह पर दो तीन लेयर में दीवार बनायी जाए ताकि सिर्फ़ उतने स्थान में ही कभी लाइब्रेरी बन जाए, कभी बार बन जाए और कभी स्लीपिंग रूम। जिससे कम स्थान का अधिक उपयोग हो सके। यह सब देखकर उसे आश्चर्य हो रहा था। उसे याद आया कि किस तरह से मंगल देव उसे अपने कमरे के भीतर ले गए थे। इतना मुलायम गद्दा उसने कभी देखा नहीं था, बैठते ही

गद्दा आधा धँस गया। वह दो गिलास मदिरा भी लाए थे। उसने मना कर दिया, ''प्रभु, मदिरा पीना अच्छी बात नहीं है। बड़े-बड़े राजा-महाराजा इस मदिरा भोग के कारण अपना सब कुछ गंवा बैठे।''

उसे याद आया कि मंगल देव ने तत्काल बताया था, ''यह सुख और भोग की लड़ाई है। स्वर्ग में सुख और भोग के सारे सुख-साधन उपलब्ध हैं। हर कोई धरती से स्वर्ग जाना चाहता है। वह इसलिए कि वहाँ के सारे सुख वे भोग सकते हैं। हे देवी, विलासिता हम देवी-देवताओं का प्रथम गुण है। इसे हमने बड़ी मेहनत से अर्जित किया है। आपकी धरती पर इसी को प्राप्त करने की लड़ाई हमेशा चलती रहती है। फिर जब आपको यह प्राप्त हो रहा है तो आप हिचक क्यों रही हैं?''

उनका ऐसा बोलना था कि सुनैना को भी लगा कि बात तो सच है। हम सभी कहीं-न-कहीं इसीलिए कष्ट सहते हैं कि स्वर्ग जाकर वहाँ के सुखों का आनंद ले सकें। राजा हो या महाराजा, जो जितने ऊँचे पद पर हो, वह उतने ही अधिक सुख भोग करता है और विलासिता वाला जीवन जीता है। लेकिन जितने भी गरीब या मध्यमवर्गीय परिवार हैं, वे खुद को इन विलासिताओं का भोग करने से इसलिए रोक लेते हैं कि उनके पास इतना धन ही नहीं होता। लेकिन तभी उसे याद आया कि राजा-महाराजा तो मदिरापान करते हैं पर शायद रानियाँ नहीं करतीं। नारियों को यह शोभा नहीं देता। उसने तुरंत अपने मंगल देव से प्रश्न कर लिया, ''प्रभु, स्त्रियों को यह मदिरा शोभा नहीं देती।''

मंगल देव ने इसका जो जवाब दिया था, उसे सुनकर तो मंगल देव और स्वर्ग के प्रति उसका सम्मान बढ़ गया। ''देवी, आप पृथ्वी लोक की बात कर रही हैं। हमारे स्वर्ग में सभी स्त्री-पुरुष बराबर के भागीदार हैं। दोनों एक बैलगाड़ी के दो पहियों की तरह हैं। अगर बैलगाड़ी का एक पहिया भी न हो तो क्या बैलगाड़ी खींच पायेंगे? हमारे स्वर्ग में सभी को समान स्वतंत्रता एवं अधिकार प्राप्त हैं। ऐसा कोई नियम नहीं है। सभी का अंतिम उद्देश्य विलासिता एवं सुखों का भोग करना है तो महिलाएँ क्यों वंचित रहें। लीजिये आप पान कीजिए। आपको आनंद आएगा। चौदह सौ वर्षों बाद मैं आपसे मिल रहा हूँ। इस रात को यादगार बनाया जाए।''

सुनैना ने वह मदिरा पात्र पकड़ लिया और दोनों मदिरा पान करने लगे। कुछ देर में दोनों एक-दूसरे के आगोश में आ गए।

स्नान करते हुए सुनैना जब अपने वक्ष पर हाथ फेरती तो उसे याद आता किस तरह कल मंगल देव ने उसके वक्ष को स्पर्श करते हुए मसल दिया था और जिसका दर्द वह अभी तक महसूस कर रही है। जब वह गर्दन पर हाथ फेरती तो

याद आता कि किस तरह से मंगल देव ने उसकी गर्दन पर चुम्बन जड़ा था और उस पर काट भी लिया था, जिसका निशान उसकी गर्दन पर अभी भी है। शुक्र था कि माँ ने उसका निशान देखा नहीं था। जब वह नहाते हुए अपने हाथ अपनी नाभि पर ले गई थी तो उसे याद आया था कि मंगल देव ने नाभि पर ऐसा चुम्बन दिया था जिसके बाद उसे गुदगुदी लगने लगी थी। उसने अपनी आँखें बंद कर लीं। वह गुदगुदी को अब तक महसूस कर रही थी। वह एक बार फिर से नहाते हुए मंगल देव को याद कर रही थी, उन्हें महसूस कर रही थी। अपने पैरों और जंघाओं पर दिए हर चुम्बन को वह महसूस कर पा रही थी। हर एक सिहरन को वह दुबारा जी रही थी। कल रात के बाद आज उसके लिए नई सुबह थी। एक ऐसी सुबह जिसके बारे में कुछ दिन पहले तक उसको पता भी नहीं था।

ऐसा नहीं था कि सिर्फ़ मेरे चरित्र ही प्रेम में डूबे थे। मेरे जीवन में भी प्रेम की नदी बह निकली। कहते हैं कि प्रेम के बारे में वही लिख सकता है जिसने प्रेम किया हो। प्रेम के बारे में लिखने के लिए प्रेम करना ज़रूरी है। ठीक उसी तरह मेरा जीवन भी प्रेम से सराबोर हो रहा था।

सूर्यांश

''उफ़ ये तो फ़ातिमा है! फ़ातिमा अंसारी—मिस फ्रेशर।'' मैं स्तब्ध रह गया था। आँखें मींचते हुए मैंने सोचा, 'कहीं मैं सपना तो नहीं देख रहा?' वह लड़की जिसका पूरा कॉलेज नाम जप रहा है। फ़ातिमा अंसारी। यहाँ तक कि हॉस्टल के एक सीनियर ने भी मुझसे पूछा था, ''तुम्हारी ब्रांच में ही फ़ातिमा अंसारी है ना?'' मैंने उन्हें जवाब दिया था, ''है तो मेरी ही ब्रांच में पर सेक्शन दूसरा है। मैंने कभी उसे देखा नहीं। बस नाम सुना है।'' हर तरफ़ उसके चर्चे। लड़के की कामयाबी और लड़की की खूबसूरती के चर्चे हर जगह होते ही हैं। इत्र की खुशबू और लड़की की खूबसूरती हर जगह फैल जाती है। बस फ़र्क इतना होता है कि इत्र की महक दूरी के साथ घटती जाती है, लेकिन लड़की की खूबसूरती के चर्चे दूरी के साथ फैलते जाते हैं। आज उस लड़की ने सूर्यांश को घर पर बुलाया था, जिसकी चर्चा उस वक्त कहीं भी सुट्टा फूँकते लड़कों के जमघट में चलने लगती। जिसकी तस्वीर मन में संजो कर जाने कितने लड़कों ने, कितनी रातें आहें भरते हुए काटी होंगी। आज मैं रात में उसके घर में उसके सामने खड़ा था। परमेश्वर भी किसी पर कितना प्रसन्न होते हैं कि छप्पर फाड़ कर दे देते हैं। तभी मेरे मन ने नकार दिया था, ''ऐसा नहीं है।

परमेश्वर उसको ही कोई वस्तु देते हैं जो उसका मूल्य चुकाता है। भला कौन होगा जो डेढ़ महीने तक सिर्फ़ एक लड़की को खिड़की से ही देखता रहे। कौन होगा जो इतने लड़कों और प्रोफ़ेसर्स के सामने अपनी फ़जीहत कराते हुए प्रपोज़ करे? कौन होगा जो तेरह दिन के लिए रेस्टिकेट होने के बाद फिर से ऐसा कदम उठा ले?" जीन्स शॉर्ट्स और पीले क्रॉप टॉप में पाँच फ़ीट पाँच इंच लम्बी छरहरी काया को देखकर कौन लड़का मंत्रमुग्ध नहीं हो जाएगा। अब तक मैंने जितने रिस्क लिए थे इस खूबसूरत उपहार के सामने बहुत बौने लग रहे थे। आज का ही रिस्क देख लो।

हाँ, ठीक आठ बजे, मैं उसके घर के पास पहुँच गया। उसके घर के आस-पास चक्कर लगाता रहा, पर घर के अन्दर घुसने की हिम्मत नहीं पड़ रही थी। ऊपर से ऐसा घर जो प्रोफ़ेसर का था। अभी पिछले दिनों ही मुझे रेस्टिकेट किया गया था, अगर यहाँ भी कुछ ऐसा होता है तो मुझे शायद कॉलेज से ही निकाला जा सकता है। बचपन से बी-टेक करने का जो सपना देखा था, वह धरा-का-धरा रह जाता। मोहल्ले में हर कोई बिगड़ी औलाद नाम से पुकारने लगता। कहते हैं कि व्यक्ति बुरा नहीं होता, परिस्थिति व्यक्ति को बुरा बना देती है। एक सीधा-सादा बच्चा, जिसके माँ-बाप ने बचपन से ही पूजा-पाठ और दूसरों का सम्मान करने का संस्कार दिया हो, वह एक महीने के अन्दर दूसरी बार ऐसा काम करने जा रहा था, जो उसके बाप-दादा से लेकर परदादा तक किसी ने नहीं किया होगा। इस बार फिर से जाएँ या न जाएँ के बीच मैं झूल रहा था। अवचेतन मन कह रहा था कि जाना चाहिए और चेतन मन रोक रहा था। माँ-बाप की डाँट भी मुझे ऐसा करने से रोक रही थी। इस बीच मुझे नए कवियों की कविताएँ याद आईं। फिर मुझे एक शे'र याद आया—

किसी के प्यार की ख़ुशबू यहाँ तक खींच लाई है
गर अब काँटें भी मिल जायें चमन में, चूम लेंगे हम।

इस शे'र ने मुझे प्रेरित करने का काम किया। मेरे दिमाग में प्यार का भूत जो सवार था। उसे रफ़्तार मिल गई थी। कहते हैं कि प्रेम जितनी हिम्मत दे सकता है, उतना कोई और चीज़ नहीं दे सकती। सिर ऊपर किया, आँखें बंद करके भगवान को स्मरण किया और हिम्मत जुटाकर बैल बजा दी।

"खुला है, जहाँपनाह, अन्दर आ जाओ।" इतनी जल्दी अन्दर से आवाज़ आई, जैसे वह इंतज़ार ही कर रही हो। कोयल जैसी मीठी आवाज़, कोई घर के अन्दर न भी प्रवेश करना चाहता हो तो भी वह खुद को रोक नहीं पाये। मैंने जैसे ही अन्दर प्रवेश किया, किचन के अन्दर से फिर से आवाज़ आई, "दरवाज़ा बंद करके सोफ़े के पास बैठ जाओ।"

मैं सोफ़े पर बैठ गया। चुपचाप बिना कुछ बोले। शायद धुकधुकी लगी हुई थी। हो सकता है कि डर के कारण हो। वास्तव में अगर यह कहा जाए कि मेरी फटी पड़ी थी तो भी गलत नहीं होगा। मेरी नज़र सामने पड़े रिमोट पर गई, और मैंने टीवी ऑन कर दिया। पर ऐसी परिस्थिति में किसका मन टीवी देखने का करता है? मेरी नज़रें बस फ़ातिमा को देख लेना चाहती थीं। मोहब्बत के सामने टीवी देखना किसे भा सकता था? आँखें बेताब थीं उस लड़की को लेकर जिसे मैं दूर से देखकर दिल दे बैठा था। यह जानने के लिए कि जितनी तृप्ति उसको दूर से देखने पर होती थी क्या उतनी ही नज़दीक से देखने पर भी होगी? उसकी आँखें कैसी होंगी? जब मेरी आँखें उसकी आँखों से टकराएँगी तो दोनों में आपस में क्या बात होगी? जब कॉलेज में उसके साथ चलूँगा तो सब किस तरह देख-देख कर जलेंगे?

थोड़ी देर चुपचाप बैठा रहा। तभी मेरी नज़र टेलीविज़न के बगल में रखे अक्वेरियम पर पड़ी जो हरे रंग का था। रंग-बिरंगी मछलियाँ आपस में खेल रही थीं। मैंने देखा कि एक छोटा-सा कछुआ उनमें से एक मछली को परेशान कर रहा था। मैं उसे देखने में इतना खो गया कि मुझे पता ही नहीं चला कि कब पंद्रह मिनट हो गये। इन पंद्रह मिनटों के दौरान अपनी प्रेमिका के पहले दर्शन के लिए बार-बार मेरी नज़रें उठतीं, फिर मछलियों को देखने में लग जातीं। तभी उस शान्त माहौल में पायलों की रुनझुन गूँज उठी। कानों तक अपनी प्रेयसी के आने की खनक सुनाई देने लगी थी। नज़रों से पहले कानों को सूचना मिल गई। दरवाज़ा बन्द होने के कारण कुछ अन्दर का दिखाई नहीं दे रहा था। मगर पायलों की आवाज़ समय के साथ बढ़ती जा रही थी। मैंने अनुमान लगाया कि फ़ातिमा अब आ रही है। मैं उधर एकटक देख रहा था, जैसे नाटक से पहले पर्दा खुलने का इंतज़ार होता है। ठीक उसी तरह दरवाज़ा खोलकर फ़ातिमा के बाहर आने का इंतज़ार था। आख़िर वह वक्त आ ही गया। दरवाज़ा खुल गया...

मैं आँखें फाड़े फ़ातिमा को देख रहा था। नाज़ से फ़ातिमा का बदलाव अविस्मरणीय था, बहुत दिलचस्प। 'फ़ातिमा! फ़ातिमा अंसारी!' बस मुँह खोले बैठा रहा, आवाज़ तक न निकली। वह कुछ नज़दीक आई, हाथ पकड़ मुझे पकड़ते हुए सोफ़े से उठाया। फिर दोनों ने एक ज़ोरदार हग किया। लड़की के टच को मैंने पहली बार महसूस किया। कोमल हाथ, ऊपर से उसके बदन से आती इत्र की ख़ुशबू। लगा, मैं स्वर्ग में पहुँच गया हूँ। शायद स्वर्ग यही था। स्वर्ग यहीं है। बस उसे पहचानने की देर थी। मैं कुछ कर नहीं रहा था, बस होने दे रहा था। सब शून्य, भाव शून्य। मैंने सब प्रकृति पर छोड़ दिया था। जब प्रकृति ने नाज़ से फ़ातिमा तक

का सफ़र अपने आप ही करा दिया है तो मझदार से आगे भी वही ले जायेगी। वह कान के पास आकर हौले से बोली थी, ''वैसे तुम्हारी चॉइस अच्छी है। अर्जुन की तरह निगाह है, दूर से ही मछली की आँख पहचान लेते हो।''

उसके इत्र की खुशबू मेरे शरीर के अन्दर हर भाग में फैल चुकी थी। रग-रग को पहली बार प्रेमिका के इत्र की खुशबू मिल रही थी। बोलता तो क्या बोलता, सिर्फ़ इतना बोला था, ''मैंने तुम्हारी खूबसूरती से प्यार नहीं किया, तुम्हारी खामोशी से प्यार किया था। जो परमेश्वर से कुछ नहीं माँगता, परमेश्वर उसे सब कुछ दे देते हैं।''

हम दोनों सोफ़े पर हाथ पकड़कर बैठ गए। एक-दूसरे के हाथों को पकड़े हुए। एक-दूसरे की साँसों को महसूस करते हुए, आँखों में आँखें डाले। मैं एकटक देखता अपनी किस्मत पर मुग्ध हुआ जा रहा था। ऊपरवाले ने क्या किस्मत लिखी है, किस्मत के मामले में नम्बर देने की बारी आई होगी तो परमेश्वर ने ज़रूर कंजूसी दिखाई होगी। ठीक मेरे फ़िज़िक्स के टीचर की तरह। सभी को कम नम्बर दे रहे होंगे, अंत में जब मैं बचा रहा होऊँगा तो दिन भर के बाक़ी बचे सारे अंक मेरी किस्मत के झोले में डालकर चले गए होंगे।

''कहाँ खो गए जनाब?'' उसके गुलाबी होंठों ने आवाज़ दी। ''कभी लड़की नहीं देखी क्या?''

''लड़की तो देखी है। लेकिन इतनी खूबसूरत लड़की को पहली बार इतने नज़दीक से देख रहा हूँ। कुछ वक्त जी भर के देख तो लेने दो।'' मैंने यह बात कैसे कह दी थी, मेरे लिए यह आज तक रहस्य बना हुआ है।

वह शर्माते हुए उठ गई थी। ''तुम भी न गज़ब करते हो। अब तुम्हें इस नाचीज़ को ही देखना है। देखते-देखते थक जाओगे। फिर एक दिन कहोगे कि ज़रा हटो यहाँ से, काम करने दो।''

मैं चुप था, उसके चाँद से मुखड़े से नज़र हट ही नहीं रही थी।

''खाना क्या खाओगे,'' उसने सोफ़े से उठते हुए बात टाल दी थी।

''खाना क्या खाना है? बस जी करता है, तुम्हें देखता ही रहूँ।'' मैंने उसकी नाज़ुक कलाई पकड़कर खींचते हुए कहा।

''उई मम्मी,'' उसके मुँह से निकला। लोहे पर वार करने वाले को सोना छूने को दे दिया जाए तो यही हाल होता है। मुझे अभी इतनी नाज़ुक लड़की सँभालनी ही नहीं आती थी।

थोड़ी देर ऐसे ही बैठे रहे। फिर जब कुछ देर में मैं कुछ सहज हुआ तो बातों

का दौर आगे बढ़ा। यह सिलसिला एक-दूसरे को पसंद करने वाले सवाल पर जा पहुँचा तो मैंने पूछ लिया, "आख़िर तुमने मुझे पसंद क्यों किया?"

उसका उसने ठीक वही जवाब दिया था जो पहले दे चुकी थी, "मुझे टेक्नोलॉजी के अलावा साहित्यिक किताबें पढ़ना पसंद है। अगर तकनीकी मेरी माँ है तो साहित्य मेरा प्रेमी। मैं जब भी मौका पाती हूँ अपने प्रेमी से ज़रूर मिल आती हूँ। मुझे लिखने का भी शौक है। थोड़ी-बहुत शायरी भी लिखने की कोशिश करती हूँ। लिखने-पढ़ने का शौक होने के कारण तुमने जब खत लिखा तो यह मेरे लिए अचंभित करने वाला था और उत्साह से भरने वाला भी। मैंने सोचा कि कोई तो ऐसा है जो इस तकनीक के साथ दौड़े चले जा रहे युग में मेरे साथ थोड़ा पीछे चलेगा। जहाँ सुकून होगा, मोहब्बत होगी और सिर्फ़ हम होंगे।"

"वाह तुम शायरी करती हो। गज़ब!" मैं चहक उठा। इसके तो शौक भी मुझसे मिलते थे। "अपनी ग़ज़ल सुनाओगी?"

उसने पलकें झपकाकर हामी भरी। सामने हिन्दी और इस्लामिक साहित्य की किताबों से भरी बुकशेल्फ़, जहाँ प्रेमचंद, निर्मल वर्मा, मनोहर श्याम जोशी से लेकर ज़ाकिर नाइक तक की किताबें रखी हुई थीं। उस शेल्फ़ की हर किताब मुझे अपनी तरफ़ खींच रही थी। मैं उन्हें छू लेना चाहता था, उन्हें पढ़ लेना चाहता था। इस बीच से उसने एक डायरी निकाली थी, जिसमें वह शे'र लिखा करती थी।

उसने डायरी खोली तो एक पन्ना नीचे गिर गया जो जाना-पहचाना लग रहा था। झुककर उठाया, तो प्रेम पत्र ही था। उसने संजो कर रखा था। दोनों की नज़रें भिड़ीं। आँखों-ही-आँखों में प्यार भरी बातें हुईं। कहते हैं कि जो ज़बान नहीं कह सकती, वह नज़रें कह देती हैं, जो नज़रें नहीं कर सकतीं, वह एक छुअन कर देती है। मैंने फ़ातिमा की हथेली पकड़ ली। ख़ूब-ख़ूब बातें कीं, एक-दूसरे की रगों में एक-दूसरे का प्यार बहने लगा। थोड़ी देर यूँ ही बैठे रहे दोनों। फिर, धीरे से हाथ छुड़ाते हुए फ़ातिमा ने डायरी पर ध्यान लगाया। उसने एक नज़्म पढ़नी शुरू की। एक तो नज़्म अच्छी, दूसरा उसे सुनाने वाला उससे भी अच्छा और तीसरा सुनने वाला उससे भी अच्छा। हर तरफ़ मोहब्बत-ही-मोहब्बत थी। नज़्म में, सुनाने वाले के होंठों में और सुनने वाले के कानों में। वह नज़्म भी उस वक्त सोच रही होगी, 'किस खुशनसीब वक्त पर लिखी गई थी मैं। किस मौके के काम आई हूँ।'

तेरी याद का ही सहारा है मुझको
तेरे बिन न कुछ भी गवारा है मुझको...
ये ख़ुशबू की क्यारी ख़्यालों के गुंचे
ये चाहत की कलियाँ ये ख़्वाबों की गलियाँ
ये नींदों के गेसू ये महताब-ओ-अंजुम
ये सब मुझको तेरी तरफ़ ला रहे हैं
ज़हन पे ये अब इस क़दर छा रहे हैं
कि तस्वीर तेरी नज़र में मुसलसल बसी जा रही है
कि तेग़े-मुहब्बत मिरे दिल में अब तो धँसी जा रही है
हलक़ तक भरी तिश्नगी से लबालब
मैं दश्ते-तसव्वुर में प्यासी खड़ी हूँ
मिरे यार अब्रे-करम बन के मुझपे
तू इक बार ऐसे बरस जा झमाझम
कि जनमों-जनम मैं रहूँ तुझमें डूबी
हाँ ऐसे कि जैसे समंदर में मछली
हाँ ऐसे कि जैसे गगन में हो बदली
मिरे प्यार की ये धनक तुझ फ़लक़ पे
बनी ही रहे ये बनी ही रहेगी
तिरी याद है मेरी साँसों में रक़्सा
थिरकती तिनक-धिन थिरकती रहेगी
तेरी याद का ही सहारा है मुझको
तेरे बिन न कुछ भी गवारा है मुझको
तेरे बिन न कुछ भी गवारा है मुझको

मैंने उसे नहीं बताया था कि मैं भी लेखक हूँ और एक किताब लिख रहा हूँ। उसके पीछे बस एक ही मकसद था कि जब किताब लिख लूँगा और कोई अच्छा प्रकाशक छाप देगा तो उसे गिफ़्ट करूँगा। यह उसके लिए कितना अचंभित करने वाला और गर्व का पल होगा। जिस तरह उसने मुझे नाज़ से फ़ातिमा तक के सफ़र में अचंभित किया था, ठीक उसी तरह मैं भी एक साधारण इंजीनियर से एक विश्व प्रसिद्ध लेखक के तौर पर आश्चर्यचकित करूँगा।

कुछ ही देर में वह उठकर खाना बनाने निकल गई थी। "क्या खायेंगे पंडित जी आप? मटन कबाब, चिकन टिक्का या चिकन बिरियानी।"

इस पर धीरे से मैंने कहा, "मैं कड़ाही पनीर अच्छी तरह बना लेता हूँ।"

वह मुस्कुराते हुए बोली, "जानती हूँ जनाब! आपका ख़याल रखना मुझे आता है। मैंने पहले ही कड़ाही पनीर बना कर रखा है। सिर्फ़ रोटी सेंकनी हैं।"

"चलो आज दोनों मिलकर खाना बनाते हैं।" मैंने सोफ़े पर से उठते हुए कहा।

"हाऊ रोमांटिक," मेरे हाथ पकड़कर ठीक उसी तरह उठाने की कोशिश कर रही थी, जैसे जयमाला के वक्त लड़का, लड़की के हाथ पकड़कर उठाने की कोशिश करता है। "ऐसे ही हमेशा बनाओगे मेरे साथ?"

"अब जब प्यार किया है तो हमेशा साथ निभाना होगा बेगम साहिबा।" मैं उठकर उसके नज़दीक आ गया। उसकी साँसों को महसूस कर रहा था। दोनों की लम्बाई में कुछ ख़ास अंतर नहीं था। मुझसे यही कोई दो इंच छोटी रही होगी फ़ातिमा।

"तो मैं क्या कहूँगी तुम्हें?" मेरी नाक से खेलते हुए वह कहने लगी, "मेरे पतिदेव।" हम दोनों ठहाका लगा कर हँसने लगे। उसने आगे बढ़ते हुए खुद को करेक्ट किया, "मैं कभी पतिदेव नहीं कहूँगी। मैं आपको हमेशा 'माई मैन' नाम से ही पुकारूँगी।"

"ऐसा क्या ख़ास है 'माई मैन' में?" मैंने उसकी खुली हुई कमर पर दोनों हाथ रख दिए। एकदम से उसने आँखें बंद कर लीं। किसी लड़के का टच करना उसे वह महसूस करा गया था जो अब तक वह सिर्फ़ सोचती थी।

खुद को मुझसे दूर करते हुए बोलना चाहती थी, "तुमने वो ऐड नहीं देखा, सनी लियॉन वाला, जिसमें लिखा होता है 'माई मैन'।" लेकिन उसने आँखों से अठखेलियाँ करते हुए बस इतना ही बोला, "यू नो! माई मैन में फ़ील आता है।" और उसने फ़ील शब्द पर ऐसा ज़ोर डाला था कि कुछ न कहकर भी बात सामने वाले तक पहुँच गई। दोनों किचन की तरफ़ आगे बढ़ गये। मोहब्बत में भावनाएँ समझनी आनी चाहिए। अल्फ़ाज़ कभी भी धोखा दे सकते हैं।

"ओके माई लेडी," मुझ तक मोहब्बत की भावनाएँ पहुँच चुकी थीं। मैं भी जी-हुज़ूरी करते हुए पीछे चल दिया।

फ़ातिमा आटा गूँथ रही थी और मैं उसके पीछे खड़ा था।

देखो प्रेम में कितनी शक्ति होती है। अगर यह प्रेम न होता तो एक ब्राह्मण लड़का जिसकी परवरिश सात्विक माहौल में हुई हो, दूसरे मज़हब की रसोई में खड़ा न होता। उस रसोई में जहाँ माँस-मछली-अंडा सब बनता हो।

आटा गूँथते हुए उसने पूछ लिया, "त्रिपाठी जी, अगर तुम्हारी मम्मी जान

गईं कि तुम दूसरे मज़हब वालों की रसोई में खाना बना रहे हो तो घर निकाला हो जाएगा।''

''उफ़ ये तो सोचा ही नहीं था मैंने, तुमने मेरा धरम भ्रष्ट कर दिया,'' उसके कान को झूठ-मूठ दाँतों से काटते हुए मैंने कहा।

''उई माँ,'' फ़ातिमा चिहुँक उठी, ''खुद इतने नॉनवेज हो और पके-पकाए नॉनवेज से बैर?'' दोनों ज़ोर से हँसे पड़े।

आटा गूँथने के बाद रोटी बेली जाने लगी थी। फ़ातिमा आगे खड़ी रोटी बेल रही थी और मैं उसके पीछे से उसके हाथों पर हाथ रखकर रोटी बेलना सिखा रहा था या सीख रहा था। प्रेम में सिखाना-सीखना चलता ही रहता है। ऐसा कैसे हो सकता था कि इस वक्त को खूबसूरत बनाने के लिए मैंने कोई काम न किया हो। मैंने अमेज़न से गोल्डन रोज़ मँगाया हुआ था। घुटने टेकते हुए मैंने किचन में ही उसे प्रपोज़ करते हुए गोल्डन रोज़ दिया, ''डू यू लव मी?''

फ़ातिमा की आँखों में आँसू थे, चेहरे पर सुकून, तसल्ली, इश्क और ख़ुशी सब एक साथ। बस उसने पलकें झपकाते हुए हामी भरी। पलकों ने ही मुझ तक सन्देश पहुँचा दिया। पलकें झपकने से उसकी आँखों से एक आँसू टपक गया। ऐसा कैसे होता कि मैं ज़मीन पर गिरने देता।

मैंने उस आँसू को अपनी हथेली पर ले लिया था और बोला, ''जब तक मैं हूँ, तब तक तुम्हारी आँखों से आँसू नहीं गिरने दूँगा। हर आँसू की क़द्र करूँगा।''

हम एक-दूसरे के गले से लग गए। एक-दूसरे को महसूस करते रहे। अलग होते हुए फ़ातिमा बोली, ''सूर्यांश!...'' कहते-कहते वह रुक गई। जैसे कुछ कहना चाह रही हो, पर कहने में हिचक गई हो।

''हाँ बोलो,'' उसकी भावनाएँ मैंने पढ़ ली थीं। मैंने उसके हाथ पकड़ते हुए इस तरह से कहा ताकि वह अपनी बात सहज होकर कह सके।

वह मेरी तरफ़ देखते हुए कहने लगी, ''इसे गलत तरीके से मत लेना, पर मैं पहले ही बता देना चाहती हूँ। मैं जिससे मोहब्बत करती हूँ, उसे धोखा नहीं दे सकती। मैं ये नहीं कहती कि तुम मेरे लिए इस्लाम अपनाओ, लेकिन गैर-इस्लामिक से मेरे अम्मी और अब्बा कभी निकाह नहीं कर सकते। अपने अम्मी-अब्बा को दुखी करके निकाह नहीं करना चाहती। ज़िन्दगी भर तुम्हारी बनके नहीं...'' मैंने यह सोचते हुए उसके होंठों पर उँगली रख दी कि कुछ वाक्य कभी पूरे नहीं होने चाहिए। ''भविष्य किसी ने नहीं देखा। न मैंने, न तुमने। भविष्य में क्या होगा, हमें नहीं पता। भविष्य की फ़िक्र करते हुए अगर, हम आज को बर्बाद

कर दें तो हमसे बड़ा बेवकूफ़ कोई नहीं होगा।''

''लेकिन यह भी तो अच्छी बात नहीं है कि तुम मेरी मोहब्बत में पागल हो जाओ और मैं तुम्हें छोड़ दूँ? हो सकता है, मैं ही तुमसे सच्ची मोहब्बत कर बैठूँ! फिर हम एक-दूसरे को दुखी ही करेंगे।'' उसकी आँखों में आँसू थे।

मैंने उसकी आँखों के आँसू पोंछते हुए कहा, ''वह मोहब्बत ही क्या जो अपना सुख चाहे। अगर तुम्हारे अम्मी-अब्बा की ख़ुशी तुम्हारे मज़हब के ही किसी व्यक्ति से निकाह करने में है और वहाँ तुम खुश हो तो मेरा कोई हक नहीं बनता कि मैं तुमसे ब्याह करने के लिए ज़बरदस्ती करूँ। तुम्हारी ख़ुशी में ही मेरी ख़ुशी है। यही मोहब्बत भी है।''

''लेकिन मैं खुश नहीं रहूँगी तो भी मैं अपने अम्मी-अब्बा को दुखी करके अपनी ख़ुशी नहीं पाना चाहती।'' फिर से मैंने उसके होंठों पर उँगली रख दी, ''शश्श...आज के वक्त को बर्बाद नहीं करते हैं, इस विषय पर फिर कभी बात करेंगे।''

रात के साढ़े दस बज चुके थे। खाना टेबल पर परोसा गया।

दोनों लोग बैठकर खाना खाने ही जा रहे थे कि मैंने माहौल को दूसरी दिशा देनी चाही, ''बताओ अगर अपनी लड़की हुई तो क्या नाम रखोगी?''

फ़ातिमा ने सिर्फ़ सर हिला दिया था, मानो शादी के बाद की बातों से उसका कोई लेना-देना न हो।

मैं उसके मन को समझ गया था।''देखो, मैं निकाह के लिए कभी ज़बरदस्ती नहीं करूँगा। विश्वास करो मुझ पर। मोहब्बत करना हम दोनों के हाथ में है, निकाह करना परिवारवालों के हाथ में। जो हमारे हाथ में है, उसे तो ढंग से करते हैं। जो अपने हाथ में नहीं है, उसके लिए हम क्यों परेशान हों? लेकिन मुझसे वादा करो, मोहब्बत जैसे की जाती है ठीक वैसे ही करोगी। भविष्य को सोचकर आज के वक्त को बर्बाद नहीं करोगी।''

उसने पलकें झपकाकर 'हाँ' में सर हिलाया। मैंने भी उसकी तरफ़ हाथ बढ़ा दिया, ''वादा रहा?''

''वादा रहा।'' उसकी आँखों में सच्चाई थी, भावनाओं में फ़िक्र, स्पर्श में मोहब्बत और अल्फ़ाज़ में मज़बूती।

''तो फिर तुम ही बता दो कि अपनी लड़की का नाम क्या रखोगे?'' उसने आगे बढ़कर पूछ लिया।

मैंने ऐसे जवाब दिया जैसे तेरह दिन से यही प्लानिंग कर रहा हूँ। ''सूफ़ी! सूर्यांश और फ़ातिमा की उपज सूफ़ी।''

''वाओ!'' उसके मुँह से आवाज़ निकली।

''अगर लड़का हुआ तो तुम क्या नाम रखोगी?''

''अभी तक सोचा नहीं पर आमिर मेरा पसंदीदा एक्टर है। मैं उसका नाम आमिर रखूँगी।''

''लेकिन सुन लो सूफ़ी को मैं कॉन्वेंट स्कूल में ही पढ़ाऊँगा। तुम्हें अपने आमिर को जहाँ पढ़ाना है पढ़ा लेना।'' हम दोनों ठहाका मारकर हँस पड़े।

फ़ातिमा ने एक कौर उठाया और मुझको खिलाने के लिए बढ़ाया ही था कि घर की घंटी बज गई। एकदम से सब शान्त! पिन ड्रॉप साइलेंस। वह निवाला भी मुँह के अन्दर नहीं जा पाया। कहते हैं कि दाने-दाने पर लिखा है खाने वाले का नाम। ठीक वैसा ही हुआ निवाला रख के फ़ातिमा को दरवाज़े पर देखने जाना पड़ा, ''उफ़ पापा आ गए।''

''पापा आ गये,'' इस वक्त मात्र शब्द नहीं थे। पूरी-की-पूरी गोली थी जो चल गई। जो दोनों को एक साथ लग गई।

अब करें तो क्या करें? मैं हिन्दी फ़िल्मों की तरह सोच रहा था। मुझे बेड के नीचे, अलमारी में या फिर वॉशरूम में कहीं छिपा दिया जायेगा। अगर वहाँ पर उसके पापा ने देख लिया तो समझ लीजिए कि मेरी डिग्री तो गई ही गई। पंद्रह दिन के अन्दर दूसरी बार मैं पकड़ा जाने वाला था। मगर लड़की के दिमाग में कोई सैकेंड प्लान था। उसने मुझे पीछे के दरवाज़े से निकलने का इशारा कर दिया। निकलते हुए किसने देखा, नहीं देखा मुझे कोई फ़र्क नहीं पड़ रहा था। जीवन से प्यारा कुछ नहीं होता। जान से दुलारा कुछ नहीं होता। जान बची लाखों पाए, लौट के बुद्धू घर को आए।

~

मेरा मन कभी विज्ञान की तरफ़ आकर्षित होता और कभी धर्म की तरफ़ झुकता, उस एक घटना ने मेरे मन को पूरी तरह से धर्म और मज़हब विरोधी बना दिया। मैंने सोच लिया था कि अपनी किताब में मैं लोगों को बताऊँगा कि धर्म ही दुनिया के विनाश का कारण है, विज्ञान ही दुनिया में प्रगति का एकमात्र साधन है। मैंने इस घटना के बाद अपने आपको पूरी तरह विज्ञान के करीब पाया था। मुझे याद

है, उस वक्त तक पार्क की जगह ओयो रूम लेने लगे थे। वैसे तो अधिकतर समय हम कैंपस के प्राकृतिक माहौल में बिताते थे। लेकिन कभी-कभार छुपकर ओयो रूम में मिलना अपने आप में अलग सुख देता था।

शराब का जाम छलकाते हुए उसने एक टोंट मारा था, ''खूबसूरत लड़की जब तक चाँद की तरह होती है, तब तक उसके चाहने वाले बहुत होते हैं। जैसे ही कोई चाहने वाला उसे प्राप्त कर लेता है तो उसका हाल पृथ्वी की तरह हो जाता है। लोग उसे बर्बाद करना शुरू कर देते हैं, क़द्र नहीं करते।''

मैंने उसका जाम पकड़ते हुए उसकी मादक नज़रों की तरफ़ देखते हुए पूछा, ''ऐसी क्या गलती हुई हुज़ूर, आप ऐसा क्यों बोल रही हैं?''

''आज तुमने जो किया है, वह कुछ ऐसा ही तो है। अगर मैं प्रेग्नेंट हो गई तो?''

''तो क्या हुआ? अपने या तो आमिर होगा या सूफ़ी।'' मैंने चहकते हुए अपने दोनों फ़्यूचर बच्चों के नाम बता दिए थे।

''मैंने पहले ही कहा था कि मुझे इस तरह की कोई भी कॉम्प्लीकेशन्स नहीं चाहिए। मुझे चिल्ल-पौं कतई नहीं पसंद,'' उसने पैग रखते हुए कहा।

''मुझे तो पसंद है। एक का नाम चिल्ल एक नाम पौं। हम दोनों बच्चों के निक नेम चिल्ल-पौं रख लेंगे तब तुम्हें पसंद आ जायेंगे।'' यह सुनते ही उसने मेरी तरफ़ ऐसी नज़रों से देखा जैसे खा ही जाएगी। मैं समझ गया था कि वह नाराज़ हो गई है। मैंने तुरंत अपनी टोन बदल दी, ''आप फ़िक्र न करें मेरी बेगम साहिबा, अगर ऐसा होगा तो आपका यह सेवक अपने जहाँपनाह से निकाह करने के लिए तैयार है।''

मैंने उसे खुश करने के लिए कहा, मगर उसका पारा बढ़ता जा रहा था। ''मैंने पहले ही कहा हुआ है कि हमारा निकाह तभी होगा, जब तुम इस्लाम कबूल कर लोगे। तुम तो अल्लाह या ईश्वर पर विश्वास ही नहीं रखते हो, इसलिए, हम मोहब्बत करते हैं, करते रहेंगे पर निकाह की कोई बात नहीं होगी। मैं गैर-इस्लामिक से निकाह नहीं कर सकती,'' उसने आँखें तरेरते हुए कहा।

मुझे पता था कि उसने प्यार करने से पहले इस बात को बता दिया था लेकिन इतना प्यार करने वाली लड़की। जो किसी से नहीं डरती थी। मेरा हाथ पकड़कर हर जगह चलती थी। वह मुझसे निकाह करने के लिए सिर्फ़ इसलिए राज़ी नहीं थी कि हमारा मज़हब जुदा है। मेरे मुँह से एक बार निकल गया, ''ऐसा क्यों?''

''मैं पहले ही बता चुकी हूँ कि मेरे अम्मी-अब्बा नहीं मानेंगे। वे भले ही

पढ़े-लिखे हैं पर वे *कुरआन* को मानते हैं। सिर्फ़ वे ही नहीं मानते, मैं भी मानती हूँ। *कुरआन* में लिखा है कि जो कोई अपने माँ-बाप को दुखी करके कोई काम करता है, उससे अल्लाह भी नाराज़ हो जाते हैं। मैं अपने अम्मी-अब्बा को नाराज़ नहीं कर सकती।''

''तुम तो टैक्नोलॉजी की स्टूडेंट हो। उसके बाद भी तुम ऐसी बातें कर रही हो?'' मुझे अचरज हो रहा था।

''जब विज्ञान नहीं था, तब भी धर्म था, मज़हब था। विज्ञान का ढंग से पदार्पण हुए अभी कुछ ही सौ वर्ष हुए हैं पर मज़हब उससे हज़ारों साल पहले भी थे, हैं और रहेंगे। *कुरआन* में लिखा है—कोई अन्य वस्तु सिद्धांत और नियम नहीं बना सकती। इसके लिए जिसने दुनिया और उसकी चीज़ों को पैदा किया है, वही जानता है कि इसमें कौन-सी चीज़ बुरी है और कौन-सी चीज़ अच्छी है। कैसे इनका सुधार होगा और किन कारणों से इसमें बिगाड़ की स्थिति पैदा हो सकती है। इसलिए अल्लाह ही दुनिया की व्यवस्था बना सकता है और कोई नहीं। सिर्फ़ उसके प्रसन्न होने से इंसान दोनों जहाँ में कल्याण और निजात पा सकता है।'' उस दिन उसका कट्टर मज़हबी रूप दिखाई दिया।

''तुम तो ऐसे बात कर रही हो, जैसे कल ही रात तुम अल्लाह से मिलकर आ रही हो?''

''हाँ, मैं रोज़ अल्लाह से मिलती हूँ। उनकी इबादत करती हूँ। मुझे लगता है कि तुम्हें भी करनी चाहिए। तुम भी तो वैसी बातें कर रहे हो जैसे तुमने पूरा ब्रह्मांड नाप लिया है।''

''मैंने नहीं नाप लिया, लेकिन वैज्ञानिकों ने ईश्वर को कल्पना माना है।'' मैंने अपनी अंतिम बात रखी थी।

वह मेरी बात पर हँसी थी और बेड से उठकर तैयार होने लगी, ''तुम्हें तो पता ही है कि ब्रह्मांड के सामने सौरमंडल की औकात एक बिंदु से भी कम है। अभी हमारी पहुँच ढंग से उतनी नहीं हुई है। अभी हम वायजर 2 सेटेलाईट ही सौरमंडल से बाहर भेज पाए हैं। अभी हम ढंग से अपने सौरमंडल के बारे में जानते नहीं हैं और अल्लाह को तुरंत नकार देते हैं। ये कैसी जल्दबाज़ी है भई?''

वह कपड़े पहनकर जाने के लिए तैयार थी। मैं उसे रोक रहा था पर वह नहीं मानी थी और मज़बूती से अपनी बात कहते हुए चली गई। उसने झटके से दरवाज़ा खोला था और निकल गई।

मैं ओयो रूम के बेड पर ही पड़ा सोच रहा था कि एक लड़की जो मुझे

इतना प्रेम करती है, हर तरह से मेरे साथ है। वह किसी से भी मेरे लिए झगड़ जाती है। मुझे अपनाने में किसी के सामने कोई भी हिचक नहीं रखती। वह शादी और अपने मज़हब को लेकर इतनी सख्त क्यों है? इस मज़हब और धर्म ने मेरे जीवन में बचपन से ही बड़ी समस्याएँ खड़ी की थीं। अब मेरे प्यार को भी छीनने जा रहा था। क्या इससे बुरा कुछ हो सकता है? अब मैंने निर्धारित कर लिया था कि किताब में धर्म या मज़हब की बखिया उधेड़ कर रख दूँगा। मैं लोगों को बताऊँगा कि धर्म और मज़हब ने हमारे जीवन में कितनी बंदिशें पैदा की हैं। जबकि विज्ञान ने हमें प्रगति दी है, अवसर दिया है और खुला आसमान नापने की सोच दी है। इसी सोच के साथ मैंने अपनी 'प्रमेय' को आगे लिखना शुरू किया था। अब मुझे विज्ञान को बेहतर दिखाना था और धर्म-मज़हब को विज्ञान के आगे बौना साबित करना था।

तारकेय

दो दिन बीत गए थे, ऋषि झंडेलाल आश्रम नहीं लौटे थे। उन्होंने शायद प्रतिज्ञा कर ली थी कि बिना विवाह कराए आश्रम के लिए प्रस्थान नहीं करेंगे। ऊपर से यहाँ पर आवभगत भी खूब हो रही थी। खीर, पुआ-पकवान खूब खाने को मिल रहे थे। आख़िर एक ब्राह्मण इन सबको कैसे अनदेखा कर सकता था? दूसरी ओर मुखियाजी ने अपने दूसरे आगंतुक के हाथों अपने गाँव में सन्देश भिजवाया था कि भाद्रपद की द्वादशी के दिन ऋषि झंडेलाल ने सुभद्र का विवाह तय किया है। सारी तैयारियों के साथ गाँव के कुछ सम्मानित लोग गाजे-बाजे के साथ सुभद्र की बारात लेकर आए। अभी द्वादशी आने में सात दिन थे और ससियामऊ से उनके गाँव की दूरी इक्कीस कोस थी। मतलब दो दिन में आसानी से वहाँ जाया जा सकता था। तीन दिन में तैयारी करके एकादशी के दिन तक आया जा सकता था।

इन सबसे अलग सुनैना और तारकेय की खिचड़ी पक रही थी। उनका खेल अलग ही चल रहा था। वह हर रात को ठीक उसी तरह मिलने लगे थे। तारकेय को वह मिल रहा था जो उसकी आवश्यकता थी और सुनैना को लग रहा था, उसने ईश्वर को प्राप्त कर लिया है। छोटी-छोटी वैज्ञानिक तकनीक को वह ईश्वरीय शक्ति के रूप में देखती थी।

फिर एक सुबह रोज़ की तरह स्नान और पूजा-पाठ करके वह अपने ससुर और झंडेलाल के लिए भोजन बनाने चल दी थी। भोजन पकाते हुए याद आया कि पिछली रात शारीरिक भोग करने के पश्चात् उसकी ज़िद पर मंगल देव को हमारे

सौरमंडल के सभी ग्रह दिखाने पड़ गए।

सबसे समीप चन्द्रमा था, जब तारकेय का विमान चन्द्रमा के चारों ओर चक्कर लगाने लगा तो उसने वहाँ से नीले रंग की चमकती पृथ्वी देखी थी। चन्द्रमा से पृथ्वी इतनी सुन्दर दिख रही थी कि ऐसा लग रहा था मानो ईश्वर ने दुनिया में सबसे सुन्दर कोई वस्तु बनायी है तो वह पृथ्वी ही है। प्रेम के नीले रंग से रंगी पृथ्वी चाँद का मज़ाक उड़ा रही थी। वह उन कवियों पर हँसने लगी, जिन्होंने कभी चाँद से पृथ्वी नहीं देखी थी और अपनी प्रेयसी की सुन्दरता की चन्द्रमा से तुलना करते थे। उसे समझ आ गया था कि इन कवियों की काल्पनिक दुनिया सच में काल्पनिक ही है, इसका वास्तविकता से कोई लेना-देना नहीं है। वरना इतनी सुन्दर पृथ्वी को नज़रअंदाज़ कर कोई चन्द्रमा के मोह में कैसे खो सकता है?

उसने जब मंगल ग्रह देखा था तो उसे लग रहा था कि यह पृथ्वी जैसा ही है, वह उतरकर उसके उत्तुंग शिखरों पर घूमना चाहती थी, वहाँ दूर-दूर तक खाली पड़ी चट्टानों पर दौड़ना चाहती थी और दौड़ कर मंगल देव को भींच लेना चाहती थी। लेकिन मंगल देव ने बताया था कि मंगल ग्रह पर पेड़-पौधे नहीं हैं, इसलिए बिना हवा के वहाँ पर उतरना संभव नहीं है।

फिर कुछ ही देर में वे लोग बृहस्पति पहुँचे। वह बृहस्पति पर चल रही हवा को देखकर मंत्रमुग्ध हुई जा रही थी। पहली बार वह देख रही थी कि एक ऐसा ग्रह है, जहाँ पर ज़मीन है ही नहीं। हवा-ही-हवा है। वह सोच रही थी कि एक बार वहाँ पहुँच के आँखें बंद करके वह हाथ खोलकर खड़ी हो जाए और उस ताज़ा हवा का आनंद लेते हुए मंगल देव से कहे कि वह पीछे आकर उसे पकड़ लें और उस वक्त को महसूस करती रहे। लेकिन मंगल देव ने बताया, "वह सौरमंडल का सबसे बड़ा ग्रह है। वह इतना बड़ा है कि वहाँ पर पृथ्वी जैसी हज़ारों पृथ्वियाँ समा सकती हैं। यहाँ तक कि उसकी हवा की गति जो इतनी दूर से देखने पर सामान्य लग रही है, वह इतनी तेज़ है कि उसके आस-पास से पृथ्वी भी गुज़रे तो वह कुछ क्षण में हवा हो जाएगी। तुम्हारी कोई औकात ही नहीं कि हाथ फैलाकर खड़ी हो जाओ।"

उसे विचार आया था और उसने प्रश्न कर दिया, "हे प्रभु आप तो देव हैं। ईश्वर हैं। आपके कहे अनुसार ही सृष्टि चलती है। आप इस हवा को मंद करके मुझे बृहस्पति ग्रह की सैर नहीं करा सकते?"

तारकेय अपनी बात में ही फँस गया। उसने कई बार सुनैना से बोला था कि वह ईश्वर है और यह सृष्टि उसके अनुसार चलती है। वह बताना चाहता था कि वह बस उन ग्रहों तक ही जा सकता है जो हैबिटेबल ज़ोन में हैं, अर्थात् जहाँ पर

वह सुरक्षित उतर सकता है। इसके अलावा उसकी कोई औकात नहीं है, लेकिन उसने बात घुमा दी, "देवी, आप तो जानती हैं सृष्टि में हर वस्तु को बनाने का कोई-न-कोई उद्देश्य है। बृहस्पति ग्रह की इस तेज़ वायुमंडलीय हवा के कारण ही यह सौरमंडल टिका हुआ है। अगर कहीं मैंने इसकी हवा मंद कर दी तो इस सौरमंडल के कई ग्रह अपनी स्थिति से भटक जायेंगे। जिसका परिणाम यह होगा कि सौरमंडल भी अपनी जगह से हिल जाएगा। हो सकता है कि इसके कारण पूरी आकशगंगा में बहुत बड़ी खगोलीय घटना घट जाए। घटना क्या! दुर्घटना हो जाए। पृथ्वी लोक से जीवन का अंत हो जाएगा। पेड़-पौधे सब नष्ट हो जायेंगे। हर जगह जल-ही-जल नज़र आएगा। अर्थात् हमें सृष्टि के इन नियमों से अपने सुख के लिए छेड़छाड़ नहीं करनी चाहिए, पूरी मानव जाति का विनाश हो सकता है।"

कहते हुए वह वापस आने लगे। वह शनि ग्रह देखना चाहती थी। तारकेय ने उत्तर दिया था, "हे देवी, आपको अब अपने घर भी समय से पहुँचना है। पृथ्वी की भी लीला सुचारू रूप से चलनी चाहिए। आपको भूलोक के लोगों के लिए इतना त्याग करना पड़ेगा," सुनते ही सुनैना का गर्व से सीना चौड़ा हो जाता था। वह खुद को ईश्वर की पत्नी समझने लगती थी।

खैर, भोजन बन चुका था। ऋषि झंडेलाल जी को एक तरफ़ बैठकर सर्वप्रथम खिलाया जा रहा था। आज सुबह से ही उनका पेट ठीक नहीं था। कई बार मैदान जा चुके थे। भोजन करने का कतई मन नहीं था। अब बस वह आश्रम जाने की ज़िद्द कर रहे थे। लेकिन आश्रम जाकर भी वह क्या करते? समस्या उनका पीछा छोड़ने वाली नहीं थी। सामंत से कहें तो क्या कहें? कैसे कहें? उनकी प्रतिक्रिया कैसी रहेगी? मुखियाजी जो विवाह की तैयारी कर रहे हैं, उन्होंने अपने गाँव में सन्देश भी भिजवा दिया है। वे कैसे अपने गाँववासियों को बता पाएँगे। उनकी सब धो जाएगी। अगर उन्होंने ऐसा नहीं किया तो ईश्वर उनसे अप्रसन्न हो सकते हैं। जीवन उनकी परीक्षा ले रहा था। उन्होंने नहीं सोचा था कि ईश्वर को याद करके वह इतनी बड़ी समस्या में फँस जाएँगे।

हुआ यह कि पिछली रात सभी के सो जाने के बाद ऋषि झंडेलाल ने सामंत और मुखिया पर अपना रौब झाड़ने के लिए उसी यन्त्र के सहारे ईश्वर को याद कर लिया। वह गाँव से दूर जंगल में चले गए और वहाँ पर पेड़ के नीचे बैठकर उस यन्त्र के माध्यम से ईश्वर का आह्वान किया। तारकेय तक आवाज़ पहुँची। वह उस वक्त सुनैना के पास जा रहा था। ऐसे में ऋषि झंडेलाल का याद करना उसको कतई नहीं भाया। लेकिन वह ईश्वर वाला रौब बनाए रखना चाहता था, इसलिए

उसने कुछ वक्त ऋषि झंडेलाल को देना उचित समझा। अपनी उड़नतश्तरी पर सवार वह वहाँ पहुँच गया।

वह पूछना चाहता था कि तुम्हें यन्त्र दे दिया है तो क्या रात में सोने भी नहीं दोगे? लेकिन बोला ईश्वर के अन्दाज़ में, ''क्या हुआ ऋषिवर? आपने मुझे याद किया?''

ऋषि तुरंत उनके चरणों में लेट गए। ''हे प्रभु! आप ही पालनहार हैं हमारे।''

बिना देर किए तारकेय उन्हें उठाने लगे, आख़िर सुनैना उनकी प्रतीक्षा कर रही थी। ''ऋषिवर बताइए, आपको क्या कष्ट आ पड़ा जो इतनी रात गए मुझे याद किया?''

वह खड़े हुए और कहने लगे, ''हे प्रभु आप तो जानते ही हैं, मैं अपने स्वार्थ के लिए कभी आपको याद न करता, लेकिन पृथ्वी लोक में इस समय बड़ी समस्या है। भाद्रपद ख़त्म होने को है लेकिन बारिश नहीं हुई। अगर बारिश न हुई तो सारे पशु-पक्षी, जीव-जंतु सब त्राहि-त्राहि कर उठेंगे। अब सब आपकी शरण में हैं।''

यही मौक़ा था, तारकेय को अपने पैंतरे खोल देने का। ''हे ऋषिवर, आपकी इच्छा पूरी होगी। लेकिन इसके बदले पृथ्वीवासियों को मुझे उनके यहाँ की सबसे सुन्दर वस्तु समर्पित करनी होगी।''

ऋषि सोच में पड़ गए, ''धरती भर से सुगन्धित-से-सुगन्धित पुष्प अर्पण किये जायेंगे। अच्छे-से-अच्छे वस्त्र अर्पण करेंगे, स्वर्ण, हीरे-जवाहरात आपकी जो इच्छा होगी, वह अर्पण किया जाएगा। इनके अलावा ऐसी क्या सुन्दर वस्तु है प्रभु? आप बताएँ, हम वह आपको समर्पित करेंगे।''

''आपके यहाँ सबसे सुन्दर सामंत करण की बेटी है।''

यह क्या सुना था उन्होंने! ऋषि के कान खड़े हो गए। उफ़ ये क्या माँग बैठे ईश्वर। कुछ बोलने की हालत में नहीं थे। बस इतना ही बोल पाए, ''प्रभु?''

''मैं कुछ नहीं जानता, आपके यहाँ बारिश हो जाएगी। आप बस हमें वह सुन्दर वस्तु समर्पित करने के लिए सामंत से माँग लीजियेगा।''

ऋषि के शब्द गायब हो चुके थे। उनके पास कोई शब्द न बचा था। मानो वह सारी विद्या भूल गए हों।

''लेकिन अगर आपने ऐसा नहीं किया तो आपको दिया वरदान और यन्त्र तो छीन ही लिया जाएगा साथ ही पृथ्वीलोक में सौ बरस बारिश नहीं होगी। संपूर्ण

मानव जाति का विनाश हो जाएगा,'' कहकर वह उड़ गए। ऋषि निढाल होकर बैठ गए। सब कुछ शून्य लगने लगा। किसी तरह वह घर लौटे, जैसे ही वह सामंत को खुशी-खुशी सारे कार्य करते देखते, मन मसोस लेते, जैसे ही मुखिया को अपने घर से बारात आने की प्रतीक्षा करते देखते, वह कुछ न बोल पाते। जैसे ही वह सुनैना को देखते तो लगता मानो उनकी दुखती रग पर किसी ने हाथ रख दिया हो।

भोजन गले के नीचे नहीं जा रहा था, ऐसा लग रहा था कि इस सब माया से वह दूर भाग जाएँ। इसलिए वह बार-बार एकांत में पेट ख़राब होने के कारण जाते थे। इतनी देर में मुश्किल से एक ही रोटी खा पाए थे। तभी सुनैना ने रोटी देते हुए पूछ लिया, ''ऋषिवर और रोटी?''

बिना कुछ सोचे ही उनके मुँह से 'नहीं' निकला था। जैसे ही वह विचारमग्न मुद्रा से बाहर निकले। उन्हें याद आया कि उनसे मिलने के बाद ईश्वर का विमान इधर ही आया था और इस घर के पास आने के बाद पाँच मिनट में फिर उड़कर चला गया था। वह पूरा खेल समझ गए थे। उनका मन खिन्न हुआ जा रहा था। उनको दोनों तरफ़ से संकट नज़र आ रहा था। उन्हें ऐसा लग रहा था कि दो बड़े शेरों की लड़ाई के बीच यह मेमना पीसा जा रहा है। वह किसी तरह उठे और तुरंत पेट ख़राब होने का बहाना बनाकर एकांत में चल दिए।

मुखियाजी और सामंतजी दोनों भोजन करने के लिए बैठ गए थे। उन्हें तरह-तरह के पकवान परोसे जा रहे थे। सुनैना दौड़-दौड़ कर भोजन करा रही थी। सुनैना को ऐसा करते देख, उसके पिता की आँखों में आँसू भर आए। ख़ुशी के आँसू थे। कुछ दिनों के बाद बचपन से पाली-पोसी उनकी लाडली पराई हो जाएगी। उन्हें वह समय याद आया जब उन्होंने बचपन में सुनैना को पहली बार देखा था। ''कितनी सुन्दर है,'' कहकर उन्होंने अपनी बेटी की प्रशंसा की। उन्हें ऐसा लग रहा था जैसे कल ही तो उन्होंने हाथ पकड़कर चलना सिखाया था। देखते-देखते इतनी बड़ी हो गई कि अब पराये घर जाने को तैयार है। वह कहना चाहते थे, ''बेटा कुछ मत करो।'' पर वह कह न सके। आख़िर उसके ससुरजी को प्रसन्न भी करना था। खाते हुए याद आया कि अभी पिछले दिनों राजदरबार में सामंतों की सभा बुलाई गई थी। उस दौरान उन्होंने महाराज से बात की थी।

महाराज के यहाँ पर तीन तरह के मंत्री थे। पहले वे जो सभा के दौरान अधिक-से-अधिक प्रश्न खड़े करते थे, सम्राट की प्रशंसा करते थे और सुझाव दिया करते। उनका मानना था कि सभा में धाक जमाने से वे महाराज की दृष्टि में बने रहते हैं। जिससे उन्हें कई बार अच्छे सुझाव देने के लिए पुरस्कार भी मिल जाता

था। दूसरी तरह के वे मंत्री हुआ करते थे, जो सामने तो कुछ नहीं कहते थे और पीठ पीछे महाराज से चापलूसी करते। दूसरे मंत्रियों की कमियों का उल्लेख बढ़ा-चढ़ा कर करते। उनका मानना था कि काम करो या न करो, दूसरों की बुराई ज़रूर करो। उन्हें सभा में सवाल खड़े करने से अधिक आनन्द महाराज की झूठी प्रशंसा करने में मिलता था। उनका मानना था कि चाहे अगड़ी आती हो या न आती हो पर दूसरे को लंगड़ी लगानी ज़रूर आनी चाहिए। ये लोग महाराज के बहुत प्रिय हुआ करते थे। महाराज से कैसे धन ऐंठना है, इन्हें भली-भाँति पता था। लेकिन इन मंत्रियों को कलाकारों, नृत्यांगनाओं और कवियों से बहुत चिढ़ हुआ करती थी। ये लोग यदा-कदा सभा में मनोरंजन के लिए बुलाए जाते थे। वहाँ बैठे वे मंत्री जो हर सभा में महाराज की तारीफ़ करते, आगे-आगे बोलते या फिर पीठ पीछे चापलूसी और चुगलखोरी करते, उनसे ये कवि, कलाकार और नृत्यांगनाएँ एक दिन में ही कई गुना अधिक पुरस्कार लेकर चले जाते। तीसरी तरह के वे मंत्री होते थे जो ज़्यादा आगे नहीं रहते थे। वे कभी-कभार अपने क्षेत्र से राजभवन में बड़ी आवश्यकता पड़ने पर सभा के लिए बुलाए जाते थे। वे अपना वसूला कर राजकोष में जमा करते, महाराज का आदेश सुनते, अपनी बात रखते और फिर अपने क्षेत्र को चले जाते थे। या फिर इन्हें तब याद किया जाता था, जब राज्य में कोई संकट आ पड़ता और युद्ध के लिए जाना होता था। ये मंत्री ही सामंत कहलाते थे। ये सामंत महाराज की नज़रों में अधिक नहीं आ पाते थे, परन्तु कार्य बड़ी शालीनता और ईमानदारी से करते रहते थे। सामंत करण भी तीसरी तरह के ही मंत्री थे। वह पीछे अपनी कुर्सी पर बैठे हुए थे। बार-बार कुछ बोलने की कोशिश करते, पर अधिक बोलने का अभ्यास न होने के कारण हिचक कर बैठ जाते।

यूँ ही कोई महाराज नहीं बन जाता। उन्होंने देख लिया था कि यह व्यक्ति बार-बार कुछ कहना चाह रहा है पर कुछ बोल नहीं पा रहा है। "हाँ आप, आप कुछ कहना चाहते हैं? मैं बार-बार देख रहा हूँ। आप बोलना चाहते हैं पर हिचक जाते हैं।"

वह डरते हुए खड़े हो गए। "महाराज की जय हो। महाराज मैं आपके छोटे से भू-भाग ससियामऊ का सामंत करण हूँ।"

महाराज जयचंद मुस्कुराए, "हाँ सामंतजी बोलिए।"

"महाराज अगर आपकी आज्ञा हो तो इस सभा के बाद मुझे आपसे बात करने के लिए दो क्षण का समय चाहिए।"

उन्होंने जैसे ही यह कहा सारे मंत्रीगण एक-दूसरे की तरफ़ ऐसे देखने लगे,

जैसे कह रहे हों कि आख़िर इसे महाराज से क्या बात करनी है? सभी के मन में अपने-अपने विचार चलने लगे थे। कोई सोचने लगा था, 'ज़रूर यह आज हममें से किसी की बुराई करेगा।' कोई सोचने लगता कि ज़रूर यह महाराज की दृष्टि में आना चाहता है। कोई सोच रहा था कि यह गूँगा कब से बोलने लगा?

महाराज ने बिना देर किए उन्हें सभा के बाद रुकने की अनुमति दे दी। जब सभा के सारे मंत्रीगण चले गए तो उन्होंने महाराज को बताया, "महाराज, आपके इस दास की बेटी का इस द्वादशी को विवाह है। अगर आपका आशीर्वाद हमारे वर-कन्या को मिल जाए तो उनका जीवन धन्य हो जाएगा।"

"प्रसन्नता की बात है। आप हमारे सामंत हैं। मैं आपकी बेटी के विवाह में अवश्य आऊँगा। उससे पहले आपसे निवेदन है कि किसी दिन बेटी को लेकर हमारे पास पधारें।" अपने राज सिहांसन से उठकर जाते हुए उन्होंने सामंत के कंधे पर हाथ फेर दिया।

सामंत को लगा कि जैसे साक्षात् ईश्वर ने हाथ फेर दिया हो। वह खाते हुए मुस्कुराते जा रहे थे। तभी सुनैना ने भोजन कराते हुए पूछ लिया, "पिताजी और तरकारी?"

वह अपनी स्वप्ननिद्रा से वापस आते हुए बोले, "हाँ दे दो थोड़ी-सी।" मारे ख़ुशी के आजकल वह खूब खाने लगे थे। आख़िर खाएँ भी क्यों नहीं, बेटी का विवाह तय होना कोई मामूली बात है? यह जीवन की सबसे बड़ी घटनाओं में से एक है।

उधर सुनैना दौड़-दौड़ कर भोजन परोस रही थी। कारण यह था कि पिछली रात वापस लौटते हुए उसने सारी बात उसके मंगल देव यानी तारकेय को बतायी थी। तारकेय ने उत्तर दिया था, "आप परेशान न हों देवी। यह सब मुझ पर छोड़ दें। मैंने सारी व्यवस्था पहले ही कर रखी है।"

जब वह सुनैना को कमरे में वापस छोड़कर जाने वाले थे तो सुनैना ने उनका हाथ पकड़ लिया। बोली, "स्वामी!" पहली बार उसके मुँह से स्वामी निकला था। प्रभु से स्वामी तक की यात्रा यूँ ही नहीं हुई थी। उसने स्वयं को समर्पित करके यह पाया था। कई रातें काटी थीं उसके साथ, स्वयं को पूरी तरह समर्पित कर दिया था उसने।

पलटकर तारकेय ने देखा था। तारकेय को भी अब सुनैना का नशा छाने लगा था। वह उसका आदी हुआ जा रहा था। वह उसके शरीर! शरीर असल में शरीर नहीं होता! यह मानसिक अधिक होती है। शरीर का नाम बदनाम है। दो शरीरों का

मिलन असल में शरीर को संतुष्ट नहीं करता, वह मानसिक संतुष्टि देता है। उसकी आत्मा को संतुष्टि मिलती है। शरीर को शायद कोई अभिशाप ही मिला है, एक तो मानसिक संतुष्टि के लिए वह जी-जान लगा देता है और बदले में मिलती हैं उसे गालियाँ। वह सुनैना से मानसिक रूप से संतुष्ट होने लगा था। जब मानसिक संतुष्टि बढ़ती है तो वासना पीछे जाने लगती है और दो प्रेमियों के बीच प्रेम बढ़ने लगता है। कहते हैं कि मोक्ष का द्वार शरीर से होकर ही गुज़रता है। ठीक वैसा ही यहाँ पर भी हुआ था।

अब उसकी आँखें सुनैना के वक्ष से संपर्क स्थापित नहीं करती थीं। अब उसकी आँखें सुनैना की आँखों से बातें करने लगी थीं। सुनैना ने आँखों-ही-आँखों में देखते हुआ कहा, ''मुझे अब अपने साथ ले चलो, इस जीवन और मरण से मुक्ति दो स्वामी। मुझे हमेशा-हमेशा के लिए अपनी शरण में ले लो स्वामी।''

उसका ऐसा बोलना था कि तारकेय ने उसे गले से लगा लिया। बोल तो दिया था कि वह ऐसा ही करेगा। पर यह बात सिर्फ़ उसे ही पता थी कि ऐसा करना कितना मुश्किल है, कितना कठिन। इस शरीर के साथ उसे अपने साथ ले जाना कतई संभव नहीं है।

फ़ातिमा

खुली हींग की महक इत्र से भी दूर जाती है। इसी तरह इश्क की खबर फैलते देर नहीं लगती। अगर बात कॉलेज या मोहल्ले की सबसे खूबसूरत लड़की की हो तो वह और तेज़ फैलती है। यह बात भी हर तरफ़ फैलने लगी थी। जो लोग मुझे पसंद करते थे, वे सूर्यांश से ईर्ष्या करने लगे थे। इस प्रेम सम्बन्ध की खबर भी वहाँ तक पहुँच गई थी, जहाँ तक नहीं पहुँचनी चाहिए थी। मोहल्ले के सभासद इमरान सोलंकी के पास बात पहुँच गई थी। इमरान सोलंकी, पूर्व विधायक कामरान सोलंकी का बेटा है। आप सभी को पता है कि मोहल्ले का नेता ही सबसे बड़ा गुंडा होता है! दुर्भाग्यवश वह गुंडा मुझे पाने के हर तरह के प्रयास कर रहा था। उसने दो बार मुझे प्रपोज़ भी किया था पर हर बार मैंने उसे कड़क जवाब देकर निकल लेने का इशारा किया था। लेकिन जब उसके पास यह बात पहुँची कि एक मुसलमान लड़की हिन्दू लड़के से पट गई तो एक बार घर से जाते हुए उसने मुझे रोककर कहा, ''देख, मैं इस क्षेत्र का सभासद हूँ। तुझसे मोहब्बत करता हूँ। तुझे मुझसे मोहब्बत नहीं करनी तो मत कर। तेरे अन्दर ज़्यादा ही जवानी उफ़ान मार

रही है तो कोई मुसलमान लड़का ढूँढ़ ले, तेरी जवानी ठंडी कर देगा। पर शरम कर, किसी काफ़िर के चक्कर में मत पड़। वरना तेरे घर पर बात तो पहुँच ही जाएगी, अंजाम भी बहुत बुरा होगा।''

उसकी ऐसी ज़ुबान सुनकर मेरा चेहरा ही नहीं, आत्मा तक लाल हो गई थी। मैंने मारे गुस्से के कह दिया, ''मैंने ऐसा कुछ नहीं किया है। गलत खबर है तुम्हारे पास।'' मैंने कह तो दिया था पर उसके जाने के बाद एकदम से घबरा गई थी। मुझे पता था कि वह गुंडे टाइप का आदमी है। घर आकर सब कुछ कह देगा।

''तो ठीक है, अपने अब्बा को भेजूँगा तुम्हारे घर पर निकाह के लिए।'' उसके पिताजी कामरान सोलंकी पिछली विधानसभा में विधायक भी रह चुके थे।

मैं कहना चाहती थी, ''किसी चाँद से निकाह करने से पहले, देख लिया करो वह किस ग्रह का चक्कर लगा रही है।'' पर मैं कुछ नहीं बोली, चुपचाप वापस आ गई।

हिन्दुओं से उसे पहले से नफ़रत थी, लेकिन आग में घी डालने का काम पिछली नवरात्र में हुआ था। जब नवरात्र के बाद सभासद के विरोधियों ने उसके घर के सामने रामनवमी यात्रा निकाली थी और घर के सामने ही काफ़ी देर तक नगाड़ा और ढोलक बजाते हुए रुककर चिल्लाते रहे थे, ''हिन्दू-मुस्लिम, भाई-भाई, पर मन्दिर वहीं बनायेंगे।'' यह उसके विरोधियों के जवाब की तरह था। सुनने में आया था कि वह भी अपने घर के सामने ऐसा देखकर क्रोध में आग-बबूला हो गया था और उन तथाकथित भक्तों को भगाने की कोशिश करने लगा। इस बीच हाथापाई हो गई थी। तब से उसकी हिन्दुओं के प्रति नफ़रत और बढ़ चुकी थी। सुना यह भी है कि वह अपने विरोधियों से बदला लेने की कोशिश में लगा है। अक्सर राजनीतिक या सामाजिक विरोध, धर्म या मज़हब के विरोध का रूप ले लेते हैं। ठीक उसी तरह उसे अब हर हिन्दू से नफ़रत होने लगी थी। इसलिए जब उसने सुना होगा कि मेरा किसी हिन्दू के साथ चक्कर है तो वह आग-बबूला हो गया होगा।

उसकी बात मेरे दिल को चुभ गई। मैंने यह बात न ही सूर्यांश को बताई, न ही घर में। अपने मन-ही-मन घुट रही थी। बार-बार मेरे मन में यह सवाल आ रहा था, ''अगर हमारे पूर्वजों ने हमें मज़हब के नाम पर न बाँटा होता तो कितना अच्छा होता?'' जब भारत जैसे देश में दो अलग मज़हब के व्यक्तियों के बीच प्रेम होता है तो यह प्रश्न भी साथ लाता है। मेरे मन में भी यह सवाल अक्सर आया करता था, पर कभी सूर्यांश से कहती नहीं थी। इसका कारण था कि उसे मैं किसी भी तरह का आश्वासन नहीं देना चाहती थी। मेरा मानना है कि किसी को उम्मीद

देकर तोड़ना दुनिया का सबसे बुरा काम है। लेकिन ऐसा नहीं था कि ये सवाल मुझे काटते न रहे हों। लेकिन इस विषय पर मैं बाहर से उसे बहुत कठोर दिखती थी। शायद यही कारण था कि उस दिन ओयो रूम से मैं कठोर शब्दों में उसे सन्देश देकर आई थी। मैंने उसे सन्देश तो दे दिया था, पर खुद को कैसे मनाती? उसका हर बात मान जाना, मुझे जी-जान से प्यार करना। मेरे लिए कुछ भी कर गुज़रना यह कुछ ऐसा था जो पूरी दुनिया में आपके लिए सिर्फ़ एक व्यक्ति ही कर सकता है और वह व्यक्ति सूर्यांश ही था। उसकी मोहब्बत मुझे बदलने लगी थी।

बचपन की मदरसा की पढ़ाई पर मोहब्बत की पढ़ाई का रंग चटक हुआ जा रहा था। मज़हब के क़ायदों पर इंसानियत का प्रेम अपना रंग छोड़ने लगा था। बचपन में मैं सोच भी नहीं सकती थी कि किसी गैर-इस्लामिक व्यक्ति के साथ मोहब्बत करूँगी, अब उसके लिए सबसे भिड़ने लगी थी। उसके लिए हिन्दू धर्म की कई पुस्तकें पढ़ने लगी थी।

मैं अब धीरे-धीरे अपने मज़हब की जकड़न से निकलकर महबूब के प्यार की जकड़ में आने लगी थी। शायद यही कारण था कि वह किसी धर्म को नहीं मानता था, क्योंकि धर्म आज हमें नफ़रत की आग में धकेल रहा है, जबकि धर्म नफ़रत नहीं बल्कि मोहब्बत का पैगाम देने का नाम है। एक दिन उसने फ़िल्म देखने के लिए पूछा। इससे पहले मैं दोस्तों के साथ फ़िल्म देखने तो गई थी पर किसी एक लड़के के साथ फ़िल्म देखने पहली बार ही गई थी। हिचकते हुए किस तरह गई थी मुझे पता है। उस दिन भी वह सिर्फ़ मेरा हाथ पकड़कर बैठा रहा था। बस मेरे गाल पर एक छोटा-सा किस किया था। उसकी मोहब्बत में मैं सहज होती जा रही थी और उससे कहीं मिलने-जुलने में कतई भय नहीं लगता था। मैंने उसे अपने घर भी तो बुलाया था, तब भी उसने सिर्फ़ मोहब्बत भरे हाथों से ही छुआ था। कहीं पर भी हवस भरी आँखों से नहीं देखा था।

धीरे-धीरे यह मोहब्बत शारीरिक मोहब्बत में भी तब्दील हो गई। अन्य कपल की तरह हम भी ओयो रूम की शरण लेने लगे थे। यह सब बड़ा स्वाभाविक तौर पर चल रहा था। अब तक मैं उसे पूरी तरह समर्पित हो चुकी थी। मेरी दुनिया में मेरी अम्मी और अब्बा के अलावा किसी ने दस्तक दी थी तो वह सूर्यांश ही था। अब मैं उसके साथ पूरी तरह सहज हो गई थी।

उस रात मैं *चित्रलेखा* उपन्यास पढ़ने की कोशिश कर रही थी। पाप और पुण्य समझने की कोशिश कर रही थी। लेकिन वह लड़की जो तीन घंटे में दो सौ पेज की किताब चट कर डालती हो, वह शाम से बस उसी किताब को लिए बैठी थी।

सभासद की वह बात कि वह मेरे अम्मी और अब्बा को बता देगा, मन को कचोट रही थी। डर सता रहा था। अगर उसने मेरे मम्मी–पापा को बता दिया तो? उनको किसी दूसरे से कोई बात पता चली तो? अगर मैं घर में यह बात कहती हूँ कि यह लफंगा मेरे पीछे पड़ा है। मैंने इसे मना किया तो यह बात कह रहा है, तो इसका क्या जाएगा? मेरे घरवाले तो यही कहेंगे ना कि जब चिंगारी होगी तभी आग जलेगी।

मुझे बचपन में पापा की कही एक बात याद आई थी। जब मैं दसवीं क्लास में थी तो पापा प्रोफ़ेसर सलीम अंसारी ने समझाया था, ''बेटा तुम अब बड़ी हो रही हो। नए दोस्त भी बनेंगे। घूमोगी, दोस्तों के साथ लंच वगैरह पर भी जाओगी। बस एक बात याद रखना कभी मुझे कोई बात दूसरों से न पता चले। तुम खुद ही बताना। फिर हम तुम्हें जो बेहतर होगा वह रास्ता बतायेंगे।'' उनकी यह बात याद आते ही मैंने सोचा कि फिर तो मुझे ही अपनी बात अपने परिवार वालों के सामने रखनी चाहिए। अगर मैं पूरी बात बता दूँगी तो वह इमरान की बात पर विश्वास नहीं करेंगे।

लेकिन तभी मुझे उनकी आगे की कही बात याद आई थी। रुकते हुए उन्होंने सख़्त लहज़े में कहा था, ''अभी पढ़ने की उमर है सिर्फ़ पढ़ाई पर ध्यान देना। बाकी शादी–निकाह सब हमारे हाथ में छोड़ दो, अपने मज़हब के बाहर सोचना भी नहीं। बस मेरी एक इल्तिजा है, समाज में मेरी नाक नीची मत करना।''

मेरे अब्बा भले ही प्रोफ़सर थे, वह मज़हबी भी थे। उनका कहना था, जो मज़हब का नहीं हुआ, वह किसी का नहीं हो सकता। जो दीन का ही न हुआ, वह किसी इंसान का नहीं हो सकता।

दूसरी सबसे बड़ी बात यह थी कि सूर्यांश ने एक बार बैंच पर बैठकर मुझे बताया था।

अब तक सूर्यांश को पता चल गया था कि जो उसकी क्लास का सबसे खड़ूस, बड़ी–बड़ी दाढ़ी वाला अध्यापक है, वह ही मेरे अब्बा हैं। जब से उसने ऑडीटोरियम में प्रपोज़ किया था, तभी से उनकी नज़र उसके ऊपर टेढ़ी थी। एक बार वह कुछ पढ़ा रहे थे और सूर्यांश पीछे की सीट पर बैठा हुआ बड़े ध्यान से सुन रहा था। उन्हें लगा कि सूर्यांश किसी सोच में डूबा हुआ है। उन्होंने सबके सामने उसकी खिल्ली उड़ाते हुए कहा, ''अपनी नाज़ के ख़यालों में डूबे हो क्या?''

सभी बच्चे खिलखिला के हँस दिए थे। एक बच्चे ने पीछे से कहा, ''जिस दिन आपको नाज़ का पता चलेगा, उस दिन मज़ाक उड़ाना बंद कर देंगे।''

शुक्र था कि क्लास में सब हँसने लगे और वह पूरी बात ढंग से सुन नहीं पाए। वरना सूर्यांश बच न पाता। ओह! सूर्यांश ही नहीं, वे दोनों, वे दोनों ही नहीं, हम तीनों।

एक बार वह देरी से पहुँचा था, उसने अन्दर आने के लिए पूछा, "मे आई कम इन सर?"

"यस सर, आई वाज़ वेटिंग फ़ॉर यू अवर चीफ़ गेस्ट। सो दैट वी कैन स्टार्ट अवर क्लास," मेरे अब्बा का जवाब था।

सभी बच्चे फिर से हँसे थे और इसी हँसी के बीच फिर से किसी ने पीछे से बोला, "दामाद चीफ़ गेस्ट की तरह ही होता है।"

बच्चों को उसका मतलब समझ आ गया था, उन्हें नहीं। उन तक ढंग से बात पहुँच ही नहीं पायी थी। वैसे भी अपने पुत्र-पुत्री के काण्ड की खबर सबसे बाद में ही परिवारवालों को पता चलती है। कुल मिलाकर प्रपोज़ काण्ड के बाद मेरे अब्बा का सूर्यांश से छत्तीस का आँकड़ा ही चलता था।

सूर्यांश के बारे में घरवालों को बताने के लिए हिम्मत किस तरह जुटाऊँ? एक तो मज़हब और दूसरा छत्तीस का आँकड़ा। कैसे मानेंगे अब्बा मेरे? मैं काँप जाती यह सोचकर। लड़की हूँ ना! बहुत सोचती हूँ, अपने घर-परिवार और अब्बा के बारे में। लड़का होती तो कुछ भी कर जाती।

उधर, इमरान की उस बात को मैंने मन में इतना गंभीर तरीके से ले लिया था कि ये सभी बातें मुझे अब मेंटल अनस्टेबिलिटी का शिकार बनाने लगी थीं। इसी कारण ओयो रूम में मैं सूर्यांश को सुनाकर चली आई थी। मैंने सूर्यांश को जवाब तो दे दिया था, पर मुझे खुद में घुटन महसूस हो रही थी। सूर्यांश ने फ़ोन तो किया था। मैंने ही मारे गुस्से के नहीं उठाया था। मैं निराश थी सूर्यांश से माफ़ी माँगना चाहती थी पर इस तरह नहीं। ऐसे रोज़-रोज़ का सुनाना और झगड़ा करना मोहब्बत को मार देता है। मुझे पता था कि इस विषय पर मुझे ही कोई ठोस कदम उठाना पड़ेगा।

मैंने वहाँ से ध्यान हटाया। मैं *चित्रलेखा* के पेज नंबर 40 से आगे ही नहीं बढ़ पा रही थी। किसी तरह कोशिश की। चाणक्य की वह बात जिससे उसने सम्राट चन्द्रगुप्त को जवाब दिया था, उसने मेरे जीवन में सोचने के तरीके को बदल दिया था। मेरी दुविधा को मिटा दिया था, "महाराज का कथन सर्वथा उचित है। मेरे नीतिशास्त्र में कहीं-कहीं निर्धारित धर्म की रूढ़ियों के विरोधी सिद्धांत मिलते हैं, यह स्पष्ट है और मैं यह मानता हूँ, पर उसके साथ ही मैं यह बतला

देना चाहता हूँ कि धर्म समाज द्वारा निर्मित है। धर्म ने नीतिशास्त्र को जन्म नहीं दिया है, न इसके विपरीत नीतिशास्त्र ने धर्म को जन्म दिया है। समाज को जीवित रखने के लिए समाज द्वारा निर्धारित नियमों को ही नीतिशास्त्र कहते हैं और इस नीतिशास्त्र का आधार तर्क है। धर्म का आधार विश्वास है और विश्वास के बंधन से प्रत्येक मनुष्य को बाँधकर, उससे अपने नियमों का पालन कराना ही समाज के लिए हितकर है। इसलिए ऐसी भी परिस्थितियाँ आ सकती हैं, जब धर्म के विरुद्ध चलना समाज के लिए कल्याणकारी हो जाता है और धीरे-धीरे धर्म का रूप बदल जाता है।''

तभी मुझे याद आया कि नुसरत जहाँ ने भी तो मोहब्बत की है निखिल से और शादी भी, तब सभी क्यों चुप हैं? मतलब मज़हब भी अपने समय, समाज और परिस्थिति के हिसाब से बदलता रहता है। जब आप जीवन में आगे बढ़ जाते हैं तो कामयाबी इन मज़हबी बातों को दबा देती है। मैंने भी फ़ैसला ले लिया कि मैं अपनी बात माँ को बताऊँगी पापा को नहीं। 'जब अगले वर्ष मेरी और सूर्यांश की जॉब लग जायेगी तो फिर हमारा समाज और धर्म बैंगलोर या अमेरिका के हिसाब से चलने लगेगा,' सोचकर मेरे चेहरे पर एकदम से रौनक आ गई।

जब बात, प्रेम और मज़हब की हो तो अक्सर मज़हब जीत जाता है। लेकिन यहाँ पर मामला उल्टा पड़ गया था। यहाँ धर्म और मज़हब प्रेम के आगे घुटने टेकते नज़र आ रहे थे। अब मैंने फ़ैसला ले लिया, चाहे कुछ भी हो जाए सूर्यांश के लिए जी-जान लगा दूँगी। जो मुझसे मोहब्बत करता है, उससे बेहतर कोई नहीं होगा जीवन बिताने के लिए।

अब मेरे मन में कोई संदेह नहीं था। दुनिया में सबसे कठिन काम होता है निर्णय लेना। वह मैंने ले लिया था। मुझे याद है, मैं माँ के पास तब गई थी, जब वह रसोई में खाना बना रही थीं।

''अम्मी एक बात कहना चाहती हूँ,'' मैंने बड़े गंभीर लहज़े में कहा।

माँ को भी मेरे लहज़े से कुछ खटका हुआ। ''हाँ बताओ।''

''मैं आपको किसी से मिलवाना चाहती हूँ।''

इतना काफ़ी होता है एक जवान लड़की को अपनी माँ से कहने के लिए। सारी बातें अपने आप पहुँच जाती हैं। खाना बनाना छोड़कर माँ मेरी तरफ़ आँखें फाड़ के देखने लगीं। जैसे शेर अपने शिकार को देखता है। ''का कौनो चक्कर-वक्कर की बात है का? अब्बा को पता चलेगा तो मार ही डालेंगे।''

मैं चुप थी, सन्न बिलकुल। "अम्मी एक बार मिल तो लो। फिर कहना, मेरा दोस्त है।"

अब मम्मी बोले जा रही थीं, "दोस्त-वोस्त कुछ नहीं है। दोस्त के बारे में कोई अलग से पूछने नहीं आता, मिलने के लिए। सही-सही बता क्या बात है।"

कुछ देर सोचते हुए मैंने जवाब दिया था, "आप जो सोच रही हैं, सही सोच रही हैं।"

"नाम क्या है?" मम्मी ने हाथ में बेलन लेकर पूछा।

"सूर्यांश नाम है उसका।" मैंने डरते-डरते धीरे से जवाब दिया।

सुनते ही अम्मी आग-बबूला हो गईं। क्या-क्या नहीं सुनाया। जाते-जाते हिदायत भी दी, "ऐसा कुछ भी करने के बारे में सोच भी मत लेना। ऐसा हो ही नहीं सकता। आगे से फिर कभी उसके बारे में सोचा या मैंने देख लिया तो तुरंत अब्बा को बता दूँगी।"

मैं कुछ नहीं बोली थी, बस माँ से लिपट गई थी। माँ ने झिड़क दिया था, लेकिन मैंने कोई बुरा नहीं माना। बस गालियाँ सुनकर चुपचाप अपने कमरे में आ चुकी थी। उस दिन के लिए बात काफ़ी हो चुकी थी।

तारकेय

मेरी जिन्दगी में अलग अलग धर्म की परेशानी थी, वहीं मेरी किताब के पात्रों के अलग ग्रह के होने के कारण मुश्किलें थीं। तारकेय भी ठीक फ़ातिमा की तरह अपने मन में तरह-तरह की बातें सोच रहा था। किस तरह सुनैना को अपने ग्रह ले जाया जाए। वह इसी विचार में खोया हुआ था। जिस तरह मेरा जीवन करवट ले रहा था, ठीक उसी तरह मेरी किताब के पात्र भी करवट ले रहे थे। सच कहते हैं कि किताब लिखना आपके जीवन के अनुभवों पर ही निर्भर करता है।

तारकेय यान पर तो आ गया था, लेकिन उसे नींद नहीं आ रही थी। करवटें बदलते रात कटी। अब उसे सिवाका की भी ज़रूरत नहीं पड़ती थी। उसके मन में सिर्फ़ और सिर्फ़ सुनैना बसी थी। चार दिनों बाद सुनैना का विवाह होने जा रहा था। वह विवाह से पहले ही सुनैना को ले आना चाहता था। उसने सुनैना को साथ ले चलने का वादा जो किया था। सुनैना को लाना आसान था। सुनैना को वह पृथ्वी से उठाकर रोज़ रात में ले आता था, लेकिन उसके लिए यहाँ पर सारी व्यवस्था करना बहुत कठिन था। था तो नामुमकिन, पर प्रेम में नामुमकिन की कोई

जगह नहीं होती। यह ठीक वैसा ही था कि प्रेम करने के लिए सिर्फ़ दिल चाहिए होता है, लेकिन विवाह करने के लिए घर, द्वार और धन सब कुछ चाहिए होता है। वह इस यान से चौदह सौ प्रकाश वर्ष दूर उसे अपने ग्रह तक कैसे ले जाएगा? वह क्या खाएगी? इंसानी शरीर तो सिर्फ़ अस्सी से सौ वर्ष में ही क्षीण हो जाता है। फिर उसकी चेतना सब कुछ भूलकर दूसरे शरीर में प्रवेश कर जाएगी। फिर वह क्या करेगा? चौदह सौ बरस कैसे उसको जीवित रखे? वहाँ तक पहुँच पाना सिर्फ़ स्लीपिंग चेयर से ही संभव है। जबकि इस यान में एकमात्र स्लीपिंग चेयर है, जिसमें वह सोता है। अगर वह आधी दूर भी स्लीपिंग चेयर से जाग गया तो उसकी रास्ते में ही मौत हो जायेगी। चौदह सौ प्रकाश वर्ष कोई कम दूरी नहीं होती। वह करे तो क्या करे?

लेटे-लेटे उसके मन में आया कि क्यों ना अपने ग्रह पर एक सन्देश भेजे और वहाँ से अपने मित्र को कहकर एक दूसरा यान मँगा ले, जिसमे दो स्लीपिंग चेयर हों। अगले ही क्षण उसे याद आया कि जब उसे स्पेस में ट्रेवल करने के लिए ट्रेन्ड किया जा रहा था तो उसके ट्रेनर ने समझाया था, ''अपने मन पर काबू रखना। किसी परग्रही से प्रेम न करना। परग्रही से प्रेम करना असल में बीमारियों को न्योता देना होता है। उनका खानपान, रहन-सहन यहाँ तक कि साँस लेने वाली हवा तक दूसरी हो सकती है।''

फिर उन्होंने आगे समझाया था, ''इससे समस्या यह उठती है कि जो कीटाणु, विषाणु या जीवाणु उनके लिए लाभदायक हैं। वही हमारे लिए नुकसानदेह हो सकते हैं।'' फिर उन्होंने जानवरों का उदाहरण दिया, ''जैसे किसी जानवर में कोई वायरस होने के बावजूद वह लम्बे समय तक जीवित रह लेता है, लेकिन हमारे इंसानी शरीर में आते ही जानलेवा बीमारी का रूप धारण कर लेता है। कई बार उस ग्रह की पूरी-की-पूरी आबादी का विनाश कर देता है। इसलिए फ्रीडम ऑफ़ फ़ूड, फ्रीडम ऑफ़ सेक्स और फ्रीडम ऑफ़ स्पीच एक लिमिट तक ही अच्छे लगते हैं। अत: परग्रही से प्रेम करने के बजाय आपके साथ में रोबोट भेजा जाएगा। उसको अपने हिसाब से ढालकर आत्मसंतुष्टि प्राप्त करें। इसे आत्मनिर्भर बनना भी कह सकते हैं।''

तभी उसने यह प्रश्न कर दिया, ''अगर किसी व्यक्ति को वहाँ की किसी स्त्री से प्रेम हो जाता है और वह उसके साथ सेक्स कर लेता है तो फिर उसे क्या दंड दिया जाएगा?''

उसे याद आया कि उसके ट्रेनर का चेहरा लाल हो गया था। उन्होंने गुस्से में पूछा था, ''किसने पूछा? किसने पूछा?''

वह खड़ा हो गया था अपनी सीट पर, उसे देखते ही मारे गुस्से के ट्रेनर ने उसका मज़ाक उड़ाते हुए कहा, ''ये तुम ही कर सकते हो। तुम्हारा ही लंगोट ढीला है। बाकी सबको अपनी जान प्यारी है।''

सभी ट्रेनी ठहाका मारके हँसने लगे थे। फिर ट्रेनर ने सबको डाँटते हुए बताया, ''अगर कोई ऐसा करता है, और हमें इसकी तनिक भी भनक लगती है तो उसे कभी अपने किसी भी ग्रह पर उतरने नहीं दिया जाएगा। उसे हमेशा के लिए अपने सभी ग्रहों से निष्कासित कर दिया जाएगा।''

अपने ग्रह से किसी यान को बुलाने वाला विकल्प कैंसिल कर दिया गया। अब उसने सुनैना को अपने साथ ले जाने के अन्य विकल्पों के बारे में सोचना शुरू किया। तभी उसके मन में एक बहुत ही अच्छा रास्ता सूझा और वह एकदम से उछल गया था। वह उठकर बैठ गया। रास्ता यह था कि सुनैना की चेतना को कंप्यूटर में सेव करके उसे सिवाका के शरीर से कनेक्ट कर देगा, यानी सुनैना की चेतना को रोबोट में डाल देगा। फिर वह चौदह सौ वर्षों तक सिवाका के शरीर में पड़ी रहेगी और यान पर उसे कोई कष्ट नहीं होगा। वह प्रसन्नता के मारे उछल तो गया था, लेकिन तभी उसे एक बात याद आई थी। एक बार उसने कंप्यूटर पर किसी मैगज़ीन में पढ़ा था कि उसके ग्रह के सबसे बड़े वैज्ञानिक ने हिदायत दी थी कि कभी चेतना को किसी मशीन में डालने की कोशिश न करें। वह किसी वायरस से भी तेज़ पूरी मानव जाति का विनाश कर सकती है। इसलिए तब से किसी भी एस्ट्रोनॉट ने किसी भी रोबोट में चेतना डालने का प्रयास नहीं किया था। असल में शरीर से शरीर में चेतना डालना अभी तक वे सीख ही नहीं पाए थे।

उसने अपनी इस बात को तत्काल काट दिया। फिर निढाल होकर बिस्तर पर लेट गया। उसका मन दुखी होकर अन्य विकल्पों की तलाश कर रहा था कि अगले ही पल उसे याद आया कि इसी वैज्ञानिक ने एक बार घोषणा की थी, ''अगर नज़दीक के ग्रह केप्लेर 452 ए में परमाणु बम फेंककर उसका वायुमंडल अपने ग्रह की तरह बनाने की कोशिश की गई तो उसका प्रभाव हमारे ग्रह तक पड़ेगा और हमारी संपूर्ण आबादी लूली-लंगड़ी पैदा होगी।''

लेकिन वहाँ पर अन्य वैज्ञानिकों के सुझाव के अनुसार परमाणु बम गिराए गए, उसके बावजूद हमारे ग्रह पर कोई फ़र्क नहीं पड़ा था और हमने किसी भी हैबिटेबल ज़ोन के ग्रह पर जीवन के बीज रोपना सीख लिया था। अगर उस वैज्ञानिक की बात मानी जाती तो आज हम सिर्फ़ एक ही ग्रह तक सीमित रहते। इसी कारण आज हम सैंतीस से ज़्यादा ग्रहों में रहते हैं।

अब तारकेय ने निर्णय ले लिया था कि सुनैना को यान पर लाने के बाद वह हर बात सही तरह से बता देगा। 'सुनैना उससे सच में बहुत प्रेम करती है। वह कभी ऐसा कोई कार्य नहीं करेगी, जिससे संपूर्ण मानव जाति खतरे में पड़ जाए।' यह सोचते हुए उसको नींद आ गई।

सूर्यांश

हाथों में एकदूजे का हाथ हो, ऐसा लगता जैसे जन्नत साथ हो। फ़ातिमा सिर्फ़ मोहब्बत नहीं थी, मेरा गुरूर थी। जिधर से भी हम दोनों साथ चल निकलते कानाफूसी होने लगती, क्या किस्मत पायी है? कॉलेज में सारा दिन साथ रहते, क्लास बंक करते तो कैफ़ेटेरिया में साथ बैठते। हाथ पकड़ के टहलते रहते। एक नया कपल पूरे कॉलेज को देखने को मिला था।

शाम को स्थान वही होता, समय भी वही होता ठीक साढ़े पाँच बजे, बैंच भी वही रहती पर वहाँ बैठने वाले सिंगल से डबल हो गये थे। मनुष्य और वायरस एक तरह के होते हैं, हमेशा बढ़ते ही रहते हैं। अपना साथी ढूँढ लेते हैं। आस-पास के किसानों को भी पता चल गया था कि पहले यह लड़की अकेले आया करती थी, लेकिन अब अपने साथ लौंडा भी लाती है। क्लास और रात छोड़कर दोनों हमेशा एक साथ ही पाए जाते। क्लास में इसलिए अलग रहते क्योंकि हम दोनों अलग सेक्शन में पढ़ते थे।

एकांत हो, गंगा के पानी की तरह निर्मल ठंडी हल्की-हल्की हवा चल रही हो और अपना सर प्रेमी के कंधों पर हो, इसके अलावा क्या चाहिए एक प्रेमिका को। फ़ातिमा भी उसी बैंच पर मेरे कंधे पर सर रखकर बात किया करती।

एक तरफ़ पूरे भारत देश में धार्मिक कट्टरता उफ़ान पर थी, दूसरी तरफ़ मेरी और फ़ातिमा की प्रेम कहानी उस धार्मिक कट्टरता को धता बता रही थी। ऐसा लोगों को लगता था, लेकिन अन्दर-ही-अन्दर वही मज़हबी कट्टरता उस मोहब्बत को भी खाए जा रही थी। इसका असर यह हो रहा था कि मेरे अन्दर धर्म के प्रति नफ़रत बढ़ती जा रही थी। परमेश्वर के अस्तित्व पर शक बलवान होता जा रहा था और विज्ञान के प्रति विश्वास बढ़ता जा रहा था।

आज मैंने नया फ़ोन नम्बर लिया था। मैं इंतज़ार कर रहा था कि उसको अपना नया नम्बर बता सकूँ। लेकिन वह अब तक नहीं आई थी। पता नहीं समय की पाबन्द लड़की उस दिन क्यों लेट हो गई थी। मैं जाने क्यों खेतों के बीच

में बनी मेड से होकर आगे बढ़ने लगा। उसी वक्त मेरा फ़ोन वाइब्रेट हुआ, मैंने जब देखा तो मेरे पास एक नम्बर से मैसेज आया था। उस पर लोकेशन थी, 'इस लोकेशन पर मत जाओ।' मैंने उस नम्बर पर ध्यान नहीं दिया और गूगल मैप पर वह लोकेशन ओपन कर ली। यह तो पास में ही सौ मीटर दूर जो खँडहर दिखाई पड़ रहा था, उसी ओर इंगित कर रहा था। मैंने मन-ही-मन सोचा कि जब तक फ़ातिमा आएगी तब तक मैं वापस आ जाऊँगा। आख़िर मैं युवा था, किसी बात से भयभीत क्यों होता? युवा का मतलब ही होता है निडर, साहसी और नई सोच रखने वाला। मैं भी उन पगडंडियों के सहारे उसी लोकेशन पर चला जा रहा था। बढ़ा जा रहा था, लेकिन मुझे नहीं पता था कि मैं ऐसी दिशा में बढ़ चला हूँ, जिधर से लौट पाना मुश्किल ही नहीं, नामुमकिन है। मैंने जैसे ही उस पुराने खंडहर में प्रवेश किया तो वहाँ पर बहुत सारे टूटे-फूटे लोहे के टुकड़े और तारें पड़ी हुई थीं। उनसे आगे बढ़ता हुआ कमरे में पहुँचा तो मैं देखकर दंग रह गया। यह तो किसी की प्रयोगशाला लग रही थी। ढेर सारी मशीनें, तार, कंप्यूटर और ताबूत की तरह एक बड़ा-सा बॉक्स पड़ा हुआ था। उस ताबूत को देखते ही मेरे दिमाग में तुरंत हॉलीवुड मूवी दौड़ पड़ी, जिसमें इस तरह की कुछ स्लीपिंग चेयर देखी थीं। मैं उसे छूने ही जा रहा था। तभी मेरे फ़ोन में एक बार फिर से एक मैसेज आया था, जिसमें लिखा हुआ था—'इसे मत छूना। ये टाइम मशीन है।' मैसेज देखते ही मेरे चेहरे पर रौनक आ गई। ये तो वही हो रहा था जिसके बारे में मैं बचपन से सोच रहा था। यह ठीक वैसा ही ताबूत था, जैसा मैंने कई बार सपने में कल्पना की थी। एक ऐसी चीज़ की कल्पना मैं बचपन से कर रहा था, जिसके बारे में कोई सोच नहीं सकता था और प्रकृति का खेल देखो। मुझे उस चीज़ तक पहुँचा भी दिया था। सही कहा गया है कि अगर किसी चीज़ को दिल से चाहो तो सारी कायनात तुम्हें उससे मिलाने की कोशिश में जुट पड़ती है। इस बार कायनात ने मुझे मेरे सपने से मिलाया था। मैं बहुत खुश हो गया था। मैंने तुरंत उस मैसेज को नज़रअंदाज़ कर दिया।

मैंने बिना देर किये उस ताबूतनुमा टाइम मशीन को खोल दिया था। उसमें लेट गया और हैडफ़ोन की तरह दूसरी मशीन को कान में लगा लिया। जैसे ही कान में लगाया कि टाइम मशीन का बॉक्स अपने आप बन्द हो गया। मैं लेटा ही था तभी मेरे सामने बॉक्स में एक स्क्रीन खुल गई। उस हैडफ़ोन से आवाज़ आ रही थी, ''प्लीज़ एंटर द ईयर दैट यू वांट टू विज़िट।'' यह तो ठीक वैसा था जैसा मैंने कई 'साईं फ़ाई' फ़िल्मों में देखा था। उत्साह से लबरेज, उस चेतावनी भरे मैसेज को भुलाकर मैं सोच में पड़ गया कि किस सन् में जाया जाए। सबसे पहले मेरे

मन में ख़याल आया, तब जाएँ जब धर्म बनाया जा रहा था। वहाँ पर मैं धर्म बनाने वालों को भविष्य की बातों से अवगत कराऊँगा और रोककर आऊँगा। फिर मेरे मन में आया, 'अगर कहीं मैं फँस कर रह गया तो ? मैं तो वहाँ के रीति-रिवाज भी नहीं जानता ? उस वक्त की भाषा नहीं जानता। वहाँ की वेशभूषा मैं नहीं पहनूँगा तो ज़िन्दगी कैसे गुज़रेगी ?' बात सही थी। मैं पहली बार समय-यात्रा करने जा रहा था, इसलिए वहाँ तक जाना सही रहेगा, जहाँ पर आसानी से जीवन को देख-समझ सकूँ। एक बार समय-यात्रा करने के बाद मैं दुबारा उसी वक्त में चला जाऊँगा।

मुझे तुरंत याद आया कि मैं बचपन में जाऊँ, अगले पल मुझे फिर ख़याल आया कि बचपन में जाकर करूँगा क्या ? अब तक मेरे मन में सबसे अच्छा ख़याल आया था कि जब मैं फ़ातिमा के घर पर गया था और उसके अब्बाजान आ गए थे। उसने अगले दिन बताया था कि वह दो मिनट बाद एक सामान लेकर चले गए थे। मैं उसी वक्त में जाना चाहता था, क्योंकि पुराना सूर्यांश तो उस मौके पर कुछ कर-धर न पाया था। मैं जाकर उसके साथ समय बिताऊँगा। उसको प्यार करूँगा। उस खुशनुमा पल को जिऊँगा। मैंने तुरंत टाइम मशीन में 2016 डाल दिया था। फिर मेरे कान में आवाज़ सुनाई दी। ''प्लीज़ एंटर द मंथ दैट यू वांट टू विज़िट ?'' मैंने याद करने की कोशिश की। 'उस दिन हल्की बारिश हुई थी। उसके पहले जब मैं तेरह दिन घर पर रहा था तो रक्षाबंधन मनाकर आया था। यानी अगस्त या सितम्बर रहा होगा।' मुझे तुरंत याद आया कि वह सितम्बर का महीना ही था। मैंने बिना देर किए महीने के सामने 9 एंटर कर दिया था। मशीन ने तुरंत पूछा, ''प्लीज़ एंटर द डेट।'' मैंने वह तारीख याद की। 'जब मैं तेरह दिन के बाद आया था पहली बात तो उस दिन की तारीख थी 2 सितम्बर। यानी वह शाम 3 सितम्बर थी।' मैंने तुरंत 3 सितम्बर डाल दिया था। अब उसने समय पूछा था। ध्यान करने पर पाया कि जब मैं खाना खा रहा था, तब लगभग साढ़े दस बजे थे। मैंने साढ़े दस बजे का समय लगा दिया था।

ऐसा तेज़ झटका लगा था कि इससे पहले कभी मैंने इतना तेज़ झटका खाया नहीं था। यह झटका उतना ही बड़ा करंट की तरह था जैसे 1100 वोल्ट का करंट लग जाए। कुछ देर मुझे कुछ एहसास ही नहीं हुआ। मन शून्य में पड़ गया था। लगभग बेहोशी जैसी हालत। फिर एकदम से टाइम मशीन की आवाज़ सुनकर मैं होश में आया था, ''यू हैव रीच्ड योर डेस्टिनेशन। दिस इज़ 3 सितम्बर 2016, 22:30 :05 सैकेंड एट द मोमेंट।''

मेरी आँख खुल गई थी, लग रहा था कि घंटों से सोया हुआ था। उस बॉक्स का ढक्कन अपने आप खुल गया। मैं आँखें मलते हुए उठा। मुझे याद आया कि मैं तीन सितम्बर की रात में पहुँच गया हूँ। मैं भाग खड़ा हुआ, फ़ातिमा के घर की तरफ़। जाते हुए मैंने देखा कि मेरा भूत सूर्यांश मारे डर के भागा जा रहा है। मैं उसे चिल्ला के बुलाने की कोशिश कर रहा था। पर उसने कुछ नहीं सुना। जिस तरह वह भाग रहा था, उसके भीतर का डर मैं भाँप गया था। मैं मन-ही-मन उत्साहित था कि आज की रात फ़ातिमा के साथ बिताऊँगा। दोनों खाना साथ में खाएँगे। जो काम आज से तीन साल पहले नहीं कर पाए थे, वह आज किया जाएगा। जो चीज़ें उस बार रह गई थीं, वे अब पूरी करेंगे। जैसे ही उसके अब्बा गाड़ी में बैठ के निकल गए, मैं तुरंत ओट से निकलकर सामने आ गया। फ़ातिमा दरवाज़ा खोले थोड़ी देर बाहर ही टहलती रही।

मैं उसके सामने से गुज़रा तो, फ़ातिमा ने मेरी तरफ़ देखा। उसको देखते ही मैं प्यार से मुस्कुरा उठा। सोच रहा था कि फ़ातिमा मुझे देखते हुए आश्चर्यचकित मुद्रा में पूछेगी, "तुम अभी भाग कर गए थे, कपड़े बदलकर इतनी जल्दी कैसे आ गए?" तो मैं वरुण धवन के स्टाइल में कहूँगा, "अपनी जान के लिए मैं कोई भी खतरा मोल ले सकता हूँ।" फ़ातिमा को ठीक इलिआना डिक्रूज़ की तरह मेरे इश्क पर फ़ख़्र होगा और वह हाथ पकड़कर मुझे अपने घर ले जायेगी।

पर मेरी सोच के विपरीत फ़ातिमा के चेहरे पर कोई भी एक्सप्रेशन नहीं आया था। भाव शून्य थी वह। मैं फ़ातिमा से बात करना चाहता था, "हे डार्लिंग।" पर वह ऐसे बर्ताव कर रही थी जैसे जानती ही न हो। मेरे दिमाग में आया कि शायद यह कारण हो कि वह घर के बाहर प्यार दिखाने से बच रही हो ताकि पड़ोसियों को कुछ भी पता न चल सके। मैं चुपचाप इधर-उधर देखकर अन्दर प्रवेश कर गया। मैंने देखा कि थोड़ी ही देर में फ़ातिमा भी पीछे से आ रही है। मैं एक तरफ़ खड़ा बस दरवाज़ा बंद करके फ़ातिमा के पलटने का इंतज़ार कर रहा था। फिर भी वह कुछ नहीं बोली, वाश-बेसिन में हाथ धोकर आई और बैठ गई खाने के लिए। मुझे ऐसा लग रहा था कि जैसे मेरे भागने के बाद वापस आ जाने के कारण वह नाराज़ है। वह टीवी खोलकर देखने लगी। टीवी पर किसी समाचार चैनल पर ऐंकर बोल रहा था, "क्या असम, पश्चिम बंगाल और तमिलनाडु विधानसभा चुनाव में मोदी लहर चलेगी?" उसने तुरंत चैनल बदल दिया। उसमें शो चल रहा था, "पश्चिम बंगाल में क्या मोदी देंगे ममता को मात?" उसने न्यूज़ चैनल हटाते हुए कहा था, "दीज़ स्टुपिड पीपल डोंट हैव एनी न्यू न्यूज़ नाउ ए डेज़।" उसने मूड सही करने

के लिए सेट मैक्स लगा लिया। उस पर 'सूर्यवंशम' फ़िल्म देखकर उसका मूड ऑफ़ हो गया था और उसने तुरंत गाने वाला चैनल लगा दिया था और गाना सुनने लगी, 'ज़रा तस्वीर से निकल के तू सामने आ, मेरी महबूबा।'

फ़ातिमा को चुप देख मैंने उसे मनाने के बारे में सोचा था। मैं तुरंत फ़ातिमा के पास पहुँचा और उसके बगल में घुटनों के बल बैठ गया। वह किसी भी तरह मेरी तरफ़ देख नहीं रही थी, वह टीवी की तरफ़ ही देख रही थी। मैंने फ़ातिमा की आँखों की तरफ़ देखते हुए पूछा, "इतना नाराज़ हो? आख़िर क्या खता हुई मुझसे?"

लेकिन फ़ातिमा पर कोई फ़र्क नहीं पड़ रहा था। ऐसा लग रहा था, जैसे उसे कुछ दिखाई नहीं पड़ रहा है। उसे कुछ सुनाई नहीं पड़ रहा है। मैंने तुरंत फ़ातिमा के हाथ पकड़ने की कोशिश की। उफ़ मेरा हाथ तो फ़ातिमा के हाथ को पकड़ ही नहीं पा रहा था। ये क्या हो रहा है? मैंने तुरंत अपना हाथ देखा। हाथ सही-सलामत था। मैंने तुरंत सोफ़ा छूने की कोशिश की। वह भी मेरी पकड़ में नहीं आ रहा था। अब मेरी शंका बढ़ गई थी, मैंने ज़ोर से आवाज़ लगाई, "फ़ातिमा। सुनाई पड़ रहा है।" पर फ़ातिमा ज्यों-की-त्यों। टस-से-मस नहीं हुई। मैंने फ़ातिमा को ज़ोर से हिलाने की कोशिश की पर मैं कुछ नहीं कर पा रहा था। मैं समझ ही नहीं पा रहा था कि मुझे फ़ातिमा देख या सुन क्यों नहीं पा रही है? मैं सब कुछ देख सकता था पर छू कुछ भी नहीं सकता था। मैं लोगों की आवाज़ें सुन सकता था पर कुछ कह नहीं सकता था। मैं हताश होकर वहीं पर बैठ गया। "कहीं मैं मर तो नहीं गया? भूत तो नहीं बन गया।" चूँकि हिन्दी फ़िल्मों में कुछ इसी तरह दिखाया जाता था कि भूत सबको देख सकता पर उसे कोई नहीं देख सकता था। मैंने खुद को छूने की कोशिश की। मैं खुद को छू सकता था। मुझे लगा कि मैं ज़रूर मर गया हूँ। शायद वह टाइम मशीन न हो। वह मार देती हो और मैं भूत बनकर यहाँ पर आया हूँ। मुझे मरने का डर सताने लगा था। हाथ-पैर थर-थर काँपने लगे। दाँत किटकिटाने लगे। आँखों में आँसू भर आए। मुझे वह सपना याद आया जो मैंने बचपन में देखा था। मैं भाग रहा हूँ और चार सिपाही मेरे पीछे भाग रहे हैं, एक समय आने पर मैं गिर गया हूँ। जब मेरी आँख खुली थी तो मैंने देखा था कि मैं अकेला उस कारागार में बंदी हूँ। जब मैं उठा तो मैंने देखा, मैं एक गहरे भूरे रंग के ताबूत में लेटा हुआ हूँ, जिसमें मेरे मस्तिष्क में कोई यन्त्र लगा हुआ था।

मैंने सपना याद करने की कोशिश की, बड़ी कोशिश करने के बाद याद आया था कि बड़ी-बड़ी मूँछों वाले जल्लाद ने भारी आवाज़ में पूछा था, "तुम आत्महत्या क्यों करना चाहते थे?"

बैठे-बैठे मैंने याद किया कि उस ताबूत की तरह ही तो टाइम मशीन थी, जिसमें हैड फ़ोन भी था। अब तो मुझे लगने लगा था कि मैं मर गया हूँ। मैं सर पकड़ के बैठ गया था। तो क्या ऐसा होता है मरने के बाद का जीवन? मरने वाला सब कुछ देख रहा हो, पर कुछ कर न सकता हो।

मुझे वह मैसेज याद आया जो मुझे रोक रहा था। शायद प्रकृति मुझे रोकना चाहती हो पर मैं नहीं रुका। अपने आगे मैंने प्रकृति की नहीं सुनी और मृत्यु को समर्पित हो बैठा। मनुष्य का स्वभाव ही होता है अपने आगे प्रकृति की न सुनना। इंसान को लगता है कि वह प्रकृति पर विजय पा लेगा पर प्रकृति उसे ऐसी पटखनी देती है कि वह कभी उठ नहीं पाता। मैं सामने अपनी प्रेमिका को देख सकता था, लेकिन बात नहीं कर सकता था। मैं उसे गले लगा लेना चाहता था, पर गले लगाने में असमर्थ था। आँसू बहने लगे थे, फफक-फफक कर रोने लगा था। मेरे सामने बैठी मेरी प्रेमिका मेरी आवाज़ नहीं सुन सकती थी। रोते हुए मुझे याद आया कि जब मेरे घर के सामने एक व्यक्ति की मृत्यु हुई थी तो उसके परिजन उसके चारों तरफ़ बैठकर रो रहे थे। उस वक्त, जो व्यक्ति मर गया था, उस व्यक्ति की क्या हालत हुई होगी। वह भी इसी तरह कस के रो रहा होगा। उसे देखने वाला कोई नहीं होगा। उसे सांत्वना देने वाला कोई नहीं होगा।

मुझे याद आया कि मृत्यु के बाद उस व्यक्ति के नाम के आगे स्वर्गवासी लगा दिया गया था। वह उनकी भूल पर हँसना चाहता था पर हँस नहीं पाया। वह रो लेना चाहता था पर रोकर क्या करेगा? क्या यही स्वर्ग है या नरक? या फिर हम किसी तरह की गलतफ़हमियों में जी रहे हैं? कहाँ हैं 72 हूरें? कहाँ हैं वे अप्सराएँ? मेरे सामने तो एक हूर दिखाई पड़ रही थी और उसे भी मैं छू नहीं सकता था, प्यार नहीं कर सकता था? इससे अच्छा तो सामान्य जीवन था। मुझे एहसास हुआ कि सच में मृत्यु सबसे बड़ा दु:ख है।

मेरे मन में अगले पल ही प्रश्न उठा कि मैंने इतने अच्छे काम तो किए नहीं हैं, जो मुझे स्वर्ग मिलेगा। ज़रूर ही यह नरक होगा। जहाँ पर हम देख तो सकते हैं पर उसका उपभोग नहीं कर सकते हैं। इससे बड़ी सज़ा क्या होगी? मैंने सुनिश्चित कर लिया था कि ज़रूर ही यह नरक है। यह सोच ही रहा था तभी मेरे मन में अगला प्रश्न आया कि क्या भूत ही नरक लोक में रहते हैं, क्योंकि उनकी हालत भी मेरे जैसी ही होती है।

सोचते और रोते हुए मैं कब बेहोश होकर ज़मीन पर गिर पड़ा, मुझे कुछ याद नहीं। फिर जब मेरी नींद खुली तो घर में बहुत शोर हो रहा था। मैं ज़मीन पर

लेटा हुआ था। एकदम से फ़ातिमा की माँ को देखकर मैं डर गया। अब वह देख लेगी तो क्या सोचेगी ? फ़ातिमा ने एक लड़के को घर बुलाया था। लेकिन तभी घर की मेड झाड़ू लगाती हुई मेरे शरीर को आर-पार कर झाड़ते हुए निकल गई। उफ़ मुझे याद आया कि मैं तो मर चुका हूँ। दिल धक से रह गया। कल तक मैं जीवित था, हर चीज़ का उपभोग कर सकता था लेकिन आज मर चुका हूँ। यह दुनिया मेरे लिए चिड़ियाघर की तरह हो गई थी, जहाँ मैं जीवों को सिर्फ़ देख सकता था। मैं फिर से निराश होकर बैठ गया।

बैठे-बैठे कुछ देर में मुझे विचार आया। जब मैं मर गया हूँ तो मैं अपने समय से तीन साल पहले क्यों आ गया ? मुझे उसी वक्त पर भूत बन जाना चाहिए। ज़रूर ही कोई दूसरी बात है। मेरा मन राह खोजने लगा। कई दफ़ा जब आपके पास कुछ खोने को नहीं बचता, तब सिर्फ़ आपके लिए पाना ही सब कुछ होता है। मैं भी अब सकारात्मक दिशा में विचार करने लगा था। ऐसा कैसे न होता कि जब आप राह की तलाश कर रहे हों और आपको राह न दिखे।

डूबते को तिनके का सहारा मिल गया था। ठीक उसी तरह फ़ातिमा की लाइब्रेरी में मैंने एक किताब देखी, *समानांतर ब्रह्मांड*। मैं उस किताब की तरफ़ आकर्षित हुआ। पर छू नहीं सकता था। मैंने यह किताब एक बार पढ़ी थी। उसमें लिखा हुआ था कि हम कई ब्रह्मांडों में रहते हैं। हर ब्रह्मांड में हम अलग तरह का जीवन जीते हैं और अलग तरीके से रहते हैं।

चूँकि मैं विज्ञान का छात्र था तो इस बात को कनेक्ट करने लगा था। मेरे मन में विचार आया, हो सकता है कि हम कई आवृत्तियों में जीते हों। जैसे कि सुनाई देना। हमारी एक निश्चित सीमा है, कुछ डेसिबल के नीचे और उसके ऊपर की आवाज़ हम नहीं सुन सकते। ठीक उसी तरह हर जीवन की आवृत्ति होती हो। शायद यही कारण हो कि यह समयकाल जिस आवृत्ति में चल रहा हो, उस काल के लोग मुझे देखने में सक्षम न हों, क्योंकि मेरी आवृत्ति भिन्न है, जबकि मशीन ने मेरे दिमाग को इस आवृत्ति (भूतकाल) को देखने और सुनने के काबिल बना दिया हो।

इस बात ने परिकल्पना पर मोहर लगा दी थी कि अगर मेरी मृत्यु हुई होती तो मैं 2016 की सितम्बर की उसी तारीख़ पर कैसे आ जाता! मुझे तो उसी समय (काल) में होना चाहिए था, जिस समय में मेरी मृत्यु हुई थी। मेरे चेहरे पर फिर से मुस्कान खिल उठी। मैं पूरा माजरा समझ चुका था। मुझे तुरंत हिन्दी फ़िल्म के कुछ किरदार याद आए। बचपन की दादी-नानी से सुने भूत-पिशाच के किस्से याद आ गए। वे लोग इसीलिए न दिखाई देते हैं और न सुनाई देते हैं, क्योंकि वे दूसरी

आवृत्ति या दूसरी दुनिया में रहते हैं। ठीक इसी तरह इस पृथ्वी पर हमेशा भिन्न-भिन्न काल में चलते रहते हैं, भिन्न-भिन्न आवृत्तियों में। न समय बढ़ता है, न घटता है। वे आवृत्तियाँ घटती जाती हैं और पीछे से नई आवृत्तियाँ बढ़ती जाती हैं। यह समय रिपीट होता जाता है। ठीक उस रुद्राक्ष की माला की तरह जिसका हम जाप करते हैं। मुझे शिव खेड़ा की वह लाइन याद आई, जिसमें उन्होंने कहा है—समय नहीं चलता, समय स्थिर है, बस हम ही आते हैं और चले जाते हैं।

अब तो एकदम से मैं चहक उठा। मेरे मन में तुरंत यह ख़याल आया कि मैंने आइन्स्टाइन के उस नियम को ललकार दिया है, जिसमें उन्होंने कहा है कि समय चौथा आयाम है। जबकि समय जैसा कुछ होता ही नहीं। आवृत्तियाँ होती हैं। समय तो हमेशा एक जैसा रहता है। अलग-अलग आवृत्तियों में जीवन अलग-अलग रहता है। मैं खुश हो गया था कि इन सब बातों को अपने प्रोफ़ेसर को बताऊँगा और उनके सहारे मैं इसरो तक बात पहुँचाऊँगा और इसरो भी मेरी बात मान लेगा। अवश्य ही मुझे 2020 का नोबेल प्राइज़ मिलेगा। मैं बहुत उत्सुक हो गया था। लेकिन जल्दबाज़ी में कोई निर्णय नहीं लेना चाहता था। इसकी गहन जाँच-पड़ताल कर लेना चाहता था। मुझे महसूस हुआ कि एक बार मुझे और टाइम ट्रेवल करना चाहिए ताकि पूरी तरह से कन्फ़र्म हो जाए।

मैं तुरंत उठकर मशीन के पास गया। मशीन के झटके से डर तो लगा पर दूसरे ही पल मन ने समझा दिया था कि इतने बड़े कार्य के लिए ऐसा झटका तो सहना ही होगा। मैंने तय किया कि मैं उस वक्त जाऊँगा जब मैंने ऑडिटोरियम में प्रपोज़ किया था। मैं उस वक्त प्रपोज़ करने के बाद फ़ातिमा का चेहरा देखना चाहता था। उसका क्या रिएक्शन था। मैं तुरंत टाइम मशीन में लेट गया। मैंने पाया कि मैं सारे बटन दबा लेता हूँ। यानी टाइम मशीन भी ठीक उसी आवृत्ति में है जिस आवृत्ति में मैं हूँ। अन्य कोई उसे न ही देख सकता है और न छू सकता है। एक ज़ोरदार झटका, कुछ समय की बेहोशी और फिर वह आवाज़ ''यू हैव रीच्ड योर डेस्टिनेशन। दिस इज़ 18 अगस्त 2018, 11:30 :05 सैकेंड एट द मोमेंट।''

मैं तुरंत उठा और दौड़ते हुए कॉलेज के ऑडिटोरियम में पहुँच गया। मेरी आँखें फ़ातिमा को ढूँढने लगीं। पीछे से होते हुए आगे तक आया, मैंने पाया कि वह प्रोफ़ेसर्स की सीट के दो सीट पीछे बैठी हुई थी। क्रीम कलर का सूट पहने हुए वह बला की खूबसूरत लग रही थी। मैं उसे देख ही रहा था कि मेरी नज़र अपने भूत सूर्यांश पर गई। वह दूसरी लड़कियों को देख रहा था। मुझे याद आ गया कि वह उन लड़कियों में फ़ातिमा को ढूँढ रहा था। मैं उसकी अज्ञानता पर हँस पड़ा और जाकर

बोलना चाहता था कि उसकी नाज़ कोई ऐसी-वैसी साधारण लड़की नहीं है। वह कॉलेज की मिस फ्रेशर होने वाली है। उधर फ़ातिमा भी यहाँ-वहाँ देख रही थी। शायद वह यह देखना चाहती थी कि वह लड़का उसे प्रपोज़ करेगा या नहीं। लेकिन मैंने पाया कि भूत वाला सूर्यांश इस बात से बेफ़िक्र है। उसने फ़ातिमा की बात को गंभीरता से नहीं लिया है। मुझे याद आया कि इसी कार्यक्रम के बाद ही तो मैंने प्रपोज़ किया था। मैंने सोचा कि अगर इसने प्रपोज़ न किया तो भविष्य भी बदल जाएगा और फ़ातिमा उसकी कभी नहीं हो पाएगी। मैं यह होने नहीं देना चाहता था। अब मेरे मन में आया कि मैं उसे कैसे बताऊँ कि यही वक्त है उसे प्रपोज़ कर देना चाहिए। मैंने तुरंत अपना तकनीकी दिमाग लगाया। यह आवृत्ति मेरे लिए दूसरी है लेकिन हो सकता है कि मोबाइल फ़ोन की तरंगें एक ही आवृत्ति में जाती हों। मैंने तुरंत अपने नए नम्बर से पुराने व्हाट्सऐप नंबर पर मैसेज कर दिया था—'अभी इस इवेंट के बाद दो मिनट का ब्रेक होगा। उस वक्त अगर तुमने स्टेज पर चढ़कर प्रपोज़ कर दिया तो नाज़ तुम्हारी हो जायेगी। वरना अपने लिए कोई ऐरी-गैरी दूसरी देख लेना। तुम्हें नाज़ तो नहीं मिलने वाली है बच्चू।'

यह मेरे लिए एक एक्सपेरिमेंट की तरह भी था। गज़ब! मैं क्या देखता हूँ कि जैसे ही मैं व्हाट्सऐप करता हूँ, मेरा भूत फ़ोन उठाकर मोबाइल देखता है और इधर मेरे मैसेज पर ब्लू टिक आ जाता है। मतलब मोबाइल फ़ोन की तरंगें दूसरी आवृत्ति में नहीं चलतीं। दूसरी तरफ़ भूत वाले चेहरे को देखकर ऐसा लगा कि जो वह बेफ़िक्र था कम-से-कम उसके मन में यह विचार तो आया। कार्यक्रम खत्म भी हो गया था और वह भूत था कि कुछ कर ही नहीं रहा था। भूतवाला सूर्यांश सिर्फ़ अभी तक सोच ही रहा था। मुझे फिर से फ़िक्र सताने लगी, यह साला मेरा भविष्य चौपट करके मानेगा क्या? मैंने फिर से व्हाट्सऐप मैसेज किया—'तुम्हारे पास अपने प्रेम को पाने के लिए सिर्फ़ दो मिनट हैं। सिर्फ़ दो मिनट। प्रेम और ज़िन्दगी के बीच सिर्फ़ दो मिनट। तुम्हारी ज़िन्दगी के दो मिनट।' मैसेज पढ़ते ही, उसका चेहरा ऐसा बनता जैसे वह बस प्रपोज़ करने जा रहा है, लेकिन वह फिर सोचने लगता। इधर मेरी धड़कनें बढ़ गई थीं, हर सैकेंड के साथ समय बीतता चला जा रहा था। मैं किसी भी हालत में फ़ातिमा को खो नहीं सकता था। अगर उसने प्रपोज़ नहीं किया तो भविष्य में जो उसकी फ़ातिमा थी, वह भी मुझे नहीं मिल पाएगी। मैं चिंतित हो गया और जब तीस सैकेंड बचे तो मैंने अंतिम रिमाइंडर भेज ही दिया—'नाज़ ऐसे नहीं मिलती। अब उसे पाने के सिर्फ़ 30 सैकेंड बचे हैं।' जैसे ही मैसेज मिला, मैं

बस भूत के उठने का इंतज़ार करने लगा। जब वह उठकर स्टेज की तरफ़ भाग गया तब मैंने राहत की साँस ली। सबसे ज़्यादा ख़ुशी उस पूरे ऑडिटोरियम में किसी को हुई थी तो वह मैं ही था। राहत की साँस के साथ ख़ुशी की तालियाँ मैंने ही बजानी शुरू कर दीं। भले ही किसी को सुनाई न दी हों।

जब भूतवाला सूर्यांश भाग गया तो मैंने फ़ातिमा की तरफ़ देखा। फ़ातिमा का चेहरा पीला पड़ गया था। उसे उम्मीद नहीं रही होगी कि कोई लड़का उसके मज़ाक करने पर इस तरह से अपने करियर से खेल जाएगा। वह मुँह ढँककर बैठी हुई थी। शर्म, अपने कहने पर पछतावा और प्रेमी पर गर्व सब एक साथ हो रहे थे। उसने कभी नहीं सोचा था कि कोई लड़का उसके मज़ाक पर भी ऐसा दाँव खेल जाएगा।

फ़ातिमा का राहत भरा चेहरा देखकर मुझे बहुत तसल्ली मिली। मैं लौटने लगा, अपनी टाइम मशीन की तरफ़। तभी मुझे याद आया कि जब किसी ने मुझे टाइम मशीन से रोकने के लिए मैसेज किया था तो वह मेरा भविष्य ही था। मुझे याद आया कि जब मैं प्रपोज़ करने के लिए गया था तो मुझे इसी नम्बर से मैसेज मिला था, जो मैंने नया नम्बर लिया है। फिर मैं उस नंबर पर फ़ोन मिलाता रहा था, लेकिन लगा नहीं। हो सकता है, भविष्य वाला सूर्यांश उस वक्त तक अपने समय काल में पहुँच गया हो।

थोड़ी देर में ही मैं टाइम मशीन के पास पहुँच चुका था। अब तक मेरा इंजीनियर दिमाग अधिक चल चुका था। मुझे ऐसा लगा कि मैंने मैसेज करके अपने भूत को सँवार दिया है। अगर मेरे भविष्य ने उसे ऑडिटोरियम में मैसेज न किया होता तो वह कभी प्रपोज़ न करता। ठीक उसी तरह आज मैंने अपने भूत को मैसेज करके प्रेरित किया था यानी मैं इस टाइम मशीन के सहारे भूत में बदलाव करके भविष्य सँवार सकता हूँ। मतलब मैं ही आवृत्तियों की तरह अपनी मदद कर रहा था। मेरी आँखें एकदम से चमक उठीं। मेरी बात में दम था। यह दुनिया आवृत्तियों में ही चलती है। मैं चल पड़ा एक नया आविष्कार लेकर टाइम मशीन से अपने समयकाल में।

तारकेय

मेरा विज्ञान पर विश्वास प्रबल होता जा रहा था। अब इसका एक ही माध्यम था, जिससे मैं लोगों तक अपनी बात पहुँचा सकता था। वह थी मेरी किताब। मैंने आकर अपनी किताब आगे लिखनी शुरू कर दी और अपनी बात आगे बढ़ाने लगा।

~

बारात ससियामऊ पहुँचने वाली थी। अगले दिन विवाह था। संदेशवाहक ने सन्देश पहुँचा दिया था कि बारात चल पड़ी है और बीच रास्ते में ही खीर-पुए, फल इत्यादि का नाश्ता करते हुए ढोल-मंजीरे बजाकर नाचते-गाते बाराती आ रहे थे। सभी गाँववासी बहुत खुश थे, आज उनके मुखिया के सुपुत्र का विवाह था। बड़े लोगों की ऐसी शादियाँ उन्हें जीवन में एक-दो बार ही देखने को मिलती थीं। इसके लिए सारे प्रबंध किये गए थे। रास्ते में ठहर-ठहर कर जलपान की भी व्यवस्था थी। सुभद्र की तो पूछो ही मत! जब उसने सन्देशवाहक से अपनी होने वाली धर्मपत्नी के बारे में पूछा था तो उसने कवि की तरह बताया, ''उसकी आँखें ऐसी हैं, जिससे कोई अप्सरा भी शरमा जाए। गाल ऐसे हैं छू भी दो तो उनमें लालिमा दूर से दिखाई पड़ने लगे। लम्बी ऐसी कि कोई पुरुष उसकी लम्बाई देखकर अपनी लम्बाई पर तरस खाने लगे। ईश्वर को उसे राजकुमारी बनाना चाहिए था, लेकिन शायद वह तुम्हारे भाग्य में लिखी थी, इसलिए सामंत की बेटी बनी।'' इतना सुनने के बाद तो सुभद्र के पैर ज़मीन पर पड़ ही नहीं रहे थे। उसे द्वादशी बहुत दूर लग रही थी। वह चाह रहा था कि पिताजी ने विवाह जल्दी क्यों नहीं रखा। खैर, पिताजी ने जो रखा सो रखा। सबसे अधिक क्रोध तो उसे उन लोगों पर आ रहा था जो हर एक कोस पर बारात रोककर जलपान करने लगते। उसे लगता कि ये लोग सारा भोजन आज ही कर लेंगे क्या?

इधर ऋषि झंडेलाल का मन बहुत व्यग्र हो गया था। कैसे कहें, क्या करें, सोचते-सोचते पाँच दिन बीत चुके थे। अब आज नहीं कह पाए तो बहुत बड़ी विपदा आने वाली थी। वह बार-बार सामंत के पास जाते और फिर बिना कुछ बोले लौट कर आ जाते। हिम्मत जुटाते, फिर जाते। जब कुछ न बोल पाते तो अपने पर गुस्साते हुए लोटा उठा कर खेत की तरफ़ निकल पड़ते।

दूसरी तरफ़, सारी तैयारी करने के बावजूद सामंत का मन कल से बहुत व्यग्र था। वह ऋषि झंडेलाल से सुझाव लेना चाहते थे। उनकी भी हालत ठीक ऋषि झंडेलाल की तरह ही थी। वह भी बार-बार झंडेलाल के पास जाते और कुछ भी कहने के बजाय तैयारियों के बारे में बात करते और वापस आ जाते। अंततः उन्होंने हिम्मत जुटाकर झंडेलाल को इशारे से एकांत में बुला लिया।

''कहिए,'' झंडेलाल ने प्रश्न किया। वह चाह रहे थे जो बात वह स्वयं कहना चाहते हैं, वह सामंत ही कह दे तो कितना अच्छा हो। लाठी भी न टूटे, साँप भी मर जाए।

''बड़ी दुविधा में हूँ ऋषिवर, इसका निवारण आप ही कर सकते हैं।'' वह अपनी व्यथा बताने लगे।

"हाँ-हाँ कहिए।"

"ऋषिवर,कन्नौज नरेश ने कल मेरी पुत्री को मेरे संग आमंत्रित किया था। मैं पुत्री संग उनके राजमहल पहुँचा। उनको सन्देश भिजवाया। जब वह मिलने आए तो पुत्री को देखकर मोहित हो गए। उन्होंने उसे अपनी महारानी बनाने का प्रस्ताव रख दिया और मुझे राजप्रासाद में रहने के लिए स्थान और ऊँचा पद देने का वादा किया," वह कहते-कहते चुप हो गए।

ऋषि झंडेलाल को समझ आ गया था कि आप जैसा सोचते हैं जीवन ठीक उसी तरह आकार लेता है। जीवन आपके विचारों से ही चलता है। तभी उन्होंने जैसा सोचा था, ठीक वैसा ही हो रहा था। अब तो वह अपनी बात आसानी से कह सकते हैं। ऋषिवर के दिमाग में दो तरह के विचार आ रहे थे। गर्म लोहे पर हथौड़ा किस तरह मारा जाए? अभी इनसे अपनी बात रख दी जाए या फिर महाराज का प्रस्ताव मानने के लिए विवश किया जाए? उन्हें दूसरी बात ज़्यादा सटीक लग रही थी। उसके पीछे कारण यह था कि जो व्यक्ति महाराज के लिए अपना वचन तोड़ सकता है, वह देवता के लिए महाराज का वचन भी तोड़ सकता है। उन्होंने तुरंत सामंत को महाराज से पुत्री का विवाह करने के प्रस्ताव पर अमल करने के लिए मनाना शुरू कर दिया, "यह तो बहुत बड़ी प्रसन्नता की बात है। आप लड्डू बाँटिए। हर जगह ढिंढोरा पिटवा दीजिए कि आपकी बेटी अब महारानी बन जायेगी।"

जब ऋषि झंडेलाल को रोकते हुए सामंत ने कहा, "ऋषिवर किन्तु जो यह विवाह की सारी तैयारी चल रही है उसका क्या? मुखियाजी के गाँव से बारात भी पहुँचने ही वाली है।"

ऋषि ने कहा, "तुम्हारी बेटी राजप्रासाद में महारानी बनकर ठाठ करेगी। मुखिया तुम्हारी बेटी को क्या दे पायेगा? ज़िन्दगी भर गाय का चारा-पानी करने में ही लगा देगी। इतने कोमल हाथ हैं उसके कि राजकुमारी तक को ईर्ष्या हो जाए, उसे आप ज़िन्दगी भर चारा-पानी में ही लगा देना चाहते हैं? कैसे बाप हैं आप?" उन्होंने एक बाप को दुत्कारना ही सही समझा।

"नहीं ऋषिवर, हर पिता की तरह मैं भी अपनी बेटी के जीवन में खुशियाँ देखना चाहता हूँ। लेकिन ये जो तैयारी चल रही है उसका क्या?"

"उसका क्या? आपकी बेटी महारानी बनने जा रही है। महाराज आपको इतना धन दे देंगे, जिससे आप मुखिया को भी संतुष्ट कर देंगे और आपका भी धन वापस आ जाएगा।" ऋषिवर अपना जाल फेंकने में पूरी तल्लीनता से लगे हुए थे। काफ़ी देर हो गई थी, लेकिन इस बार उनको पेट ख़राब होने की शिकायत नहीं हुई

थी। उनका पेट एकदम से सही हो गया था, ठीक वैसे ही जैसे जादूगर के छूते ही छड़ी गायब हो जाती है।

लेकिन सामंतजी भले आदमी थे। उनके मन में दुविधा अभी भी बनी हुई थी, "लेकिन जो वचन मैंने मुखियाजी को दिया हुआ है, उसका क्या?"

इस बार ऋषि झंडेलाल को क्रोध आ गया था, आज तक उनकी बात किसी ने काटी नहीं थी। "आप महाराज हैं क्या? जो वचन की बात कर रहे हैं? महाराज के टुकड़ों पर पलने वाले हो। महाराज के परिवार से संबंध जुड़ने वाला है। किसी को कुछ दे नहीं सकते। वचन आदि बातें महाराज को ही शोभा देती हैं। आख़िरकार उनके पास ही पूरे राज्य की देख-भाल और राजकोष की ज़िम्मेदारी है। आपको थोड़ा-सा भू-भाग क्या दे दिया गया, आप वचन निभाने चल दिए। हुँह-हुँह!" ऋषिवर जितना अपमान कर सकते थे, वह कर देना चाहते थे।

इस बार सामंत ऋषि का क्रोध देखकर चरणों में गिर पड़े। "ऋषिवर माफ़ कीजिए। लेकिन मैंने आज तक अपना काम बड़ी ज़िम्मेदारी और ईमानदारी से निभाया है। शायद इसी कारण मुझ पर आज तक कोई उँगली नहीं उठा पाया और मैं सम्मान के साथ राजप्रासाद के लिए कार्यरत हूँ और गाँव में रह रहा हूँ। मैं चाह कर भी अपने वचन से हट नहीं सकता।"

अब ऋषि झंडेलाल का क्रोध सातवें आसमान पर चढ़ चुका था। इस बार वह भूल चुके थे कि उन्हें कोई काम भी निकलवाना है सामंत से। उनके क्रोध ने बाकी चीज़ें भुला दी थीं, आत्मसम्मान आगे आ गया था। इस तुच्छ सामंत ने मेरी बात काट क्यों दी? उन्होंने तुरंत कमंडल लिया और अभिशाप दे डाला, "चल हठी! सामंत! जो तू अपने घमंड के आगे मेरी बात नहीं मान रहा है। मैं अभिशाप देता हूँ कि तू और तेरी बेटी कभी प्रसन्न न रहेंगे।" कहते हुए बिना उसकी तरफ़ देखे, वह जंगल की तरफ़ निकल पड़े।

यह अभिशाप की बात सिर्फ़ सामंत को पता थी, उसने इस अभिशाप को ठीक वैसे ही पी लिया, जैसे शंकर जी ने विषपान किया था। सिर्फ़ अपने गले तक ही बात रखी। अगर विष होता तो वह गले में दिख जाता, लेकिन यह अभिशाप था, दिल में दबकर रह गया। हर कोई चेहरे की ऊपरी प्रसन्नता देखने में व्यस्त था, दिल देखने का किसके पास समय था? वह भी इस हर्ष के माहौल में किसी भी तरह का कोई भी व्यवधान नहीं पैदा करना चाहते थे। अपनी बेटी का विवाह उसी हर्षोल्लास के साथ करना चाहते थे जैसा उसने उन्होंने बचपन से सोचा था।

उधर सुनैना ने तारकेय से अपनी सारी बात कह दी। तारकेय ने उसे विश्वास

दिलाया कि वह अवश्य उसे ले जाएगा। अगले दिन सुबह सवेरे सुनैना तारकेय के लिए सज-धज कर तैयार हो रही थी। जब वह नाक की बाली पहन रही थी तो सोचने लगी कि तारकेय किस तरह उसकी नाक की वह बाली चूमेंगे। वह जब कान में कुंडल पहन रही थी तो सोचने लगी कि तारकेय उसके कुंडल से किस तरह खेलेंगे। ओह क्षमा! तारकेय नहीं, सुनैना के लिए मंगल देव था वह। जब वह अपने होंठों पर लाली लगा रही थी तो याद आया कि किस तरह इस लाली को उनकी गर्दन पर रगड़कर निशान दे देगी, फिर खिलखिलाकर यान में चारों तरफ़ दौड़ने लगेगी और मंगल देव उसे पकड़ने की कोशिश करेंगे। असल में वह सजना के लिए संवर रही थी। उधर बारात आ चुकी थी और शादी की पूरी तैयारी चल रही थी।

जब ऋषि झंडेलाल का क्रोध शान्त हुआ तो उन्हें ध्यान आया कि क्रोध में उन्होंने क्या कर डाला? पूरी मानव जाति को ही संकट में डाल दिया। ईश्वर के क्रोध से कौन बच पायेगा? वह एक वृक्ष की छाया में बैठ गए थे। सोच में पड़ गए थे कि आज सुनैना की शादी हो जाएगी, फिर संपूर्ण मानव जाति का विनाश उनके कारण होगा। उन्हें पूरे विश्व में एक ऐसे ऋषि के तौर पर देखा जाएगा, जिसने अपने क्रोध के कारण संपूर्ण पृथ्वी को संकट में डाल दिया। अगर उन्होंने क्रोध न किया होता तो यह नौबत न आती। वह विचारमग्न मुद्रा में सर पर हाथ रखकर बैठ गए।

सुबह से हड़कम्प मचा हुआ था कि दुल्हन जब से मन्दिर गई तब से कहीं मिल नहीं रही है। उसकी सखी-सहेलियों को भी पता नहीं था। उसकी सखियों ने बताया कि जब वह मन्दिर के अन्दर गई तो हम सभी को बाहर रुकने के लिए बोल गई थी। उसके बाद वह बाहर ही नहीं निकली। जब वे लोग मन्दिर के अन्दर पहुँचे तो वहाँ पर उसकी पूजा वाली थाली रखी हुई थी। वह कहीं दिख नहीं रही थी। उसे बहुत ढूँढ़ा, मन्दिर के अन्दर, बाहर दूर-दूर तक आवाज़ लगाई पर वह नहीं मिली।

पूरे घर में हाहाकार मच गया। हुआ क्या? लड़का तैयार हो रहा था, सुनकर उसे एकदम से धक्का लग गया। सात दिन से जिस लड़की को देखने के लिए उसकी आँखें व्याकुल हो रही थीं, वह भाग गई। उसको तो जैसे काटो तो खून नहीं! मुखिया ने सामंत को कोसना शुरू कर दिया, "जब तुम्हारी बेटी तुम्हारे हाथ में नहीं थी तो विवाह के लिए क्यों बुलाया? इतने गाँववासियों के सामने मुझे अपमानित करना था?"

"मेरी बेटी ऐसी नहीं है, उसका ज़रूर कोई अपहरण कर ले गया होगा या शाप..." कहते-कहते वह रुक गए।

"हर माँ-बाप को अपनी बेटी के बारे में ऐसा ही लगता है," मुखिया चिल्ला रहे थे।

पर वह लड़की के बाप थे, कुछ नहीं बोल रहे थे। हाथ जोड़े गिड़गिड़ा रहे थे। सम्मान तो उनका भी गया था, पर उन्हें अपने सम्मान की चिंता कहाँ थी।

उधर मन्दिर से तारकेय सुनैना को उठा लाया था। यह सुनैना का ही सपना था कि उसे रुक्मिणी की तरह शादी के दिन मन्दिर से भगा कर लाया जाए। उसे ऐसा महसूस हो रहा था जैसे तीन हज़ार वर्षों बाद भी रुक्मिणी और श्रीकृष्ण का यह किस्सा जिस तरह पूरे ब्रह्मांड में चर्चित है, ठीक उसी तरह उसका भी इतिहास में नाम लिख जाएगा। उसे भी लोग पूजेंगे। उसके देव की पूजा के साथ उसकी भी पूजा होगी। उसके भी किस्से सुनाये जायेंगे। प्रेयसियों की वह आदर्श होगी। कई प्रेयसियाँ जीवन को इतना ही रोचक बनाकर जीने लगेंगी। लेकिन वह बहुत बड़े भ्रम में थी। इतिहास बड़ा निर्मम होता है, वह हर किसी को याद नहीं रखता। इतिहास याद रखने के मामले में बहुत ध्यान से चयन करता है।

~

तारकेय को ऐसा लग रहा था कि वह सच्चा प्रेमी हो गया है। आख़िरकार वह अपने प्रेम के लिए, अपने ग्रह के नियमों को तोड़ कर सदा-सदा के लिए उसे अपने पास ले आया था। बेशक, शुरुआत वासना से लिप्त थी लेकिन वह वासना के रास्ते होकर प्रेम बन गई थी। अगर वासना न आती तो प्रेम भी न होता। वह उन साहित्यकारों पर हँस रहा था जो प्रेम को आकर्षण, वासना, देह और आत्मा के अलग-अलग खाँचे में फ़िट करते रहते हैं। जो यह मानते हैं कि ये सभी प्रेम नहीं, बल्कि शरीर पाने के अलग-अलग रास्ते हैं। उसे महसूस हो रहा था कि प्रेम को किसी खाँचे में कैद नहीं किया जा सकता। वह मान चुका था कि आकर्षण, वासना और शरीर आत्मा से आत्मा के मिलन के कई रास्तों में से तीन अलग-अलग रास्ते हैं। प्रेम जल की भाँति आता है और कोई भी आकार लेकर आपके जीवन में प्रवेश कर सकता है। यह आप दोनों के ऊपर निर्भर करता है कि किस तरह इस जल को अपने अनुसार उसे आकार दे दें। उसके मन में यह बात बैठ गई थी कि ज़रूरी नहीं कि प्रेम का रास्ता सिर्फ़ आत्मा से आत्मा तक होकर ही गुज़रे।

इधर ऋषि झंडेलाल तक यह सूचना पहुँच गई थी। उन्हें समझते देर नहीं

लगी। उन्होंने आसमान की तरफ़ देखा, घने बादल मंडरा रहे थे, बारिश होने वाली थी। वन के जीव खुश होने लगे थे, दौड़ने लगे थे, उछल-कूद मचा रहे थे। वह इससे पहले ईश्वर को धन्यवाद देते, अपने अभिशाप पर पछता रहे थे। आख़िर इतने भले व्यक्ति को उन्होंने अभिशाप क्यों दिया? वह चल दिए सामंत की तरफ़, उन्हें अभिशाप मुक्ति का उपाय बताने के लिए और इधर बादलों ने बरसना शुरू कर दिया था। एक तरफ़ एक गाँव के लोग दुखी थे और दूसरी तरफ़ पूरा महा जनपद आनंद में झूम रहा था, बारिश में भीग रहा था। एक तरफ़ प्रसन्नता के आँसू बह रहे थे और दूसरी तरफ़ दुःख के।

सूर्यांश

मैं अपने भूत से वापस वर्तमान में आ गया। बैंच पर बैठकर फ़ातिमा का ख़त पढ़ रहा था। जब मैं अपने समय में वापस आया था तो मुझे याद आया कि उफ़ मैं तो फ़ातिमा का इंतज़ार कर रहा था। समय देखा था, पाँच बजकर पचास मिनट हो रहे थे। मतलब अतीत में इतना लंबा समय बिताने के बावजूद सिर्फ़ पंद्रह मिनट ही गुज़रे थे। मुझे हॉलीवुड की 'जुमैंजी' फ़िल्म याद आई, जिसमें पूरी फ़िल्म मात्र पाँच मिनट के समय काल में दिखाई गई है। मैं भी सोच रहा था, लगभग उसी तरह की यह भी स्थिति हुई। तभी मुझे याद आया कि फ़ातिमा मेरा इंतज़ार कर रही होगी। मैं फ़ातिमा की तरफ़ यह सोचते हुए भागा कि आज पक्का वह नाराज़ हो जाएगी। एक तरफ़ नाराज़गी का डर था और दूसरी तरफ़ यह ख़ुशी कि उसे टाइम मशीन के बारे में बताऊँगा। मैं बताऊँगा कि मैंने कितनी बड़ी खोज कर ली है। मैंने आइन्स्टाइन के चौथे आयाम की परिकल्पना को गलत साबित कर दिया है। असल में जीवन चौथे आयाम में नहीं बल्कि कई आवृत्तियों में चल रहा है। तुरंत भागते हुए वहाँ पर पहुँचा था। मैं इस बात को लेकर भी खुश था कि मैं अपने उस काल में आ गया हूँ, जहाँ पर लोगों से बात कर सकता हूँ और उनको छू सकता हूँ। मारे ख़ुशी के यहाँ-वहाँ देख रहा था लेकिन दूर-दूर तक फ़ातिमा कहीं दिखाई नहीं पड़ रही थी। मैंने अगले पल सोचा था, 'शायद देर हो गई, इसलिए वापस चली गई हो।' मैंने तुरंत डस्टबिन की तरफ़ नज़र दौड़ाई। उसमें कुछ ख़त पड़े हुए थे। 'उफ़ चार ख़त? उसने चार ख़त क्यों डाले होंगे?' मन में जैसे ही यह सवाल आया, इसका जवाब पहले ही आ गया, 'शायद यह उसकी नाराज़गी दिखाने का एक ज़रिया रहा हो और शायद उसने हर पाँच मिनट में ख़त लिखा हो।' मैंने अपने

मन में ही अपने विचार को स्वीकृति दे दी थी। मैंने पहला ख़त उठाया।

'आज जानते हो मेरे पास तुम्हें बताने के लिए बड़ी खुशखबरी है। ऐसे ही घर में मेरी अम्मी से गुफ़्तगू होने लगी। मैंने अम्मी से तुम्हारा ज़िक्र दुबारा छेड़ा। मुझे लग रहा था, इस बार फिर से खूब सारी डाँट पड़ेगी और हिदायत दी जायेगी। लेकिन इस बार मेरी सोच के उलट मामला था। मैंने उनको बताना शुरू किया था कि जब मैंने तुमसे पहली बार बात की थी तो उसके पहले तुमसे *कुरआन* पढ़ने के लिए कहा था और तुमने पूरी *कुरआन* पढ़ने के बाद ही मुझसे बात की थी। मैंने यह बात माँ को बताई। वह किचन में चिकन बना रही थीं। मैं उनके बगल में खड़ी थी। उन्होंने मेरी तरफ़ ऐसे देखा जैसे संदेह कर रही हों। मैंने तुरंत उन्हें समझाया कि माँ बेशक वह ब्राह्मण परिवार से है, लेकिन वह हर किसी की इज़्ज़त करता है। वह मुझे नहीं देख रही थीं। काम में तल्लीन दिखने का नाटक कर रही थीं। असल में वह मुझे सुन रही थीं। मैंने तुरंत अपनी बात को मज़बूती से रखने के लिए आगे बताना शुरू किया कि तुमने जो मुझे प्रपोज़ किया था, वह भी मेरे कहने पर ही किया था। उन्होंने मेरी तरफ़ ऐसे आँखें फाड़ के देखा जैसे कह रही हों, ''डाकू अपने घर में और ताला हम बाहर वालों के लिए लगाते हैं।''

'मैं एक वकील की भाँति तुम्हारा पक्ष मज़बूती से रखने लगी। एक लड़का जो मेरे कहने पर अपने सपने, अपने भविष्य और अपनी इज़्ज़त की परवाह किए बगैर इतना बड़ा कदम उठा ले, वह इतना बुरा नहीं हो सकता। यहाँ तक कि तेरह दिन रेस्टिकेट होने के बावजूद उसने मुझसे कोई शिकवा-शिकायत नहीं की। मम्मी मेरी बात सुन रही थीं पर कुछ बोली नहीं। उनके न बोलने में ही उनकी हाँ है, क्योंकि पिछली दफ़ा जब मैंने उनसे तुम्हारे बारे में बताया था तो उन्होंने मुझे डाँटकर भगा दिया था और चेतावनी भी दी थी। मुझे लगता है, वह समझेंगी, समय लगेगा, लेकिन वह समझेंगी। अभी इस धर्म और मज़हब के आगे हमारी मोहब्बत ने घुटने नहीं टेके हैं। जल्द ही मैं उन्हें मना लूँगी।'

ख़त पढ़ते हुए मेरा मन तसल्ली से भर गया था। शायद वही तसल्ली उस वक्त फ़ातिमा ने भी महसूस की होगी, जब वह रसोई में अपनी अम्मी से बात कर रही होगी। वह ज़रूर वापस अपने कमरे में आई होगी। और तकिया बीच से मोड़कर उसके ऊपर लेट गई होगी एवं उम्मीद की किरण खिलते ही स्वर्णिम भविष्य के सपने देखने लगी होगी। उस वक्त जो तसल्ली मिली होगी, उसे मैं महसूस कर रहा था। मैंने आँखें बंद करके उस पत्र को छाती से लगा लिया। तभी मुझे याद आया कि मेरे पास तीन ख़त और हैं। मैंने तुरंत अगला ख़त पढ़ना शुरू किया था।

'कल से मैं तुम्हारा नम्बर मिलाने की कोशिश कर रही हूँ। कहाँ हो तुम? मुझे फ़िक्र हो रही है। आज तुम क्लास में भी नहीं आए थे। क्या बात है? मुझसे नाराज़ हो तो बता दो। ख़फ़ा न रहो।' मैं पढ़ते हुए उसकी हर बात को महसूस कर रहा था। कल वह फ़ोन मिला रही थी? यह कैसी बात है? क्या मुझे इस समय-यात्रा में एक दिन लग गया? मैंने तुरंत मोबाइल में तारीख देखी। चार दिन हो चुके थे। ''व्हाट द फ़क!'' एकदम से आवाज़ निकली थी। चार दिन! मैं समझ सकता था कि जब फ़ातिमा का फ़ोन नहीं मिला होगा और जब उसने मुझको क्लास में नहीं देखा होगा तो वह कितना परेशान हुई होगी। फ़ातिमा छोड़ो, मेरी माँ और पापा ने कितने फ़ोन किए होंगे। चार दिन से कितने परेशान होंगे। हर तरफ़ खोज शुरू हो गई होगी। माँ एक दिन फ़ोन न मिलने पर सर पर पहाड़ उठा लेती हैं। ये तो चौथा दिन है आज। उफ़! मैं परेशान हो गया। परेशान दिमाग को तुरंत खुश होने के लिए सिर्फ़ आगे पढ़ना था। मैंने तुरंत ख़त आगे पढ़ना शुरू किया था और दिमाग जितना तेज़ी से परेशान हुआ था। उतनी तेज़ी से खुश भी हो गया था।

'चलो तुम्हें खुश करने के लिए एक बात बताती हूँ। कल सुबह मेरे पापा और मम्मी दो दिन के लिए अजमेर शरीफ़ जा रहे हैं। वैसे मैं भी जा सकती थी। लेकिन मैं तुम्हारे लिए नहीं जा रही। कम-से-कम दो रात तुम्हारे साथ समय बिताऊँगी। मैं बहुत एक्साइटेड हूँ। अब तो ख़फ़ा नहीं हो ना मुझसे।' मैं महसूस कर रहा था जैसे, वह मेरी बगल में बैठी हो। मेरे गाल को अपनी तरफ़ खींचते हुए मना रही हो और मैं रूठ कर अपना मुँह दूसरी तरफ़ कर ले रहा हूँ। कोई रास्ता न मिलता देख, उसने यह बात कह दी हो, जिससे मेरे मन में ख़ुशी की लहर दौड़ जाए। अभी दो ख़त और भी थे मेरे पास।

'जान जब से तुम नाराज़ हुए हो ना! तुम्हारा आमिर बड़ी शैतानी कर रहा है। मेरी बात मानता ही नहीं। बिलकुल तुम्हारे ऊपर गया है। नाक सिकोड़ लेता है तो सिकोड़ ही लेता है।' फ़ातिमा ख़त में मुझे ऐसे मना रही थी जैसे वह मेरे बगल में ही बैठी हो और ऐसे बोलने से मेरे चेहरे पर ख़ुशी देखना चाहती हो और मैं अपनी मुस्कुराहट को रोकने की कोशिश कर रहा हूँ।

'जान अब नाराज़गी छोड़ो ना। मेरे अम्मी और अब्बा अजमेर चले गए हैं। मैं तुम्हारा इंतज़ार कर रही हूँ। मुझसे कोई गलती हुई हो तो मुझे डाँट-फटकार लगाओ। चिल्लाओ, मैं सुन लूँगी पर ऐसे मत रूठ जाओ। मुझे पता है कि तुम यह ख़त पढ़ोगे और मेरे पास शाम को ठीक आठ बजे आओगे। मैं सज-धज कर

तुम्हारी दुल्हन बनकर इंतज़ार करूँगी।' उसके ख़त में प्रेम के लिए तड़प थी। मैं महसूस कर पा रहा था फ़ातिमा की तड़प को। अब मैं एक भी सैकेंड फ़ातिमा से दूर नहीं रह सकता था। मैंने आख़िरी ख़त पढ़ना भी उचित नहीं समझा और भाग खड़ा हुआ फ़ातिमा के घर की ओर।

शायद फ़ातिमा मेरे लिए परेशान हो। खोजबीन कर रही हो। मैं भाव-विभोर होकर सबसे पहले फ़ातिमा के घर की तरफ़ भागा। फ़ातिमा के घर के पास भीड़ ही भीड़ थी। वहाँ पर कुछ पुलिसवाले भी खड़े थे। उफ़ ये भीड़ कैसी? ये पुलिस क्यों है यहाँ? मैं आस-पास के लोगों को देख रहा था। आस-पास के कई लोग आपस में बात कर रहे थे। ''बहुत अच्छी लड़की थी। अल्लाह अच्छे लोगों को जल्दी बुला लेता है।''

दूसरा बोल रहा था, ''पढ़ाई में इतनी अच्छी थी कि इसकी रैंक भी 500 के आस-पास थी।'' मैं भौंचक आगे बढ़ा। मैं यह देखकर हतप्रभ था कि ये भीड़ फ़ातिमा के घर के ही बाहर थी। दूसरा समूह बात कर रहा था, ''प्रोफ़ेसर साहब की एक ही संतान थी।''

पाँच सौ रैंक और प्रोफ़ेसर साहब की एक ही संतान, इस तरह की बातें कुछ अलग ही दिशा में इशारा कर रही थीं। तभी मैंने देखा कि अन्दर से ज़ोर-ज़ोर से रोने-बिलखने की आवाज़ आ रही थी। आवाज़ तेज़ होती जा रही थी। एक शव उठाकर पोस्टमार्टम गाड़ी में रखा जा रहा था। मैं निढाल हो गया। मुझे आशंका होने लगी। मैं कुछ पूछना ही चाहता था कि तभी पीछे से आवाज़ आई, ''ये बताओ सभासद से इसका चक्कर कब से चल रहा था?''

''पता नहीं, ये तो पहली बार सुन रहा हूँ। सुना था कि अपने कॉलेज के किसी लड़के के साथ इसका चक्कर था।''

मानो किसी ने कानों में गर्म तेल डाल दिया हो। मैं इससे पहले कुछ सोचता तभी घर से दूसरा शव बाहर निकला। यह दूसरा शव किसका है? मैं सोच में पड़ गया। मेरे हाथ-पैर काँपने लगे, कहीं यह फ़ातिमा का तो नहीं है? जैसे ही मेरे मन में यह ख़याल आया, मैंने देखा कि फ़ातिमा की माँ उस शव के पीछे ऐसे रो-बिलख रही थी, जैसे कोई उनसे उनकी साँस छीन रहा हो। पाँच सौ रैंक और फ़ातिमा की माँ का इस तरह बिलखना सिर्फ़ एक ही तरफ़ इशारा कर रहा था। एकदम से मेरे शरीर में इतना वेग आया कि मैं खुद को रोक ही नहीं पाया। लाज, शर्म, इज़्ज़त, मर्यादा सब पीछे छूट गई थी, बस फ़ातिमा को देख लेना ही मेरा

मकसद था। मैं उस शव की तरफ़ भागा जो बाहर लाया जा रहा था। बाहर जो लोग दिलासा देने के लिए खड़े थे, उनमें हलचल मचने लगी। मैं उस ढँके हुए शव के चेहरे को देख लेना चाहता था! मैं भागा, लोग मुझे रोक रहे थे लेकिन मैं लड़ते-भिड़ते पहुँचा और सफ़ेद चादर उठाई। ईश्वर करते कि मैं उसे न खोलता। ईश्वर करते कि मैं उस चेहरे को न देखता। उफ़! पर मैंने देख लिया था, काटो तो खून नहीं। जीवन ऐसा भी हो सकता है। फ़ातिमा का जला हुआ चेहरा सामने था। इतना खूबसूरत चेहरा आज बदसूरत बनकर जा रहा था। चार दिन के लिए मैं गायब क्या हुआ? जिसके साथ ज़िन्दगी जीने के सपने देख रहा था, वह फ़ातिमा हमेशा-हमेशा के लिए छोड़कर चली गई। ये क्या हुआ? कुछ समझ नहीं आया। आँखों के आगे दिखना बंद हो गया। मुझे आस-पास के लोग दिखने बंद हो गए। उसका चेहरा दिखना बंद हो गया। अँधेरा छाने लगा। दिमाग ने काम करना बंद कर दिया। ऐसा लगा कि दिमाग का संपर्क शरीर से टूट गया। मैं निढाल होकर गिर गया। कुछ नहीं कर पाया। न आँसू निकले, न रो पाया, बस गश खाकर गिर गया।

जब तक मुझे होश आता, चारों ओर बहुत सारे लोग खड़े थे। मैं ज़मीन पर लेटा हुआ था। किसी ने पूछा था, "तुम कौन हो?"

मुझे बगल में एक लड़की दिखाई दी। पीली मिनी स्कर्ट और सफ़ेद क्रॉप टॉप पहने। "फ़ातिमा," मेरे मुँह से बेसाख़्ता निकला था। जैसे ही मैंने उसकी तरफ़ हाथ आगे बढ़ाया वह छिटक कर दूर चली गई। फिर वह मुझे नहीं दिख रही थी। "फ़ातिमा मैं तुमको वापस लाऊँगा। देख लेना मैं ज़रूर वापस लाऊँगा।" मैं यह कहते हुए फिर से बेहोश हो गया था। "देख लेना, मैं उसे मरने नहीं दूँगा।" कुछ ही देर बाद एकदम से आँख खुली थी। आस-पास फिर से कई लोग थे। मुझसे बार-बार पूछ रहे थे, "कौन हो तुम?" पर मैं उठ खड़ा हुआ, चल दिया अपने रास्ते की ओर बिना कुछ बोले, बिना कुछ कहे। बड़बड़ाता हुआ, "मैं फ़ातिमा को ज़रूर वापस लेकर आऊँगा। फ़ातिमा ज़रूर वापस आएगी।" थोड़ी दूर आकर उसी बैंच पर बैठ गया। उसके ख़त बार-बार पढ़कर रोने लगा था। मेरी आँखों में बार-बार उसका जला हुआ चेहरा आ रहा था। उसकी माँ का बिलखता हुआ चेहरा याद आया। रात हो गई थी। मैं वहाँ बैठा हुआ, उस वक्त को याद कर रहा था। जब मैं और फ़ातिमा यहाँ पर बैठा करते थे। एक दूजे का हाथ पकड़कर बातें किया करते थे। तभी मुझे याद आया कि जब मैं उस वक्त फ़ातिमा के घर के पास पहुँचा था, जब उसका शव एम्बुलेंस में रखा जा रहा था। तब पीछे से पुलिसवाले की फ़ोन पर बातचीत सुनाई दी थी, "सर, अटेम्प्ट टू रेप एंड मर्डर का केस लग

रहा है, जिसमें विक्टिम और रेप की कोशिश करने वाले दोनों मारे गए हैं। बाकी पोस्टमार्टम के बाद सब साफ़ हो जाएगा।'' यह वाक्य मेरे कानों में ऐसे गूँजा, जैसे सारा चलचित्र सामने आ गया हो। अब मुझे सारा खेल समझ आ गया। मैं समझ गया था कि उस सभासद ने ही फ़ातिमा की हत्या की है। इसी आपाधापी में हो सकता है फ़ातिमा ने आग लगा दी हो और दोनों जल गए हों। मैंने होंठ दबाकर अपने विचार पर विश्वास जता दिया था।

कुछ देर बाद मैंने आह भरी साँस लेते हुए ऊपर की ओर देखा। आसमान में एक तारा टूटा था। मुझे लगा ज़रूर वह तारा फ़ातिमा का होगा।

मैंने आँखें बंद कीं, मन को यह विश्वास दिलाया, ''तुमको वापस लेकर ज़रूर आऊँगा।'' साथ-ही-साथ, मैं मन-ही-मन खुद को दोष दे रहा था, ''काश मैं टाइम मशीन के पास न गया होता। मैंने समय-यात्रा न की होती तो शायद फ़ातिमा आज जीवित होती। वह उस रात मेरे साथ होती। मैं फ़ातिमा को कुछ होने नहीं देता। कुछ नहीं! यमराज से उसी वक्त लड़ जाता।''

तभी मेरे मन में एक नई ऊर्जा आ गई थी। गिरते हुए को पकड़ने के लिए एक तिनका मिल गया था। मैंने मन-ही-मन सोचा, 'अगर मैं उस वक्त जाकर अपने भूत को टाइम मशीन उपयोग करने से रोक दूँ तो शायद फ़ातिमा बच जाए। मैं फ़ातिमा को किसी भी तरह बचाना चाहता था। यह घटना हुई ही इसीलिए क्योंकि उस घर में न उसकी अम्मी और अब्बा थे और न ही मैं। मेरी आँखों में एकदम से चमक आ गई थी। मैंने फिर से टाइम मशीन में जाकर अपना भूत खंगालने का विचार किया। मैं उठकर रात में ही आईआईटी के पीछे उस खंडहर की तरफ़ भाग खड़ा हुआ जहाँ पर टाइम मशीन थी।

~

मैं अपने विचारों से एकबारगी बाहर आया था। मैंने अपना लैपटॉप उठाया था और वह फ़ाइल खोली थी जिसमें मैंने अपनी किताब *प्रमेय* लिखी थी। तारकेय और सुनैना की कहानी तो बस इतनी ही लिखी थी। कहानी अधूरी थी, इसे अब मुझे आगे बढ़ाकर अंत तक ले जाना था। लेकिन दिक्कत यह थी कि उस किताब को लिखने की शुरुआत करते समय और आज की मेरी सोच में ज़मीन आसमान का फ़र्क आ चुका है। अब मुझे सत्य का ज्ञान हो चुका है। मुझे पता चल चुका है कि न विज्ञान ही सर्वोपरि है और न ही धर्म निकृष्ट। जिस तरह बिना अध्यात्म के धर्म

दिशाविहीन हुआ जा रहा है, ठीक उसी तरह बिना अध्यात्म के सहारे के कोई भी समाज, ग्रह, सिर्फ़ विज्ञान के आधार पर सर्वशक्तिमान नहीं बन सकता। उसका विनाश निश्चित है। विनाश चाहे धर्म के माध्यम से हो या विज्ञान के माध्यम से, दोनों ही अध्यात्म के बिना विनाश की ओर ही ले जाते हैं। असल में अध्यात्म ही रौशनी दिखाने का कार्य करता है, प्रकृति से संवाद स्थापित करने का कार्य करता है। मुझे याद आया कि पहले के ऋषि-मुनि साधना किया करते थे, अब के पंडित उनकी पूजा करते हैं। पहले के ऋषि-मुनि साधना के माध्यम से प्रकृति से संवाद स्थापित करते थे। अब के लोग, पूजा-पाठ, लाउडस्पीकर और नारों के माध्यम से शोरगुल मचाते हैं।

~

अब आप सोच रहे होंगे कि एक व्यक्ति जिसके जीवन में धर्म के कारण इतनी कठिनाइयाँ आईं और विज्ञान के माध्यम से जिसे समय यात्रा करने का मौका मिला हो, उसकी सोच में एकदम से यह बदलाव कैसे आ गया। मेरे जीवन में पिछले एक वर्ष में दो ऐसी घटनाएँ घटी हैं, जिन्होंने मेरे सोचने का तरीका बदल दिया। आपके जीवन में भी तीसरी घटना ज़रूर घटी होगी, जब विज्ञान ने अपने घुटने टेक दिए होंगे। वह कोरोना वायरस का समय होगा। कोरोना वायरस और लॉक डाउन से हम सभी ने बहुत कुछ सीखा। लेकिन पहले मैं आपको पहली घटना के बारे में बताता हूँ। हाल फ़िलहाल मेरे पिताजी को डेंगू हो गया था। उनके प्लेटलेट्स गिरकर बीस हज़ार पहुँच गए, और सारी दवाइयाँ और इलाज किसी काम के साबित नहीं हो रहे थे। डॉक्टर ने हार मानकर यह बोल दिया, "इनको प्लेटलेट्स चढ़ाने पड़ेंगे।" हम लोग इस बारे में विचार कर पाते तभी हमारे बगलवाले कमरे में एक व्यक्ति का देहांत हो गया, उनको लगातार तीन दिन से प्लेटलेट्स चढ़ाए जा रहे थे। कानपुर में जगह-जगह से खबर आ रही थी कि डेंगू के कारण कई लोग मर गए। सारे अस्पताल के बेड भरे हुए थे, कहीं कोई जगह खाली नहीं थी। हर खबर हमें दहशत से भर रही थी।

तभी मुझे ध्यान आया कि जो काम विज्ञान नहीं कर पाता, वह प्रकृति करती है। आख़िर विज्ञान करता क्या है? प्रकृति के नियमों का शोध! कुछ शोध हमारे लिए बहुत अच्छे होते हैं। पर हम आगे जा रहे हैं या पीछे? इसका पता तभी चलेगा जब हम प्रकृति से सम्बन्ध स्थापित करेंगे। यहीं से मुझे ख़याल आया कि कई लोग पपीते के पत्ते, बकरी का दूध और गिलोय का रस पिलाकर प्लेटलेट्स काउंट बढ़ा

लेते हैं। मैंने बिना डॉक्टर को कोई सूचना दिए ठीक वही करना शुरू कर दिया था। पिताजी को सुबह-दोपहर-शाम यही पिलाने लगा था। इसका असर एक दिन में ही देखने को मिला जब प्लेटलेट्स काउंट बीस हज़ार से पच्चीस हज़ार पहुँच गया। ऐसा मैंने पाँच दिन किया और प्लेटलेट्स काउंट एक लाख के ऊपर पहुँच गया। कुल मिलाकर यह आयुर्वेद का ही कमाल था। जब आज के डॉक्टर फ़ेल हो जाते हैं तब प्रकृति साथ देती है। दूसरी कहानी मैं आगे सुनाऊँगा। लेकिन उसके पहले क्या मुझे वह किताब पूरी करनी चाहिए? जो मैंने अधूरी छोड़ी थी? जबकि मेरी सोच एकदम बदल गई हो। मेरा सोचने का तरीका पूरब से पश्चिम की ओर चला गया हो। एक तरफ़ मैं सोचता कि ऐसे तो किताब की कहानी भटक जाएगी, इसलिए इसको न लिखा जाए। दूसरी तरफ़ मैं सोचता कि बेशक किताब ज़रूर लिखी जानी चाहिए। आख़िर जीवन जब एक छोर से दूसरे छोर जाने में कई रास्ते बदलता है तो किताब क्यों नहीं? आख़िर किताब लिखना एक शोध है, सृजन है। ज़रूरी नहीं कि जिस मंज़िल को सोचकर हमने शोध करना शुरू किया है, वहाँ पहुँचने पर वही मंज़िल प्राप्त हो। हो सकता है कि उससे भिन्न मंज़िल दिखे, जिसके बारे में हमने बड़ी गलत धारणा बना रखी हो। जब ऐसा जीवन में हो सकता है, शोध में हो सकता है तो सृजन में भी हो सकता है। मुझे याद आया कि वह किताब असल विचार नहीं रख सकती जो आपके जीवन से प्रभावित न हो। ठीक उसी तरह मेरी यह पूरी किताब कहीं-न-कहीं मेरे जीवन से प्रभावित है। हमने जिस परिकल्पना को आधार बनाकर किताब लिखना शुरू किया था, वह गलत साबित हुई। इससे पहले कि मैं अपनी परिकल्पना बदलूँ, वह घटना आपको सुनाता हूँ जिसने मेरी सोच बदल दी, जिसने मेरा विज्ञान के प्रति नज़रिया ही बदल दिया। उससे पहले मैं अपनी किताब पूरी कर लेना चाहता हूँ। मैंने लैपटॉप को फिर से उठाकर उस कहानी का अंतिम दृश्य लिखना शुरू कर दिया। इस बार लिखते हुए यह बदलाव बेहतर समझ आया कि कहानी के अंतिम भाग को सुनैना की ज़ुबानी पेश किया जाए।

सुनैना

मुझे याद आया कि बचपन में जब हमारे घर ऋषि झंडेलाल आया करते तो प्रवचन का आयोजन होता। वे हम सभी बच्चों को धर्म और ईश्वर के बारे में शिक्षा देते, ''ईश्वर अजर-अमर हैं। वह कभी मरते नहीं। वह हम सभी को देख रहे हैं,

कण-कण पर अपनी निगरानी रखे हुए हैं। हर किसी के पाप-पुण्य का ध्यान रखते हैं और हर किसी के कर्मों के अनुसार उसे स्वर्गलोक या नरकलोक में स्थान देते हैं।''

अक्सर मैं पूछना चाहती थी, ''ईश्वर अकेले एक तरह का काम करते-करते ऊब नहीं जाते? लाखों-करोड़ों वर्षों से वह अकेले सिर्फ़ यही काम कर रहे हैं।'' पर मैं इतना साहस न जुटा पाती। झंडेलाल के क्रोध से हर कोई अवगत था। मैं उनसे बहुत डरा करती और फिर यह बात मान लेती कि जब मेरे माँ एवं पिताजी उनकी हर बात मान लेते हैं तो निस्संदेह वह सही ही बोलते होंगे। मैं ऊपर स्वर्गलोक की तरफ़ सर करके सोचती कि जीवन में इतने पुण्य करूँगी कि मुझे भी स्वर्ग में स्थान मिलेगा।

बड़े होने तक यह बात कूट-कूट कर मन में भर गई थी। भर भी क्यों ना जाती। इतना बड़ा ब्रह्मांड ऐसे कैसे चल सकता है? कोई भी वस्तु बिना किसी शक्ति के बन ही नहीं सकती? वह शक्ति लगाने वाले आख़िर ईश्वर ही रहे होंगे। वह ही इस दुनिया को चला रहे होंगे। मन में सोचती कि कितना अच्छा होता कि मैं अमर हो जाती। कितना अच्छा होता कि मेरी कभी मृत्यु ही न होती। मैंने आस-पास देखा था, कई बुज़ुर्ग दुनिया छोड़कर चले जाते थे। अपना मेहनत से कमाया धन छोड़कर चले जाते थे। हर किसी को कितना दुःख पहुँचता था। कई-कई दिन पूरे गाँव में शोक मनाया जाता था। मुझे मृत्यु के नाम से भय लगने लगा था। मृत्यु जीवन की सबसे बड़ी शत्रु लगने लगी थी। जैसे छोटे बच्चे को शेर से डर लगता है। जैसे छोटे बच्चे को भूत से डर लगता है। ठीक वैसे ही एक दिन मृत्यु आ जाएगी, इस बात से डर लगने लगा था। शायद यही कारण था कि मैं तारकेय की तरफ़ आकर्षित होती गई और उसके साथ अमर होने के नाते चली आई।

लेकिन अब तीन वर्षों बाद मुझे लगता है कि मैंने सबसे बुरा निर्णय लिया। इतना बुरा निर्णय किसी ने नहीं लिया होगा। अब जब मैं अमर हो चुकी हूँ तो यह विचार कि अब मैं इस ज़िन्दगी से बाहर निकल ही नहीं सकती, परेशान करता है। मैं एक चक्रव्यूह में जैसे फँसकर रह गई हूँ। पृथ्वी पर लोग गलत निर्णय लेते हैं, सुधारते हैं, अगर नहीं भी सुधरता है तो एक समय बाद शरीर उनका साथ छोड़ देता है और वह चेतना पिछली बातों को भूलकर नए शरीर में प्रवेश कर जाती है। लेकिन यहाँ पर जो निर्णय ले लिया है, उसके बाद अब न मैं अपनी गलती सुधार सकती हूँ और न मृत्यु को प्राप्त कर सकती हूँ। बस अकेले जीवन नष्ट हुआ जा रहा है।

ऐसा नहीं था कि अमर होते ही मेरे अन्दर ऐसे विचार आने लगे थे। शुरुआत में मुझे जब सिवाका का यह शरीर मिला तो बहुत ही अच्छा लगा। बिलकुल नया शरीर जिसको जैसे चाहो वैसे ढाल लो। न खाने की चिंता और न सोने की। वह तो शरीर को चाहिए होता है, चेतना को नहीं। यहाँ पर शरीर के लिए बस थोड़ी देर चार्जिंग करनी पड़ती थी। उसके बाद आप जो चाहो करो, जैसे चाहो रहो। स्वच्छंद! उस शरीर की तरह इसकी देख-भाल नहीं करनी पड़ती। मैं खुश थी, ऐसा लगा जैसे अब मैं अमर हो चुकी हूँ। पृथ्वी पर मैं सबसे भाग्यशाली हूँ। ऋषि झंडेलाल तो पूजा-पाठ और यज्ञ करते-करते अपनी दाढ़ी सफ़ेद कर चुके पर यह अमरता उन्हें भी नहीं मिल सकी। तारकेय ने मुझे सिवाका के आर्टिफ़ीशियल इंटेलिजेंस की नॉलेज भी दे दी थी। मेरी चेतना उसके आर्टिफ़ीशियल इंटेलिजेंस से भी कनेक्ट थी। जब कभी कोई वैज्ञानिक घटना होती है तो तत्काल वह मेरी चेतना को परामर्श देती है। इसके बाद तारकेय अपने शरीर की रक्षा के लिए स्लीपिंग चेयर में सोने के लिए चला गया। उसके सोने के बाद मैं कभी सीट पर बैठ जाती। कभी सिवाका के आर्टिफ़ीशियल इंटेलिजेंस की मदद से यान को चलाती। एक बड़ी-सी स्क्रीन के सामने बैठ जाती, जिसमें सब कुछ दूर-दूर तक दिखता था। जो ग्रह, दूर से सुन्दर और आकर्षक लगता वहाँ से गुज़रती। कितना सुन्दर ब्रह्मांड था। कितना अविस्मरणीय लग रहा था सब। हम पृथ्वीवासी उसका इंचमात्र भी नहीं देख पाते, इन खगोलीय घटनाओं को होते हुए। कई तारे टूट कर सुपर नोवा बनते हुए मैंने देखे। कितना अद्भुत दृश्य था। मैंने सब सिवाका की मेमोरी में सेव कर लिया है। अपने ससुरालवाले ग्रह यानी केप्लेर 452 बी पहुँचकर उनको ये सारे नज़ारे दिखाऊँगी।

एक बार तो ऐसा हुआ कि अपने सामने दो आकाशगंगाओं को मिलते हुए देखा था। कितना अद्भुत दृश्य था। लेकिन भयावह भी। मैं सोचकर सहम भी गई थी। इन दो आकाशगंगाओं में क्या एक भी ग्रह ऐसा नहीं होगा जहाँ पर जीवन हो? इन अरबों तारों, खरबों ग्रहों में एक ग्रह तो होगा ही जिसमें जीवन रहा हो। वह इनके मिलते समय इतनी ऊर्जा सहन नहीं कर पाया होगा। वहाँ की सभ्यता अगर अधिक विकसित नहीं हुई होगी तो इसे ईश्वर का प्रकोप समझने लगी होगी, फिर मर-खप गई होगी। तब मुझे उनकी अज्ञानता पर तरस आया। मैंने सोचा कि जब तक आप अपने से बड़ा ईश्वर को मानते रहेंगे तब तक यह ब्रह्मांड आपके साथ ऐसे ही खेलता रहेगा और आप जीवन-मृत्यु के चक्र में पड़े रहेंगे। कभी-कभी मुझे ऐसा भी लगता था कि ब्रह्मांड ने ईश्वर की कल्पना इंसानों तक इसीलिए पहुँचाई होगी ताकि वह अपने विध्वंसक कर्मों का ठीकरा ईश्वर के सर थोप सके। दूसरी

तरफ़ यह भी विचार आता कि इसका यह भी कारण हो सकता है कि इंसान ब्रह्मांड को जानने के बजाय अधिक-से-अधिक ईश्वर को ढूँढने में वक्त लगाए।

मैं आगे बढ़ी थी, तभी मुझे हैबिटेबल ज़ोन में एक ग्रह दिखाई पड़ा था। मैंने वहाँ पर अपने यान को उतार दिया। मैंने तारकेय को जगाने की आवश्यकता नहीं समझी। तारकेय को जगाना आर्टिफ़ीशियल इंटेलिजेंस के लिए ज़रूरी था, मेरी चेतना के लिए नहीं। मैं उस ग्रह पर उतर गई। वे ग्रह हमारे पृथ्वी ग्रह से भी पीछे थे। अभी वह पाषाणकाल के वक्त में जी रहे थे। लताएँ लपेटे हुए जंगल में रह रहे थे। पत्थरों के हथियार बनाने लगे थे। उन्होंने मेरे ऊपर पत्थर के हथियार फेंके थे पर उनका मुझ पर कोई असर नहीं हुआ। जब कोई असर नहीं हुआ तो वे मेरी शरण में आ गए। मैंने उनको उठाया और उन पत्थरों को ज़ोर से पटक दिया, उनसे आग उत्पन्न हो गई। पेड़ के सूखे पत्ते जलने लगे। वह मुझे ईश्वर मान कर मेरे चरणों में गिरने वाले थे, लेकिन मैं तारकेय की तरह नहीं थी।

मैंने उन्हें बताया, ''इस ब्रह्मांड में कोई देवी-देवता नहीं है। सभी आप जैसे इंसान हैं। अगर आपको आगे बढ़ना है तो विज्ञान का सहारा लेना पड़ेगा। यह दुनिया उसी के बाप की है, जिसने विज्ञान में प्रगति कर ली है।''

पाषाणकाल के उन लोगों को विज्ञान की समझ छोड़ दीजिये, ढंग से रहने-फिरने की भी समझ नहीं थी। मैं उन्हें क्या समझाती? वे बस आग जलाना सीख गए थे। वे पत्थर से पत्थर मारते और आग जला लेते थे। मुझे पता था फिर कभी कोई विमान आएगा और इन्हें धर्म का पाठ पढ़ाकर इस ग्रह से आगे ही नहीं बढ़ने दिया जाएगा। मैं फिर से अपने विमान में आ गई थी, ज़्यादा समय नहीं गंवाना चाहती थी।

फिर से बैठकर चल दी अपने अंतरिक्ष यान में, अपनी ससुराल की तरफ़। धीरे-धीरे इन सब चीज़ों को देखने की इच्छा मरती जा रही थी। मेरे अन्दर चेतना थी, जिसकी कुछ दूसरी आवश्यकताएँ भी थीं। मैं सामने रखा जूस पीना चाहती थी, मैं बार में रखी मदिरा का सेवन करना चाहती थी। मेरी जीभ को तरह-तरह के व्यंजन खाने थे। मैं तारकेय को जगा कर एक बार सेक्स करना चाहती थी। पर इस शरीर को क्या महसूस होगा? ये लोहे का शरीर है, मशीन है। जिससे मेरी चेतना कनेक्ट कर दी गई है। तारकेय को तो तृप्ति मिल जायेगी पर मुझे क्या मिलेगा? मैं वैसे ही परेशान रहूँगी, एक स्त्री जैसा अपने पति के स्पर्श से दूर रहने पर महसूस करती है। मुझे लगा कि जो लोग बोलते हैं कि खाना, पीना, सेक्स करना ये शारीरिक ज़रूरतें हैं तो गलत कहते हैं। ये मानसिक ज़रूरतें हैं, शरीर तो एक माध्यम मात्र है। इस वक्त मेरी चेतना को यह सब चाहिए था पर शरीर कुछ कर नहीं सकता था। यह ठीक वैसा ही था जैसे किसी को जेल में कैदकर दिया जाए। उसका मन तो बहुत

कुछ करने को भागेगा पर उसका शरीर उस जेल से बाहर ही नहीं निकल सकता। यह ठीक उसी तरह है जैसे बैल को बधिया कर दिया जाए, वह कर तो कुछ नहीं सकता पर मन तो करता ही है। मैं भी मन मसोस कर रह जाती।

लेकिन एक बात थी जो मुझे ऐसा जीवन जीने के लिए प्रेरित करती थी। बचपन में कही गई पिताजी की बात हमेशा याद आती थी। जब वह निराश होते और मैं कभी पूछती, "क्या हुआ पिताजी?"

वह मुझे अपनी गोदी में उठा लेते और मुझे पुचकारते हुए कहते, "बेटा कुछ नहीं हुआ है। बस कुछ पाने के लिए बहुत कुछ खोना पड़ता है। इस बात को ज़िन्दगी में गाँठ बाँध लेना।"

उस वक्त तो मुझे यह बात समझ में नहीं आती थी। लेकिन उस तुच्छ प्रजाति की बात आज मेरे काम आ रही थी। मैंने मान लिया था कि अमर होने के लिए इतना त्याग तो ज़रूरी है ही। मुझे जाने कितने ऋषि याद आए। ऋषि झंडेलाल ने ही आजीवन ब्याह नहीं किया था। वे कैसे रहते होंगे?

उनसे भी एक बार मैंने पूछा था, "ऋषिवर आपकी पत्नी कभी नहीं आतीं?"

वह मुस्कुराते हुए कमंडल रखकर गर्व का अनुभव करते हुए बोले थे, "मैंने आजीवन ब्रह्मचर्य का पालन करने की ठानी है?"

इस पर मैंने तुरंत फिर से प्रश्न कर दिया, "ऐसा क्यों ऋषिवर।"

उनकी रग-रग से गर्व झलक रहा था। उनकी आँखों से, बातों से और शारीरिक अभिव्यक्ति से, "बेटा ब्रह्मचर्य ही एक ऐसी जीवनपद्धति है जिसके सहारे आप ईश्वर को प्राप्त कर सकते हो, स्वर्ग में स्थान प्राप्त कर सकते हो और हमेशा-हमेशा के लिए इस मृत्यु और जन्म के चक्र से मुक्ति पा सकते हो। अजर-अमर हो सकते हो।"

उस दिन मैंने भी हँसते हुए कह दिया था, "जब आप ईश्वर से मिलिएगा तो मुझे भी मिलाइयेगा।" इस बात पर हर कोई हँस पड़ा था ज़ोर से।

उन्होंने तो पूरे जीवन सिर्फ़ इसलिए स्त्री से खुद को दूर रखा कि उन्हें स्वर्ग नसीब हो जाए, अमर हो जायें और वह ईश्वर को प्राप्त कर लें। ईश्वर तो कुछ नहीं होते। लेकिन जिस ग्रह में वह जाना चाहते थे, इसके बावजूद वह जा नहीं पाए, अमर हो नहीं पाए। ईश्वर ? मैं हँसी थी उनके भोलेपन पर।

वे अपनी वासना को भी दबाकर जीवन जी रहे हैं। जब मुझे यह सब प्राप्त हो गया है तो सिर्फ़ इन कुछ चीज़ों के लिए मैं अपने मन को नियंत्रित क्यों नहीं रख सकती?

ऐसे होते-करते एक साल बीत गया था। मेरी दुनिया सिर्फ़ वही यान हो चुकी थी। अब मुझे स्क्रीन के सामने बैठना भी अच्छा नहीं लगता था। कब तक एक ही चीज़ बार-बार देखी जाए। कब तक उन खगोलीय घटनाओं को सिवाका की मेमोरी में सेव किया जाए? आख़िर सब होतीं तो एक ही तरह से हैं। ढेर सारी ऊर्जा निकलती है, रौशनी होती है। इतनी रौशनी कि कई दफ़ा मेरी आँखें भी चौंधियाँ जातीं। पर कब तक? मैं ऊब चुकी थी इन खगोलीय घटनाओं से।

अब मानसिक ज़रूरतों ने अपनी माँग रखनी शुरू कर दी थी। अब अकेले कब तक कोई बाहर की दुनिया से खुश रहेगा? मानसिक ज़रूरतें मुझे अपनी ओर खींचने लगीं। मुझे उनकी बहुत ज़रूरत महसूस होने लगी थी।

सूर्यांश

अब आपको ले चलता हूँ उस घटना की तरफ़ जिसने मेरी इस प्रमेय को सिद्ध किया है और जिसने मेरी किताब को बिलकुल यू-टर्न दे दिया है। वह घटना जिसने मेरी सोच बदल दी। वह घटना जिसने मेरा धर्म और विज्ञान के प्रति नज़रिया बदल दिया। वह घटना जिसने मुझे सत्य का ज्ञान कराया।

~

मेरी हालत पागल से भी बदतर हो गई थी। चार दिन से भूखा था, यह अलग बात है कि मुझे पानी पिला दिया गया था। मैं किसी तरह गिरते-पड़ते मशीन के पास पहुँचा था। मेरे सामने बस एक ही मक़सद था, फ़ातिमा को किसी तरह से बचाना। मैंने ठीक उसी समय की समय यात्रा की जब मेरा भूत टाइम मशीन की तरफ़ जाने वाला था। मुझे अब तक भली-भाँति पता चल गया था कि इस समयकाल में मैं किसी को छू नहीं सकता, इस काल के जीवन में कोई बदलाव नहीं कर सकता था। फिर भी मैंने हाथ से रोकने की कोशिश की थी। भरसक उसे पकड़ने की कोशिश करता। मेड़ पर जाता, गिर जाता। बड़ी शिद्दत से उसे रोकने की कोशिश कर रहा था पर कुछ भी करने में असमर्थ था। जैसे ही वह मशीन की तरफ़ आगे बढ़ने को हुआ, मुझे उसी वक्त याद आया कि मैंने ऑडिटोरियम में मैसेज किया था तो वह मैसेज भूत के पास पहुँच गया था। मैंने तुरंत उसे लोकेशन मैसेज कर दी थी, यह कहते हुए, 'इस जगह पर मत जाना।' लेकिन मेरा भूत उस मैसेज को पढ़ने के बाद रुकने के बजाय जाने के लिए प्रेरित हो गया था। मैंने अपने पैरों पर

ही कुल्हाड़ी मार ली थी। मैं ज़ोर-ज़ोर से आवाज़ दे रहा था, "सुनो! सूर्यांश मत जाओ। सूर्यांश मत जाओ। अगर फ़ातिमा से प्यार करते हो तो मत जाओ। बचा लो। उसकी ज़िन्दगी तुम्हारे हाथों में है।" मैं उसके आगे जाता, दोनों हाथ करके भरसक रोकने की कोशिश करता। पीछे जाता उसकी शर्ट पकड़ने की कोशिश करता। पर सब असफल।

मेरा भूत, टाइम मशीन तक पहुँच गया था। मैंने भरसक वहाँ पर भी रोकने की कोशिश की। जब वह नहीं माना तो मैंने अंतिम मैसेज कर दिया। यह टाइम मशीन है, इसमें मत जाओ। पर मेरे सारे मैसेज प्रेरक का काम कर रहे थे। बजाय रुकने के वह आगे ही बढ़ता जा रहा था। आख़िर मेरा भूत टाइम मशीन पर चढ़ ही गया था। मैं चिल्लाते हुए फफक-फफक कर वहीं ढेर हो गया। "मत जाओ, फ़ातिमा को बचा लो। प्लीज़ सूर्यांश मत जाओ। रुक जाओ, फ़ातिमा को बचा लो।" मेरी सारी कोशिशें नाकाम हो रही थीं। वे सारी कोशिशें मेरे भूत को रोकने के बजाय उत्प्रेरक का काम कर रही थीं। 'अब मैं कैसे बचाऊँगा फ़ातिमा को?' मेरे दिमाग में बस यही ख़याल आ रहा था।

रोने की भी एक सीमा होती है। जब मैं खूब रो चुका तो मेरा दिमाग फ़ातिमा को बचाने के लिए चलने लगा। मैंने अपने मन में ही सोचा कि अगर मैं फ़ातिमा को बचाने का भरसक प्रयास नहीं करता हूँ तो मेरे जीवन का कोई वजूद नहीं। मैंने एक बार फिर से ठान लिया था कि मैं उसे बचाने ज़रूर जाऊँगा। ज़रूर ही उसकी मृत्यु उस चौबीस घंटे के अंतराल में हुई होगी, जब मैंने उसका शव देखा था। मैं पहुँच गया था, उस शाम साढ़े पाँच बजे जब फ़ातिमा उस बैंच पर बैठकर मेरे लिए ख़त लिख रही थी।

~

मैं अपनी पिछली ज़िन्दगी से बाहर आया था और अपनी किताब के अंतिम दृश्य लिखने पर ध्यान केन्द्रित करने लगा।

सुनैना

तीसरे वर्ष तक तो हालत बिगड़ने लगी थी। मानसिक संतुलन नहीं बन पा रहा था। पृथ्वी की याद बड़े ज़ोर से आने लगी थी। जीवन में कई बार हर बड़ी चीज़ से अनभिज्ञ रहना भी कितनी खुशियाँ देता था। हमें कुछ नहीं पता था कि ब्रह्मांड इतना

बड़ा है। सिर्फ़ पता था, पृथ्वीलोक, पाताललोक और स्वर्गलोक हैं। तीन लोक ही हैं पूरी दुनिया में। न कुछ जानने की इच्छा थी। सिर्फ़ खुश रहकर जीवन जीने की इच्छा थी। जब उस मिट्टी में ही हम खेल ढूँढ लेते थे। जब गाय को चारा देते समय खुश हो लेते थे। जब चौपाल में बड़े बुज़ुर्गों की बातें सुनकर खुश हो लेते थे। कभी-कभी लगता है—खुशियाँ तो उस अज्ञानता में ही हैं, अल्हड़पन में हैं। अब सब कुछ जानकर अन्धकार लग रहा है। आँखों के सामने बहुत कुछ है पर आँखें देखना नहीं चाहतीं। जैसे कैदखाने में कैद कर दिया गया हो। मन फिर से घर जाने के लिए करता, पर क्या करूँगी वहाँ जाकर ? अब मेरे पास तो मानव शरीर भी नहीं है। इस लोहे के शरीर से वहाँ पर क्या करूँगी ? पिताजी, माँ और पूरे गाँव के सभी लोगों की मृत्यु होते देखूँगी ? कई राजा, महाराजा, लुटेरों को अपने गाँव को लूटते हुए और स्त्रियों का चीरहरण होते हुए देखूँगी ? जाने कितनी पीढ़ियाँ गुज़र जायेंगी मेरे सामने से। कुछ भी स्थायी नहीं रहेगा। तब सिर्फ़ मैं ही दुखी रहूँगी। बाकी सब खुश रहेंगे। उनसे क्या मैं अपना दुखड़ा रोऊँगी ? क्या उनसे मैं यह बताऊँगी, "मैंने इतनी पीढ़ियाँ देखी हैं, फलाने के दादा ऐसे थे, ढीमकाने की अम्मा वैसी थीं। पहले यहाँ पर फलाने राजा राज करते थे, वह कितने रंगीले थे। कितनी स्त्रियों के साथ प्रेम सम्बन्ध थे। सब मेरे देखते-देखते ख़त्म हो गया। लुटेरे आये और महाराज को हराकर लूटकर ले गए। उन्होंने यहाँ की स्त्रियों को भरे बाज़ार में अपने व्यभिचार का शिकार बनाया।"

मैं रोने लगी, "नहीं-नहीं, मैं अब वहाँ कभी नहीं जाऊँगी। मैं पृथ्वी पर जाकर और भी अधिक दु:ख उठाऊँगी अब जो झेलना है, मुझे यहीं पर झेलना है।

मैं उस जगह से उठी थी, चलते हुए मैं मंगल देव की स्लीपिंग चेयर के पास पहुँच गई। हुँह! मंगल देव, नहीं, तारकेय। उसका चेहरा दिखा था मुझे, वह समय याद आया जब उसने अपने होंठ मेरे होंठों पर रखे थे। पहली बार उसके होंठों का स्वाद मिला था मुझे। उफ़! एकदम से सिहरन दौड़ गई थी रग-रग में। पलकों ने बिना कहे द्वार बंद कर लिए थे। बस महसूस कर रही थी उसकी गर्म साँसें और होंठों की शरारत को।

मैं स्लीपिंग चेयर के ऊपर लगे ग्लास पर ही हाथ फेर करके उन होंठों को महसूस कर लेना चाहती थी। मैंने उसके गले में वह निशान भी देखा था। मेरी चेतना को कंप्यूटर में डालने से पहले वह मेरे शरीर से उस दिन खूब खेला था। अब तक मैं सम्भोग की आदी हो चुकी थी। मैं हर तरह के सम्भोग का आनंद लेने लगी थी। वह बुलाकर लाया था और मैं उस समय स्वयं को देवी से कम नहीं

समझ रही थी। स्वयं को आईने में देखती, सज गई थी, बिलकुल वैसी ही जैसी वह चाहता था। पीछे से आकर उसने मेरे गले पर एक चुम्बन जड़ दिया था। मुझे लगा था कि कोई अप्सरा भी मेरी खूबसूरती देख के शरमा जाए। उस दिन मैंने खूब मदिरा पी। मैं होश में नहीं रहना चाहती थी। इस पल को जी लेना चाहती थी। बिस्तर पर वह मुझसे बहुत ज़ोर देकर प्रेम कर रहा था और मुझसे कह रहा था, ''जितना दर्द दे पाओ दे लो। जो भी वासना हो, सब निकाल डालो।'' उसने मेरे गले को वैसे बाँध दिया जैसे जानवर को बाँधा जाता है। फिर ज़ोरदार तरीके से उसने मेरे ऊपर चढ़ाई कर दी। बीच-बीच में हल्के-हल्के कोड़े मारता जाता। एक कोड़ा मुझे ज़्यादा ज़ोर से लग गया था और मैंने उसके गले को अपने नाखूनों से खरोंच दिया था। जानवरों जैसा प्रेम था, पर बहुत आनंद आया था।

मैंने अपने गले की तरफ़ देखना चाहा। उफ़! मेरा वह शरीर ही नहीं बचा, जिसके ऊपर निशान थे। दिल धक् से रह जाता है, जब मैं इस लोहे के शरीर को छूती हूँ तो। पर उसके शरीर में निशान दिखाई पड़ रहा था, एक दिन बाद ही वह स्लीपिंग चेयर पर सो गया था। उसका शरीर जस-का-तस है, जैसा वह तीन साल पहले था। उसकी गर्दन पर लगा निशान अब तक दिखाई पड़ रहा है।

जब मदिरा थोड़ी उतरी थी और मीठा-मीठा दर्द लेते हुए हम दोनों उसी बिस्तर पर बात कर रहे थे तो उसने बताया था, ''मैं तुमसे बहुत प्रेम करता हूँ।''

मैंने उसकी आँखों में वह बात पढ़ ली थी। ''मैं जानती हूँ, तभी आपके साथ आई हूँ देव।''

वह मेरा हाथ अपनी हथेलियों में लेते हुए बोला, ''आज मैं तुमसे सच कहना चाहता हूँ। एक भी बात झूठ नहीं कहूँगा।''

''बोलिए देव,'' मैं आँखें फाड़कर अपने प्रेमी की बात सुनने लगी थी।

''मैं देवता नहीं हूँ। एक आम इंसान हूँ। अपने ग्रह का इंसान।''

मैं भौंचक उसकी तरफ़ देख रही थी। अवाक् थी कि वह क्या बोल रहा है। फिर उसने सारी कहानी सुना डाली। फिर बोला, ''जो सज़ा देना चाहो दे दो।''

मैं कुछ नहीं बोली। क्या बोलती? मेरे को तो हर वैज्ञानिक क्रिया जादू ही लग रही थी। ईश्वर की शक्ति का प्रमाण लग रही थी।

मैं अपनी सीट पर आकर बैठ गई थी। अब सोचने बैठती हूँ तो लगता है, उसने यह बात मुझे पृथ्वी पर क्यों नहीं बताई। अगर वह मुझसे प्रेम करता था तो यह बात मुझे धरती पर ही बता देनी चाहिए थी। झूठा, लफ्फाज़ तो वह भी है। जितनी मेरी ग़लती है, उससे कहीं अधिक उसकी गलती है। मैं तो एक ऐसे ग्रह की वासी

हूँ जहाँ पर अज्ञानता भरी पड़ी है। अज्ञानी व्यक्ति भला क्या निर्णय ले सकता है?

मुझे लगता है, कहीं-न-कहीं, इसने ही मेरे साथ धोखा किया है। कभी लगता है, इस बेहया को इसके किये का दंड दे ही दूँ। फिर लगता है, इसको दंड देकर मैं कहाँ जाऊँगी? क्या करूँगी? आजीवन ब्रह्मांड में घूमती रहूँगी? इससे क्या मिल जाएगा मुझे?

सोचती हूँ इसके ग्रह पर पहुँचकर मैं जीवन काट लूँगी। लेकिन जब याद आता है, इसके ग्रह पर पहुँचने में मुझे चौदह सौ वर्ष लगेंगे तो महसूस होता है कि कैसे कटेंगे ये चौदह सौ वर्ष? मैं तीन वर्षों में ही इस जीवन से नीरसता का अनुभव करने लगी हूँ। ऐसा लगने लगा है, इस जीवन से मुक्ति ही एकमात्र उपाय है। अब मुझे समझ में आ रहा था कि लोग आत्महत्या क्यों कर लेते हैं? न कोई बात करने वाला और न कोई जीवन का उद्देश्य। सिर्फ़ चलते रहो, चलते रहो। अपूर्णता ही खुशी है, जीवन है और उम्मीद है। पूर्णता अकर्मण्यता है, नीरसता है और अंत है।

~

मैंने अपने देवता को लगभग मार ही डाला था। उसका मरना-जीना लगभग बराबर ही है। उसका अधमरा शरीर मेरे सामने पड़ा हुआ था। अपनी स्लीपिंग चेयर के अन्दर बिना नाइट्रोजन और ऑक्सीजन के वह दम तोड़ने ही वाला था। आँखें मेरी तरफ़ ही निहार रही थीं और मुँह खुला-का-खुला था। मरने से पहले जैसे मुझसे गिड़गिड़ा रहा हो। रो रहा हो, वह व्यक्ति जो मेरा देवता बनने का दंभ भरा करता था, उसकी आँखों से आँसुओं की धारा बह रही थी। चेहरा ऐसा था जैसे वह मेरे पैरों में गिर जाएगा। उसका चेहरा देखकर ही उसकी दुर्दशा का अंदाज़ा लगाया जा सकता था।

मैं न रोना चाहती थी, न खुश होना चाहती थी। जीवन में न कुछ खोने के लिए बचा था और न पाने के लिए। जीवन से मुझे घृणा हो चुकी थी। अब तो मौत से बड़ा कोई मित्र नहीं लग रहा था। बस चाह रही थी कि यही सही समय है अपनी मौत को सहर्ष स्वीकार कर लूँ।

उसे मारने से पहले मैंने उसे एक साल तक ज़िंदा रखा था। उसकी ऑक्सीजन और नाइट्रोजन बंद करती। उसके सामने खड़ी हो जाती और पूछती, "आख़िर मेरे शव में उसने वायरस का इंजेक्शन लगाकर मेरे गाँव में क्यों फेंक दिया था?"

मैंने उसकी स्लीपिंग चेयर को बाहर से लॉक कर दिया था और ऑक्सीजन

और नाइट्रोजन की मात्रा रोक दी थी। वह अपनी नींद से जग गया था। सामने खड़ी थी मैं चंडी की मुद्रा में। वह ऐसे अवाक् देख रहा था, ''सिवाका खोलो। जल्दी खोलो।''

''मैं सिवाका नहीं हूँ। सुनैना हूँ। बड़ी जल्दी भूल गए मेरे देवता।''

''सुनैना खोलो, हवा नहीं मिल रही है। मेरा दम घुट रहा है।''

''तुमने कभी इस बारे में सोचा था कि इस शरीर में मेरा भी दम ऐसे ही घुट रहा होगा। जिस तरह तुम साँस लेने के लिए तड़प रहे हो। ठीक उसी तरह मैं भी अपनी मानसिक आवश्यकताओं के लिए तड़प रही हूँ।''

''तुम ही तो आना चाहती थीं मेरे साथ। तुमने ही तो मुझे ज़ोर दिया था।''

''हाँ मैंने ज़ोर दिया था, लेकिन तुम ज्ञानी थे, मैं अज्ञानी। तुम्हें सब पता था। तब तुमने क्यों मुझे घुटने के लिए छोड़ दिया।''

मैंने थोड़ी देर के लिए उसे ऑक्सीजन और नाइट्रोजन देना जारी रखा था।

''मुझे माफ़ कर दो सुनैना,'' वह हाथ जोड़ना चाहता था, पैर पड़ना चाहता था पर वह स्लीपिंग चेयर में लेटा हुआ था। हाथ और पैर बँधे हुए थे। सिर्फ़ आवाज़ सुनाई दे रही थी।

''और जो मेरे पूरे गाँव को मार दिया है तुमने?''

वह चुप था, सन्न था। कुछ नहीं बोला। मैंने फिर से उसकी हवा रोक दी थी। थोड़ी ही देर में फिर से वह माफ़ी माँगने लगा।

मैंने अंतिम प्रश्न पूछा था। ''चेतना क्या है? मेरी मौत कैसे हो सकती है? इसका जवाब दे दो। मैं छोड़ दूँगी।''

अब तक वह हार चुका था। उसने मुझे बता दिया था कि मेरी चेतना को कंप्यूटर से कैसे डिलीट कर देना है।

उसने बताया, ''चेतना कुछ नहीं सिर्फ़ आपके अनुभव होते हैं। यह चेतना आपके बच्चों के गुणसूत्र यानी डीएनए में सेव होती है। आपकी संतान के डीएनए को देखकर आपके अनुभव और आपके व्यक्तित्व के बारे में जाना जा सकता है। यहाँ तक कि आपके गुणसूत्र में आपके सारे पूर्वजों की चेतना सेव होती है। हमारे ग्रह में इस बात की रिसर्च चल रही है कि डीएनए को देखकर अपने पूर्वजों को कैसे जीवित किया जाए। अब तुम सोच रही होगी फिर आत्मा? आत्मा जैसा कुछ नहीं होता। आपके ग्रह की कोरी कल्पना है।''

''तो फिर तुमने मेरी किस चेतना को कंप्यूटर में सेव कर रखा है और मेरी मौत कैसे हो सकती है?'' मुझे बहुत तेज़ क्रोध आया था।

"असल में मैंने तुम्हारे डीएनए से अनुभवों के डेटा को कंप्यूटर में सेव कर लिया है। फिर उस डेटा को रोबोट से जोड़ दिया है। इसे ठीक फ़ोटोकॉपी की तरह समझो। अब इस रोबोट के शरीर में तुम्हारे अनुभवों के डेटा को ऐसा लग रहा है जैसे तुमने नया शरीर धारण कर लिया है। उन्हीं पुराने विचारों के साथ तुम्हें नया शरीर मिल गया है। जबकि यह एकमात्र छाया भर है।"

मैं थोड़ा-बहुत आर्टीफ़ीशियल इंटेलिजेंस के साथ चार साल रहने के बाद समझने लगी थी। "ये बताओ मैं मर कैसे सकती हूँ?"

"तुम सी फ़ोल्डर में जाकर अपना डेटा डिलीट कर दो। तुम्हारा अस्तित्व हमेशा-हमेशा के लिए ख़त्म हो जाएगा।"

असल में मेरी चेतना तो पहले शरीर को त्याग चुकी थी। जो मैं थी वह सिर्फ़ उस चेतना के अनुभवों की सुनैना थी। उन्हीं अनुभवों को मैंने कंप्यूटर में सेव कर लिया था। मैं उसी को अपनी चेतना समझ रही थी। असल चेतना तो प्रकृति में विलीन हो गई थी उसी वक्त। मैं तो बस उसकी छाया मात्र थी। असल चेतना को पकड़ना किसी के बस की बात कहाँ है? मेरे अनुभवों और व्यवहार की छाया बना ली थी उसने। इसे चेतना का क्लोन ही कहा जाएगा।

मैं हँसी थी, अपनी इस ज़िन्दगी पर, इस बेवकूफ़ी पर। मैं तो पहले ही मर चुकी थी। यह तो डेटा मात्र है जो इस रोबोट से कनेक्ट कर दिया गया है। मौत का डर किसे होता है, जो जीवित हो। मरे हुए को क्या डर?

अब इस तारकेय का क्या करूँ? एक पल मन में आया मार दूँ? अगले पल मन ने जवाब दिया, "मारने में क्या मिल जाएगा?" तड़पने दो इसे ऐसे ही जीवन-मौत के बीच, अकेलेपन के बीच। जैसे मैंने काटे हैं चार साल, वैसे ही उसे काटने दो अपनी पूरी ज़िन्दगी। मैंने निर्णय ले लिया है और उसका ताला खोलकर तथा एक चिट्ठी छोड़कर जा रही हूँ उसके लिए। मैं चल दी थी एक चिट्ठी छोड़कर अपना डेटा डिलीट करने। ताकि तारकेय जीवित रहकर भी मरा हुआ महसूस करे। मैंने मार दिया है खुद को हमेशा-हमेशा के लिए और अपने देवता को भी, लेकिन उसे शारीरिक रूप से नहीं, मानसिक रूप से।

जब तारकेय जगा तो उसे यही कहानी सुनने को मिली थी एक बड़ी-सी स्क्रीन पर। उसके नीचे ही रखा हुआ था पत्र। काश वह पत्र न पढ़ता, उसने पत्र ही नहीं पढ़ा बल्कि अपनी मृत्यु से भी बदतर सन्देश पढ़ लिया था।

सिवाका के आर्टिफ़ीशियल इंटेलिजेंस ने मुझे बताया, "वह जिस ग्रह में भी जाते हैं, वहाँ पर ऐसे वायरस छोड़ देते हैं ताकि पूरा-का-पूरा जीवन समाप्त हो

जाए और उस ग्रह पर वे लोग अधिकार कर लें।'' तुमने भी मेरे शरीर में वायरस छोड़ दिया था।

जानते हो, तीन साल में सिवाका से मैंने अच्छी दोस्ती कर ली। उस आर्टिफ़ीशियल इंटेलिजेंस ने बातों-ही-बातों में बताया, ''इंसानी शरीर हर जगह विनाश ही कर रहे हैं। हर ग्रह को कूड़ा-कबाड़ा बनाए दे रहे हैं। एक ग्रह में गंदगी फैलाते हैं और रहने योग्य नहीं बचता तो दूसरे में चले जाते हैं। इस तरह पूरे ब्रह्मांड में विनाश ही कर रहे हैं। ब्रह्मांड का आकार और मनुष्य की कोशिकाओं का आकार लगभग एक तरह का होता है। ठीक जिस तरह से वायरस मनुष्य की कोशिकाओं में आक्रमण करता है और अपनी तरह के अनेक वायरस हर कोशिका में फैला देता है। वे फैलते ही जाते हैं रोके नहीं रुकते। ठीक उसी तरह ये इंसान इस ब्रह्मांड के लिए वायरस ही हैं। बढ़ते और फैलते ही जा रहे हैं और ब्रह्मांड को कमज़ोर और जीर्ण करते जा रहे हैं।''

मुझे भी यह बात सही समझ आ गई। तुमने पहले तो मुझसे और पृथ्वी वासियों से बहुत झूठ बोले, धर्म का गलत पाठ पढ़ाया। प्यार में धोखा देकर मुझे इस कैदखाने में कैद कर दिया। फिर मेरे शरीर में वायरस डालकर मेरे गाँव के पास फेंक दिया। लेकिन उस वक्त मेरे पिताजी को युद्ध पर जाना पड़ा। अपनी बेटी का शोक भूलकर उन्हें अपने महाराजा की बेटी को बचाने जाना पड़ा और उस युद्ध में वह वीरगति को प्राप्त हुए। जिस कारण से किसी ने मुझे अधिक ढूँढने की कोशिश नहीं की और वह लाश वहीं जंगलों में दबकर रह गई। नहीं तो तुमने कोई कसर नहीं छोड़ी थी, पूरी पृथ्वी का विनाश करने में।

खैर, खुश मत हो। मैंने भी बदला ले लिया है। तुम्हारे ग्रह के सभी रोबोट से अपनी चेतना कनेक्ट करके तुम्हारे ग्रह के सभी मनुष्यों को मार डाला है। न रहेगा तुम लोगों जैसा इंसान और न इस ब्रह्मांड में तुम्हारे जैसे वायरस फैलेंगे। अब तुम जियो या मरो तुम्हारी मर्ज़ी। मैं चली अलविदा मेरे देवता।

तारकेय ने जैसे ही पढ़ा उसके पैरों तले से ज़मीन खिसक गई। उसे पता चल गया कि विज्ञान की प्रगति ने उनकी प्रजाति का विनाश ही कर दिया है।

आख़िर क्या वजह थी जो इतनी प्रगति के बावजूद अपने पैरों पर कुल्हाड़ी मार बैठे? क्या वजह थी इतना आगे बढ़ने के बाद खुद का अस्तित्व नहीं बचा पाए? इससे यह भी सवाल उठता है, क्या जीवन में आगे बढ़ना सिर्फ़ विज्ञान की प्रगति पर ही निर्भर करता है?

सूर्यांश

मैं ठीक उसी वक्त पहुँचा था जब उस शाम फ़ातिमा आख़िरी ख़त लिख रही थी। दूर से दिख गई थी, उसी बैंच पर बैठी हुई। भागते हुए पहुँचा था उसके पास। जाकर उससे लिपट जाना चाहता था। उसे ज़ोर से हग कर लेना चाहता था। उसे लिपटाए रहना चाहता था। उसकी पीठ पर प्रेम भरा स्पर्श करना चाहता था। उसकी साँसों को महसूस करना चाहता था। उसकी धड़कन सुनना चाहता था। धन्यवाद देना चाहता था विज्ञान को, जिसके सहारे उसे दुबारा देखने, सुनने और महसूस करने का सौभाग्य मिला था। मैं भागते हुए पहुँचा कि उसे स्पर्श करूँगा पर भरसक कोशिश के बाद न मैं उसे छू पाया, न ही महसूस कर पाया बल्कि भागते हुए छूने के प्रयास में गिर ज़रूर गया था। अब मैंने खुद को उस अति आवेग से सँभाला और जाकर उसके पास खड़ा हो गया। निहार रहा था उसकी तड़पती नज़रों को, काश वह भी मेरी बेबस नज़रों को देख पाती। मैं देख पा रहा था, उसके मुरझाए गालों को, मानो मेरी एक किस से फिर से खिल उठने को बेताब हों। इधर मेरे होंठ उसे किस करके उसके चेहरे पर पुरानी रौनक लाने के लिए तैयार थे। उसके होंठ मानो बहुत कुछ कहना चाहते हों, पर बस एकटक उस खिड़की की तरफ़ देखे जा रहे थे। मैं उनको निहार रहा था। उनके इंतज़ार को, उनकी मोहब्बत और उनकी तड़प को। काश कोई मेरी बेबसी भी समझ पाता। मैं बैठ गया था उसके पैरों के पास और उसके कोमल हाथों को पकड़कर कहना चाहता था कि आज घर मत जाओ, रुक जाओ। चलो मेरे साथ दूर कहीं, जहाँ न इमरान आ पाए और न तुम्हें कुछ हो। आज घर जाओगी तो तुम्हारे जीवन की आख़िरी रात साबित हो सकती है। हो क्या सकती है? हो चुकी है। मैं बचाने आया हूँ तुम्हें। लेकिन मेरी बात सुनने वाला कोई नहीं था। इंसान छोड़ दीजिये ऐसा लग रहा था किसी पत्ते और पेड़ को मेरी कोई आवाज़ सुनाई नहीं दे रही थी। कहते हैं कि कानों सुनी हर बात सही नहीं होती। सच कहते हैं पर इसके साथ यह भी जोड़ना चाहूँगा कि आँखों देखी हर बात भी सच नहीं होती। फ़ातिमा को ही देख लीजिये, उसे ज़रा भी एहसास नहीं था कि उसकी आँखें जिसे खोज रही हैं, वह ठीक उसके सामने घुटने टेके बैठा हुआ है। मेरे हाथों की भी सीमा है, इसका एहसास मुझे पहले हो चुका था। पर नज़रों की भी सीमा है। मुझे आज आभास हुआ था। मैं सामने बैठा था और उसे दिखाई नहीं पड़ रहा था। उसने अपनी डायरी निकाली थी और लिखना शुरू कर दिया—

'चिट्ठी न कोई सन्देश, जाने वो कौन-सा देश जहाँ तुम चले गए?'

आज जब मैं पूरी तरह तुम्हारी हो चुकी हूँ, तब तुम ही मुझे छोड़कर चले गए? चार दिन से किधर हो, कहाँ हो? कोई अता-पता है? ऐसा भी कोई करता है? तुमने और तुम्हारे प्यार ने मुझे पूरी तरह बदल दिया है। आख़िर प्यार इसी को तो कहते हैं। अब मैं सारे मज़हब, धर्म के बंधन को तोड़कर सिर्फ़ इंसान हूँ। वह इंसान जो मोहब्बत करना जानती है, जो खुद को जानने में विश्वास करती है और ताउम्र तुम्हारी है।

एक बोझ था अब तक मेरे सर पर, आज मैंने उसे भी उतार दिया है। मैं चाहती हूँ कि आज रात तुम आओ। मैं तुम्हारा इंतज़ार करूँगी। तुम आओगे तो सारी बातें बताऊँगी और अपना बोझ उतार दूँगी। अब तक मैं तुम्हें सौ प्रतिशत नहीं दे पाती थी। लेकिन अब तुम मेरी मोहब्बत देखोगे। मोहब्बत की ख़ुशी का एहसास करोगे। अपनी पसंदगी पर तुम्हें फ़ख़्र होगा। तुम्हारी मोहब्बत ने मुझे बदल दिया है। मज़हब और धर्म के बंधन तोड़ दिए हैं। एक बार फिर से मोहब्बत के आगे मज़हब नतमस्तक हो गया है। तुम्हारा इंतज़ार करूँगी रात आठ बजे।

लिखते हुए उसकी आँखों में आँसू थे, फ़िक्र थी और मोहब्बत भी। मेरी आँखों से आँसू बहने लगे थे। उसकी इंतज़ार कर रही आँखों में जो पीड़ा थी, मैं उसे समझ पा रहा था। मैं उससे ज़ोर से लिपटना चाहता था। गले लगकर कहना चाहता था, "मैं तुम्हारे पास ही बैठा हूँ। मत जाओ मेरी ज़िन्दगी से दूर। जब तुम पूरी तरह से तैयार हो मुझे मोहब्बत करने के लिए तो यह भी देखने की कोशिश करो कि मैं तुम्हारे सामने बैठा हूँ। कहते हैं कि मोहब्बत में वह शक्ति होती है जो अंधे को भी देखना सिखा दे। तुम तो अच्छा-भला देख सकती हो, मुझे देखो ना!"

मैं कहते हुए रोने लगा, "उस आख़िरी शाम मुझे किसी साँप ने काट लिया था जो मैं टाइम मशीन के चक्कर में पड़ गया? उस वक्त कौन-सा भूत सवार हो गया था। इन मशीनों और विज्ञान की वजह से मैं तुम्हें खो रहा हूँ।"

कुछ ही देर में वह अपनी आँखों के कोरों को अपने रुमाल से पोंछती हुई उठी और खिड़की की तरफ़ देखते हुए उसने वह ख़त उसी डस्टबिन पर रख दिया था, एक उम्मीद के सहारे। जब फ़ोन नहीं मिल रहा था, व्हाट्सऐप पर मैसेज नहीं जा रहे थे। तब भी मोहब्बत में हमेशा उम्मीद की किरण खिली रहती है। वह आख़िरी उम्मीद ही प्रेम का विश्वास होती है। उसे उम्मीद थी कि कभी-न-कभी उसके ख़त सूर्यांश के द्वारा पढ़े जाएँगे। और प्रेम के विश्वास में हमेशा दम होता है। प्रेम का विश्वास ही था जो वापस आकर सूर्यांश ने वे ख़त पढ़े थे। डस्टबिन में फेंककर वह घर जाने लगी थी, चलते हुए वह बार-बार पलटकर बड़ी उम्मीद से देखती

थी, शायद इस अंतिम बार देखने पर उसे भागकर आता हुआ सूर्यांश दिखाई पड़ जाए। जीवन भी एक फ़िल्मी सीन की तरह बन जाए। उसका सूर्यांश भी कुछ देर के लिए फ़िल्म में दिखाए जाने वाला वरुण धवन बन जाए। पर हर उम्मीद उसके पलटने के साथ ही धराशायी हो जाती।

इधर मैं उसके आगे जाता, पीछे पड़ता, हाथ खींचने की कोशिश करता पर सारी कोशिशें बेकार थीं। मेरी आँखें रोते-रोते सूख गई थीं, मन तड़पते-तड़पते बेहाल हो गया था, शरीर भोजन न करने के कारण क्षीण होता जा रहा था। फिर भी मैं नदी में डूबता हुआ, तिनका ढूँढ रहा था। कुल मिलाकर मेरी हालत ठीक उस बेसहारा महिला की तरह हो गई थी जिसका देश युद्ध में हार गया हो और विरोधियों के सैनिक उसके गाँव में घुस आये हों और घर-घर जाकर बलात्कार कर रहे हों। स्त्रियाँ जानती हैं कि उनके चीखने-चिल्लाने से कुछ नहीं होगा पर वे चीखती हैं, चिल्लाती हैं इस आख़िरी उम्मीद में कि ऊपरवाला शायद रहम खा जाए। उस तिनके को पकड़ने के लिए मैं हर जतन कर रहा था। कभी कोई डंडी पकड़ने की कोशिश करता, कभी मैं उसके चेहरे पर फूँकने की कोशिश करता। पर उस आवृत्ति में मेरे सारे प्रयास बेकार थे।

वह घर के अन्दर पहुँच चुकी थी। उसने कपड़े उठाए और बाथरूम में नहाने के लिए चली गई। मैं बाहर बैठा उसका इंतज़ार कर रहा था। तभी मुझे कमरे के अन्दर से मोबाइल में बजता हुआ गाना सुनाई दिया। गाना बज रहा था, 'आओगे जब तुम ओ साजना'। कैसे बताता कि उसका साजना उसके साथ घर में ही है। अब आँखों में आँसू बचे ही नहीं थे कि बह सकें। मैं कमरे में बैठकर सिर्फ़ अपने करम को ही दोष दे रहा था। मैं मुँह लटकाए बैठा हुआ था कि थोड़ी ही देर में वह खूबसूरत बला तौलिया लपेटकर बाथरूम से बाहर निकली और अपने कमरे में कपड़े पहनने लगी थी। मेरी पसंदीदा मिनी स्कर्ट और क्रॉप टॉप। उसने क्रॉप टॉप हल्का-सा पीछे की तरफ़ कर दिया था ताकि उसकी नाभि पूरी तरह से दिख सके।

अपनी आँखों पर हल्का-सा काजल लगाते हुए उसने बगल में रखे मोबाइल फ़ोन पर गाना बदल दिया था, 'सजना है मुझे सजना के लिए।' शायद वह इस उम्मीद में थी कि पिछली बार की तरह सूर्यांश ठीक आठ बजे आ जाएगा।

अपने मोटे होंठों पर लिप ग्लॉस लगाने के बाद उसने अपने दोनों होंठों को मिलाया और रगड़कर उनको एकसमान किया। अपने होंठों के लिप ग्लॉस को तसल्ली से देखने के बाद जैसे ही उसे याद आया उसने अपनी भौंहें उठाकर घड़ी की ओर देखते हुए कहा, "हे भगवान सात बज गए। माय मैन इज़ अबाउट टू

अराइव।'' उसकी आँखों में मेरे आने का विश्वास, उसके सजने में प्रेम और दिल में उम्मीद साफ़ दिख रही थी। पहली बार उसके मुख से मैंने भगवान का नाम सुना था। मेरी आँखें अचंभित थीं। सुखद आश्चर्य से भर गया था मैं। लग रहा था कि सूरज पश्चिम से निकल आया है। मैं बेबस था, बिलकुल बेबस। शरीर था, मन था और दिमाग भी पर कुछ कर नहीं सकता था। कैसे बताता कि हिज़ मैन इज़ ऑलरेडी अराइव्ड। मैं असहाय बैठा रहा। उठकर क्या करता। पर कहते हैं कि दिमाग में बड़ी शक्ति होती है, वह अपनी परिस्थिति के हिसाब से जीवन जीने के रास्ते खोज ही लेता है। इस विचार में मैंने अपना दिमाग दौड़ाना शुरू कर दिया था, शायद कोई तरकीब निकल आए, जिससे बात की जा सके। जब कोई तरकीब न निकल पायी तो हारकर मैं उसके पीछे चल दिया।

वह उठकर अन्दर चल दी थी शिमला मिर्च, प्याज, टमाटर और पनीर लेकर मेरी पसंदीदा सब्ज़ी-कड़ाही पनीर बनाने के लिए। मैं भी उसके पीछे किचन में चला गया। उसे कितना ध्यान था मेरी पसंद का। प्रेमी की पसंद ही अपनी पसंद बन जाती है। मैं यह सोचकर उसके पीछे चल पड़ा कि भले मैं उसका साथ न दे पाऊँ पर कम-से-कम इस वक्त को उसके साथ जी लूँगा। मेरा दुर्भाग्य देखिए, लोगों को पता नहीं होता कि उनकी प्रेयसी कब यह दुनिया त्याग देगी। लेकिन मुझे पता था कि यह उसकी आख़िरी शाम है। मैं इससे पहले कि इस विचार में डूबकर निढाल हो जाता, उसके फ़ोन पर अगला गाना बजने लगा, 'जानम देख लो मिट गईं दूरियाँ, मैं यहाँ हूँ...यहाँ हूँ...।' मेरे मन में विचार आया कि ठीक मेरी भी हालत वैसी ही है। मैं लगातार शाम से उसे यही बताने की कोशिश कर रहा हूँ कि मैं उसके पास ही हूँ।

वह खड़ी होकर सब्ज़ी काट रही थी। मैं उसके पीछे ठीक उसी तरह खड़ा हो गया था, जिस तरह पहली बार खड़ा हुआ था। उसकी खुली कमर को पकड़कर। बेशक, पकड़ नहीं सकता था, लेकिन आँखें बंद करके प्रेम की निगाहों से महसूस तो कर ही सकता था। मैं उसकी साँसों और उसके प्यार को महसूस कर रहा था।

वह खाना बना रही थी पर उसका मन कहीं और था। अपने सनम के इंतज़ार में उसकी आँखें रास्ता तक रही थीं। कभी वह पलटकर समय देखती, कभी बाहर का गेट खोलकर देख आती, कभी खिड़की से झाँकती और कभी वह चूल्हे के पास रखे मोबाइल पर नज़र डाल लेती। जैसे-जैसे समय बीतता जा रहा था, फ़ातिमा के चेहरे की रौनक कम होती जा रही थी। उसका विश्वास डिगने लगा था। थोड़ी ही देर में जब वह रोटी बेलने लगी तो मैं ठीक उसी तरह घुटनों के बल बैठकर उसे

प्रपोज़ करने बैठ गया, जैसे पिछली बार किया था। मैं इस वक्त को जी लेना चाहता था, उस मोहब्बत की काया को मन में संजो लेना चाहता था। इस अंतिम वक्त को उसके साथ गुज़ार लेना चाहता था। मैं ऐसा कर ही रहा था कि तभी घर की बैल बजी। मेरे दिल में धक् से हुआ, जैसे साँप ने ज़ोर से काट लिया हो। मैं चिल्लाने लगा, ''मत जाओ। सामने मौत है।'' लेकिन उसे लग रहा था शायद सूर्यांश आया है। उसके चेहरे पर मुस्कुराहट देखकर मैं उसकी भावनाएँ समझ सकता था। उसने गैस सिलिंडर खोला ही था और माचिस से गैस जलाने जा ही रही थी कि बैल सुनकर उछलकर सब कुछ छोड़कर बाहर जाने लगी। जीवन भी कितनी परीक्षाएँ लेता है। विडंबना देखिए, मेरी प्रेयसी की मौत ने दस्तक दी थी और मैं वहाँ होने के बावजूद कुछ नहीं कर सकता था। मैं बस भागते हुए उसके पीछे से एकदम से आगे निकल गया और दरवाज़े के सामने दोनों हाथ फैलाकर गिड़गिड़ाने लगा। पूरा प्रयास कर लेना चाहता था, ''मत खोलो। प्लीज़ मत खोलो। हे भगवान, अल्लाह, गॉड जो कोई भी मेरी आवाज़ सुन रहा हो तो फ़ातिमा को रोको। प्लीज़ रोको। मैं विज्ञान की बातें भूल जाऊँगा और सिर्फ़ आपकी शरण में पूरी ज़िन्दगी दे दूँगा।'' हर बढ़ते कदम के साथ मेरा गिड़गिड़ाना बढ़ता जा रहा था और दिल की धड़कनें तेज़ हुई जा रही थीं। मुझे याद आए 'एआर रहमान' जिन्होंने अपनी बेटी की बीमारी ठीक होने के बदले, अपना धर्म परिवर्तन कर लिया था। विज्ञान पर विश्वास करने वाला व्यक्ति ईश्वर की शरण में चला गया था। वह ईश्वर चाहे भगवान हो, अल्लाह हो, बुद्ध हो या जीसस हो। मौत किसी का धर्म देखकर नहीं आती। मुझे उस दिन पता चल गया था। प्रकृति किसी का धर्म और ईश्वर की पूजा के आधार पर बचाव नहीं करती। वह अपने अनुसार चलती है और उस पर कोई विज्ञान हस्तक्षेप नहीं कर सकता। विज्ञान का हस्तक्षेप करना अपनी मौत को बुलावा देना है। मेरा प्रेम भी सब कुछ भूल चुका था। हिन्दू-मुस्लिम-सिख-ईसाई सबसे उठकर मैं सिर्फ़ एक प्रेमी बचा था जो अपनी प्रेमिका की संभावित मौत को बचाना चाहता था। संभावित क्या ? लगभग मौत ही थी। बस अंतिम प्रयास कर रहा था। मन पूरी तरह से बचाव कार्य में लगा था, मैं कभी हनुमान चालीसा पढ़ता और कभी *कुरआन* की आयतें याद करता। मैं कहने लगा था कि आज जो भी ईश्वर फ़ातिमा को बचाएगा, मैं पूरा जीवन उसकी पूजा, आराधना, प्रेयर और इबादत में ही लगा दूँगा। लेकिन किसी ने मेरी नहीं सुनी। किसी परमेश्वर को मेरी प्रार्थना न सुनाई दी। जैसे सबने अपने कानों में रुई ठूँस रखी हो। फ़ातिमा ने दरवाज़ा खोल दिया था। सामने इमरान को देखकर चौंककर बोली, ''तुम ?''

इमरान ने उसे ऊपर से नीचे तक देखा था, जैसे बाघ अपने शिकार को देखता है। आँखें फाड़कर, हवस भरी निगाहों से। फ़ातिमा के कपड़े देखते हुए उसने कहा, ''तुम काफ़िर के साथ मज़े करोगी और सोचोगी कि मैं तुम्हारी बात मानकर घर बैठ जाऊँगा। आज दोनों को मार डालूँगा।''

वह फ़ातिमा को धक्का देते हुए अन्दर घुस आया था और उसके साथ के दो गुंडों ने भी अन्दर आकर दरवाज़ा बंद कर दिया था। फ़ातिमा को समझ नहीं आ रहा था कि उसके साथ क्या हो रहा है? वह पीछे-पीछे चिल्ला रही थी,''ये क्या कर रहे हो? तुम अन्दर कैसे आ सकते हो?''

''किधर है वो काफ़िर?'' वह ज़ोर से चिल्लाया था।

''वह नहीं है। अगर तुम नहीं जाओगे तो मैं पुलिस को फ़ोन कर दूँगी।'' वह भी उतनी ही तेज़ चिल्लाई।

''जाओ सभी कमरे खंगालो,'' उसने अपने दोनों गुंडों को आदेश दे दिया था और फ़ातिमा के बाल पकड़ लिए थे। उसने फ़ातिमा के बाल नहीं पकड़े, मेरी गर्दन पकड़ ली थी। मुझे ऐसा लग रहा था कि मेरा दम घुट रहा है, दम निकल रहा है और साँस रुकी जा रही है।

''छोड़ो,'' फ़ातिमा तेज़ आवाज़ के साथ चिल्लाई थी, मेरे कान में उसकी आवाज़ उतनी ही तेज़ चुभी थी। बिलकुल नुकीली, खौलते तेल की तरह।

''बता किधर है तेरा आशिक? आज उसकी बोटी-बोटी काट देता हूँ,'' उसने उसके बालों को कसकर खींचा, ठीक उसी तरह जिस तरह बकरी की गर्दन पकड़ी जाती है।

बकरी की भाँति ही वह उतनी तेज़ चिल्लाई, ''छोड़ो इमरान। अब्बा से बताऊँगी। मान जाओ।''

इधर मेरी हालत ठीक वैसी थी, जैसे मुझे किसी जानवर की भाँति खूटे में बाँध दिया गया हो और मैं देखने के सिवाय कुछ नहीं कर सकता था।

''जिससे बताना है बता देना।'' वह फ़ातिमा के मुँह को अपनी तरफ़ मोड़ते हुए बोला था।

''घर में कोई नहीं दिखा,'' दोनों गुंडों ने आकर बताया।

उसके मज़बूत चंगुल से फ़ातिमा का निकलना मुश्किल था। उसने दोनों को इशारों ही इशारों में बाहर जाने का आदेश दे दिया। फिर जिस तरह एक बकरी की गर्दन में रस्सी बाँधकर खींचा जाता है, ठीक उसी तरह वह उसके बाल पकड़कर रसोई के बगलवाले कमरे में ले जाना चाहता था पर फ़ातिमा के विरोध के कारण

उसने उसे रसोई के दरवाज़े के सामने ही गिरा दिया। मैं पूरी ताकत से उठा था। उसे मारना चाहता था। उस पर लात-घूँसे चला रहा था। भरसक कोशिश कर रहा था, मारने की पर सब बेकार। पास रखे फ्रिज को उठाकर फेंक देना चाहता था पर इस आवृत्ति में कुछ नहीं कर सकता था।

इमरान के गुस्से की जगह पूरी तरह हवस ने ले ली थी। फ़ातिमा के कपड़ों को देखकर वह खुद को रोक नहीं पाया। उसकी खुली नाभि और बड़े-बड़े दीखते उभार देखकर वह वहशी हो गया। फ़ातिमा ने अब तक हाथ नहीं जोड़े थे। वह चिल्ला रही थी। ''मैंने सही निर्णय लिया है, तुझसे शादी के लिए मना करके। तेरे जैसा वहशी मेरे काबिल नहीं है। तुम सूर्यांश के पैर के अँगूठे के बराबर भी नहीं हो।''

इतना सुनना था कि इमरान को गुस्सा आ गया था। उसने उसके गाल पर दो थप्पड़ लगाए। लेकिन फ़ातिमा के चेहरे पर कोई शिकन नहीं आई। उसके चेहरे पर वही चमक थी। ''मुझे आज अपने निर्णय पर गर्व हो रहा है। प्रेम किसी धर्म या मज़हब में शादी करने से नहीं बढ़ता, बल्कि वह इंसान के अन्दर होना चाहिए। तू कभी किसी से प्रेम नहीं कर सकता।''

वह उसके ऊपर लेट गया था। और अपने बास मारते मुँह को उसके गालों पर रगड़ने लगा। मैंने ऐसी कुछ फ़िल्में देखी थीं, पर जब खुद पर इस तरह बीतता है तो क्या गुज़रती है इसको शब्दों में बयान नहीं किया जा सकता। मैं पास पड़े चाकू से अपने को मार लेना चाहता था। मैं क्यों आया था, दुबारा टाइम मशीन में? यह सब देखने के लिए? एक बार में सुकून नहीं मिला था? पहली बार यात्रा की थी तो फ़ातिमा की मौत हो गई थी और इस बार मैं उसका बलात्कार होते हुए अपने सामने देख रहा हूँ। इसे देखने से अच्छा था कि अपनी मौत को ही गले लगा लेता। पर मैं इतना बदनसीब था कि मौत भी मेरे पास नहीं आ रही थी। मैं चाकू छू नहीं पा रहा था। मैं भागकर किचन में गया। वहाँ पर गैस की बदबू भरी थी।

तभी मेरे कानों में फ़ातिमा की रोती-बिलखती आवाज़ सुनाई दी, ''कोई ईश्वर, भगवान् या अल्लाह है तो एक ही निवेदन है। इस पापी के चंगुल में फँसने से अच्छा है कि मेरी जान ही ले लें।''

मेरे कानों में जैसे ही यह गूँजा मैंने निर्णय ले लिया था कि कुछ तो करूँगा। आज ही कर गुज़रने का वक्त था। मैं मर जाना चाहता था। मैं इस बोझ को लेकर जीवन नहीं जी सकता था। एक तरफ़ प्रेमिका की इज़्ज़त थी और दूसरी तरफ़ मेरी ज़िन्दगी। मैं अपने आपको मार डालना चाहता था।

तभी मुझे ध्यान आया कि अगले दिन जब मैं इसके घर के सामने पहुँचा था तो दो लोगों की मौत हुई थी। उनमें से एक इमरान था और एक फ़ातिमा। पर अब मैं भविष्य में बदलाव करना चाहता था। मैं स्वयं इसे देखकर जीवित नहीं रहना चाहता था। अब दो लोग नहीं, तीन लोग मारे जाएँगे। ऐसे दिन देखने के बाद मेरे जीवित रहने का क्या फ़ायदा। जो प्रेमी अपनी प्रेमिका की इज़्ज़त न बचा पाए, उसका जीवन ही निरर्थक है। एक तरफ़ मेरी प्रेमिका का बलात्कार हो रहा था और दूसरी तरफ़ उसकी मौत थी। सिर्फ़ उसकी ही नहीं, हम तीनों की। मैं क्या चुनूँ? बलात्कार होने दूँ और वापस चला जाऊँ टाइम मशीन में, उस प्रेमी की तरह जो अपनी प्रेमिका को बेच देता है, पैसों के लिए या फिर किसी ऐसे कारण से जिसके ऊपर उसका बस नहीं होता। मैंने खुद को झकझोरा। तभी मेरे मन में फ़ातिमा के वे शब्द फिर से गूँजे, "हे भगवान, अगर मैंने सच में किसी से मोहब्बत की होगी तो आज मुझे इसके चंगुल से निकलने में आप ही मदद करोगे, भले ही मेरी मौत हो जाये।" इस बात को सुनते ही मेरी रग-रग में बदले की भावना भर गई। मैं अब उन दोनों के साथ खुद को मार डालना चाहता था।

मैंने आँखें बंद कीं। लम्बी-लम्बी साँसें लीं और सोचने लगा। थोड़ी ही देर में विचार आ गया। जब आप ध्यान लगाते हैं तो विचार आता ही है। मन ने बोला कि अगर इस खुले सिलिंडर में आग लग जाए तो तीनों की मौत हो सकती है। मैं चाहता था कि जलते हुए सिलिंडर में आग लगा दूँ। अब ये कैसे लगाई जा सकती है? जब वह लाइटर छोड़कर गई थी तो वह गैस के बगल में आधा अलमारी में और आधा बाहर की तरफ़ रखा हुआ था। बगल में उसका फ़ोन रखा हुआ था। बिलकुल सही दिमाग चला था मेरा। मैंने तुरंत उसे एक खाली मैसेज भेजा था। मैसेज भेजते ही वह फ़ोन वाइब्रेट होने की वजह से लाइटर से सट गया। उधर उसने फ़ातिमा का टॉप फाड़ डाला था। पर फ़ातिमा के चेहरे पर कोई भय नहीं था। उसने आँखें बंद कर ली थीं, विरोध करना बंद कर दिया था। शरीर का क्या भय हो जब उसने मन मुझे समर्पित कर दिया था। शरीर क्या है? जब वह मन से पूरी तरह मेरी हो चुकी थी। उसकी आँखों में आँसू थे, पर चेहरे पर शिकन नहीं थी, ईश्वर से प्रार्थना थी पर शब्दों में गिड़गिड़ाहट नहीं थी। मैंने फिर से एक मैसेज भेजा था। वाइब्रेट होने की वजह से वह लाइटर थोड़ा बाहर की तरफ़ सरक गया था। चेहरे पर मुस्कान आ गई थी।

कैसी विडंबना थी यह, प्रेमिका जिसके मरने को लेकर मैं इतना परेशान था

कि पागल हो गया था। आज उसके लिए जीवन और मृत्यु के बीच मैंने उसकी मृत्यु को चुना था, अपनी मृत्यु को चुना था। जीवन से अधिक प्यारी मौत लग रही थी। यहाँ तक कि मैं प्रकृति के नियम में बदलाव करने जा रहा था। भविष्य बदलने जा रहा था। अब सिर्फ़ दो लोग नहीं मरेंगे, तीनों मरेंगे। मैं मौत की तरफ़ बढ़ रहे एक-एक कदम से उत्साहित हो रहा था। यह जीवन ही तो है। हम जिसे बुरा कहते हैं, हम जिससे जीवन भर डरते रहते हैं, हम जिसे अंत समझते हैं, आज उसके लिए ही मैं प्रयासरत था। सच में कुछ बुरा, डर और अंत नहीं होता, सब समय की माँग होती है। सही कहते हैं कि समय होत बलवान। दुनिया में एक ही नियम है कि दुनिया में कोई नियम नहीं है।

उधर इमरान ने उसका क्रॉप टॉप फाड़ दिया था और उसके वक्षों को अपने हाथो के कब्ज़े में ले लिया था। मैंने आँखें बंद कीं अपने मन की ओर ध्यान दिया और अंतिम मैसेज का बटन दबा दिया था। थोड़ी ही देर में लाइटर के खटाक से गिरने की आवाज़ हुई, उससे चिंगारी निकली और कुछ ही पलों में ज़ोरदार धमाका हुआ। पूरे मोहल्ले में हर किसी तक आवाज़ पहुँची थी। सब सन्न...

~

किसी ने मुझे जगाया, ''सूर्यांश ऐ सूर्यांश!'' मैंने आँखें खोलीं तो सामने फ़ातिमा थी।

''तुम?'' मैंने मारे ख़ुशी के आश्चर्यचकित मुद्रा में पूछा, ''हम-तुम जीवित हैं? क्या मैंने प्रकृति में बदलाव कर दिया?''

''हाँ मैं! मैं फ़ातिमा हूँ। अब मेरी मृत्यु हो चुकी है। तुम जीवित हो। अब तुम मेरा मोह छोड़ दो। जितनी जल्दी मेरा मोह छोड़ दोगे, उतना तुम्हारे लिए बेहतर होगा। अपने कर्म में लगो,'' उसने मुझसे कहा।

मुझे एकदम से शॉक लगा था, ''मैं क्यों नहीं मरा?''

''तुम प्रकृति में कोई बदलाव नहीं कर सकते। अपना भूत नहीं बदल सकते। तुम्हारे हाथ में सिर्फ़ अपना भविष्य बदलना है। इंसान की यह भूल है कि वह प्रकृति में कुछ भी बदल सकता है। तुम दूसरी आवृत्ति में थे, इसलिए तुम्हें आग नहीं जला पाई।''

''उफ़ ये क्या हुआ? मैंने ही तुम्हारी हत्या की है? मैं ही तुम्हारा हत्यारा हूँ।'' मैं फूट-फूट कर रोने लगा।

''तुमने किसी की हत्या नहीं की है। तुमने बस अपने सहारे प्रकृति को बदलने की कोशिश की है। जो नहीं करनी चाहिए। पहले प्रकृति को ढंग से जान

लीजिये, ईश्वर को जान लीजिये, फिर स्वयं ही आप प्रकृति के हिसाब से बदल जायेंगे।''

''तुम ही बता दो ये ईश्वर क्या है?''

''ईश्वर से पहले तुम्हें धर्म, अध्यात्म और विज्ञान तीनों बातें एक साथ समझनी होती हैं?''

''अध्यात्म, विज्ञान और धर्म!''

''अध्यात्म सृजन है, विज्ञान शोध है और धर्म नियम है। धर्म के नियम अध्यात्म और विज्ञान की खोज से ही बनते हैं। तीनों अलग नहीं हैं। पहले अध्यात्म और विज्ञान के बारे में समझो। दोनों एक ही रथ के पहिए हैं। ये रथ जिस रास्ते होकर गुज़रता है उसे धर्म कहते हैं। प्राचीनकाल में अध्यात्म की ही प्राथमिकता थी, साधना ही सबसे बड़ी खोज का ज़रिया था। लेकिन धीरे-धीरे यह मूर्ति पूजा में तब्दील होता गया। हम ईश्वर को बाहरी दुनिया में खोजने लगे। लाउडस्पीकर लगाकर बुलाने लगे। विज्ञान भी ईश्वर की बाहरी दुनिया में तलाश करने लगा। जब नहीं मिले तो नकारने लगा। इसलिए धर्म और विज्ञान प्रतिद्वंद्वी होते जा रहे हैं। असल में ईश्वर बाहरी दुनिया में नहीं, बल्कि अपने मन की भीतरी दुनिया में निवास करते हैं। ये शांति से प्राप्त किये जा सकते हैं, साधना से प्राप्त किये जा सकते हैं न कि शोरगुल, उन्माद और नारेबाज़ी से। हमें अगर प्रगति करनी है तो अध्यात्म और विज्ञान दोनों को साथ लेकर चलना होगा। किसी एक को भी नज़रअंदाज़ करना हमें बहुत पीछे धकेल देगा। विज्ञान हमें बाहरी दुनिया के बारे में बताता है, हमारी सीमाओं के बारे में बताता है, जबकि अध्यात्म हमारी अंदरूनी दुनिया की खोज करता है, हमारी असीम शक्ति के बारे में बताता है। दोनों ही पहिये उतने ही ज़रूरी हैं।''

''इसे कुछ इस तरह से भी समझ सकते हैं, अध्यात्म के बिना विज्ञान दिशाहीन है। जो भी सभ्यता विज्ञान के सामने अध्यात्म को नकार देगी, उसका ठीक वही हाल होगा जो तुम्हारा हुआ। तुमने अध्यात्म को नकार दिया। तुम टाइम मशीन देखकर उसमें ट्रैवल करने लगे। अगर ट्रैवल न करते तो यह समय न आता। अगर प्रकृति से जुड़े होते तो पता रहता कि हम अपना भूत कभी बदल नहीं सकते। सिर्फ़ हमारा भविष्य हमारे हाथ में है। अध्यात्म प्रकृति से जुड़ने का एक ज़रिया है, जो हमें सही-गलत का रास्ता दिखाता है। अध्यात्म और विज्ञान के सहारे ही किसी उन्नत सभ्यता का विकास हो सकता है। कई वैज्ञानिक खोजें भी अध्यात्म के ज़रिये ही हुई हैं।''

''धर्म नियम है, जीवन पद्धति है। पहले के समय में अध्यात्म ही एक ज़रिया था, जिससे शोध किये जा सकते थे। ऋषि-मुनि साधना करके जानकारी लाते और हमें नियम बताते थे। हम नियम मानते भी थे। परिस्थितियों के अनुसार नियम बदलते रहते हैं। जैसे-जैसे हम खोज करते हैं, शोध करते हैं नए-नए नियम आने लगते हैं। पर हम धर्म के नियम बदलने में जड़ होते जाते हैं। जिस कारण हम उस धर्म से अलग उस समय-काल के हिसाब से तुरंत एक नया धर्म बना लेते हैं। वह धर्म उस समय-काल के हिसाब से सही होता है, लेकिन धर्म की प्रकृति ही यही होती है कि वह जड़ हो जाता है। जबकि होना यह चाहिए कि धर्म को समय और परिस्थिति काल के हिसाब से बदलते रहना चाहिए। नियम बदलते रहना चाहिए। यही कमी है, जिस वजह से कई नए धर्म बनते रहते हैं। धर्म का असल में ईश्वर से कोई लेना-देना नहीं है। ईश्वर प्राप्ति का ज़रिया अध्यात्म ही है। गलती यहीं पर हुई। हम अध्यात्म भूल गए और धर्म से ईश्वर ढूँढ़ने लगे। धर्म असल में जीवनपद्धति है। यह लगभग उसी तरह है, जैसे सृजन भूलकर नियम से ईश्वर ढूँढ़ने में लग जाया जाए। धर्म से ईश्वर प्राप्त हो सकते हैं पर बिना अध्यात्म के नहीं। धर्म उस वक्त के हिसाब से खोज की गईं वस्तुओं का सदुपयोग करते हुए हमें बेहतर तरीके से जीवन जीने का मार्ग दिखाता है। लेकिन हम बिलकुल गलत दिशा में चल रहे हैं। बिना अध्यात्म के जैसे विज्ञान दिशाहीन हो सकता है। ठीक उसी तरह इस दुनिया के धर्म भी बिना अध्यात्म के दिशाहीन हो चुके हैं।''

''इसे कुछ इस तरह के उदाहरण से समझते हैं। अध्यात्म से बेहतर विचार उत्पन्न हुए, उन्हें लोगों को बताया गया, लोगों ने उन्हें आत्मसात् करने के बजाय उन महापुरुषों को पूजना शुरू कर दिया, जिन्होंने वे विचार बताये। उनकी साधना को अपनाने की बजाय उनकी कहानियों में रस लेने लगे। आप किसी भी धर्म को देख लीजिए। उनके विचारों को आत्मसात् करने के बजाय महापुरुषों की पूजा करने में ही भक्त विश्वास करते हैं। जबकि उनके विचारों को अमल में लाना चाहिए और अध्यात्म के सहारे प्रकृति से जुड़ना चाहिए। अभी भी बहुत कुछ है जो अनसुलझा है। प्रकृति रास्ता दिखाएगी तभी हम सही दिशा में विज्ञान द्वारा उसे खोज पाएँगे। यह कार्य अनवरत जारी रहना चाहिए।''

''ब्रह्मांड क्या है?''

''इस ब्रह्मांड को भी अध्यात्म और विज्ञान की सहायता से ही समझा जा सकता है। लेकिन इसे कुछ इस तरह समझिए, कंप्यूटर का कोई गेम खेलते हैं। आपको सिर्फ़ उतना ही दिखाई पड़ता है, जहाँ तक आपकी नज़र जाती है। बाकी

की दुनिया का आपके लिए कोई अस्तित्व नहीं होता। ठीक उसी तरह ब्रह्मांड है। यहाँ आपको सिर्फ़ उतना ही दिखता है जितना आप देखना चाहते हैं। इसे एक उदाहरण से समझने की कोशिश करते हैं। मान लीजिए कि सबवे सरफ़र गेम खेलते हैं—आप भागते रहते हैं, मंज़िल की तलाश में। क्या उसकी कोई मंज़िल है? बस भागते रहेंगे, भागते रहेंगे। क्या वह करैक्टर भागते रहने से गेम से बाहर निकल सकता है? मोबाइल से बाहर निकल सकता है? नहीं ना। वैसे ही इस ब्रह्मांड का अंतिम छोर जान पाने की चाह भी लगभग वैसी ही है। जितना आप ढूँढ़ेंगे आगे बढ़ते जाएँगे, लेकिन इस मायावी ब्रह्मांड से बाहर नहीं निकल पायेंगे। यह ठीक उसी आवृत्ति की तरह है, जिसे आपने समय-यात्रा के दौरान समझा है। यह रुद्राक्ष माला की तरह कार्य करता है। आप एक-एक रुद्राक्ष की तरह आगे बढ़ते जाते हैं, और फिर से उसी पोर पर पहुँच जाते हैं। ब्रह्मांड भी ठीक उसी तरह खुद को बढ़ाता जाता है और फिर सिकुड़ता जाता है। यह क्रिया अपने आप होती है। उससे निकलने के लिए आपको भागम-भाग करने की ज़रूरत नहीं पड़ती, ठहरकर अपने भीतर झाँकने की ज़रूरत है। आत्म चिन्तन करना पड़ेगा।''

''और ईश्वर?''

''जिस दिन मनुष्य ब्रह्मांड को समझ लेगा, उस दिन ईश्वर को भी समझ लेगा। बस दिक्कत यह है कि हम ईश्वर को गलत तरह से ढूँढ़ रहे हैं। ज़रा सोचिए, हम ईश्वर की कल्पना ही क्यों करते हैं? सिर्फ़ दो कारणों से। पहला, इस ब्रह्मांड को बनाने वाला कोई तो होगा? लेकिन जैसे अब आपको यह पता चल चुका है कि ब्रह्मांड आवृत्तियों के अनुसार खुद को बढ़ाता, सिकोड़ता है। एक बिंदु पर आकर फिर से विस्फोट हो जाता है। यह क्रिया ब्रह्मांड खुद करता है। इसके लिए किसी बाहरी व्यक्ति को बनाने की ज़रूरत नहीं पड़ती। प्रकृति से ईश्वर है, ईश्वर से प्रकृति नहीं। जिस तरह ब्रह्मांड खुद में अपना ईश्वर है, ठीक उसी तरह हमें भी अपना ईश्वर बाहर नहीं, अपने मन के भीतर तलाशना चाहिए। यही हमारा लक्ष्य है, यही जीवन का लक्ष्य है।

''ईश्वर को बाहर ढूँढ़ने का दूसरा कारण यह भी है कि इतने बड़े ब्रह्मांड के लिए हमारा अस्तित्व नगण्य है। वहाँ पर किसी भी घटना से बचने के लिए हम स्वयं को इतना अक्षम समझते हैं, जिससे हम अपने अन्दर आत्मविश्वास लाने के लिए ऐसी कोरी कल्पना करते हैं कि हमें किसी भी खगोलीय दुर्घटना से बचाने के लिए वह ईश्वर हैं, जिन्होंने इस सृष्टि का निर्माण किया है। हमें उनका विचार आस्था और विश्वास से भर देता है कि ईश्वर, गॉड या अल्लाह हमारी रक्षा करेंगे।

जबकि वह आस्था और विश्वास हमारे मन के अन्दर है ना कि बाहरी दुनिया में। इसलिए ईश्वर भी हमारे अन्दर हैं, ना कि बाहर। आपके पास ब्रह्मांड का सबसे विकसित दिमाग है, जिसका उद्देश्य ही अपने अन्दर के ईश्वर को जानना है, पहचानना है।''

''अंत में यह भी बता दो कि मेरा जन्म?'' मैंने पूछा।

उसने जाते हुए जवाब दिया, ''कहते हैं कि किताब लिखना, खोज है, साधना है, खुद को जानने की एक प्रक्रिया है। किसी विषय की जड़ तक पहुँचने का रास्ता है। वहीं किताब पढ़ना उसका अनुपालन करना है। किताब लिखने और किताब पढ़ने में ठीक वही फ़र्क है, जो अध्यात्म और धर्म के अनुयायियों में है। अध्यात्म सृजन है और धर्म नियम है।'' वह चल दी थी और जाते-जाते बोलती गई थी, ''आज के वक्त में जब दुनिया भागम-भाग में लगी है, किसी के पास आत्मविश्लेषण का समय नहीं है, अध्यात्म के लिए समय नहीं है तो सबसे बेहतर है कि अगर आप किसी विषय को अच्छे से समझना चाहते हैं तो उसके ऊपर किताब लिखना शुरू कर दीजिये। एक परिकल्पना पहले ही निर्धारित कर लीजिये। जैसे आप गणित में कोई प्रमेय सिद्ध करते हैं। फिर आप जब उस विषय पर लिखते-लिखते डूब जायेंगे तो ऐसे नए विचार आने शुरू हो जायेंगे, जिनके बारे में आपने लिखने से पहले सोचा ही नहीं होगा। फिर आप उस विषय की तह तक जा सकते हैं। आप एक नई दुनिया में प्रवेश कर जायेंगे। असल में किताब लिखना, सिर्फ़ किताब लिखना नहीं है बल्कि प्रमेय सिद्ध करना है। तुम्हारे लिए अध्यात्म से बेहतर किताब लिखना ही सही रहेगा।''

''और तुम?'' जाते हुए मैंने पूछा।

''मैं तुम्हारा भ्रम हूँ। ठीक कंप्यूटर गेम के सॉफ़्टवेयर की तरह,'' वह खिलखिलाती हुई हँसी और गायब हो गई।

टाइम मशीन ने फेंक दिया था मुझे अपने समय पर। मैं बदहाल लेटा हुआ था। मेरे आस-पास ढेर सारे लोग थे जो मेरे चारों ओर खड़े थे। तभी मेरी माँ रोती हुई मेरे पास आ गई थी। ''मैं ही हत्यारा हूँ। मैंने ही फ़ातिमा की हत्या की है।'' मैं बड़बड़ाए जा रहा था।

लोग समझ रहे थे, मुझे गहरा सदमा लगा है। पर असलियत यह थी कि प्रकृति ने प्रमेय की तरह मेरे जीवन की सोच बदल दी थी। मेरी परिकल्पना बदल दी थी।

इति सिद्धम

अब जब मेरी सोच बदल चुकी है तो मैं अपनी परिकल्पना को सुधारते हुए अपनी किताब में 'टाइप-3 सभ्यता' का नया रूप पेश करना चाहता हूँ, ऐसी टाइप-3 सभ्यता, जो प्रकृति और ईश्वर के आयाम को छू लेगी। तो आइये लिखते हैं अपनी किताब *प्रमेय* से सिद्ध हुआ अपनी परिकल्पना का आख़िरी भाग। टाइप-3 सभ्यता।

टाइप-3 सभ्यता

अब तक मुझे यह पता चल चुका है कि टाइप-3 सभ्यता को समझने के लिए हम उतने विकसित नहीं हुए हैं, लेकिन अपनी ज़िन्दगी से मैंने जो सीखा है, उसके अनुसार टाइप-3 सभ्यता की परिकल्पना की जा सकती है। अब जब प्रमेय सिद्ध हो चुकी है। मैं और आप जान चुके हैं कि विज्ञान ही सर्वोपरि नहीं है। कुछ और भी है, जो हमारी समझ से परे है। उसे समझने के लिए हमें बाहरी दुनिया में नहीं, बल्कि अपनी अंदरूनी दुनिया में झाँकना होगा। तो अब मैं अपनी पुरानी परिकल्पना को नकारते हुए, टाइप-3 सभ्यता की नई परिकल्पना की रूपरेखा तैयार करता हूँ।

जैसा कि मैंने पहले लिखा कि टाइप-3 सभ्यता वह सभ्यता होती है जो अपनी आकाश गंगा की लगभग सम्पूर्ण ऊर्जा (90-99) का उपयोग करती है। साथ-ही-साथ इन्होंने अपने दिमाग का 90-99 प्रतिशत प्रयोग करना भी सीख लिया था। ये विज्ञान के साथ अध्यात्म का भी प्रयोग करना जानते होंगे। इन्होंने न विज्ञान को नकारा होगा और न ही अध्यात्म को। इन्होंने बाहरी और अंदरूनी दोनों आयामों में बराबर कामयाबी हासिल की होगी।

ये लोग लगभग पूरे ब्रह्मांड को कई बार नाप चुके होते हैं। इनके लिए ब्रह्मांड एक घर की तरह होता है। इन्हें सारी जानकारी होती है, कहाँ पर क्या चल रहा है। ये लोग गायब हो सकते हैं, ब्लैकहोल में प्रवेश कर दूसरे ब्रह्मांड में घूम

सकते हैं। किसी भी ग्रह का ठीक-ठीक अनुमान लगाकर उसे हैबिटेबल ज़ोन में ला सकते हैं। जीवन की शुरुआत करने की परिस्थिति पैदा कर सकते हैं। यानी सृष्टि के निर्माणकर्ता भी बन सकते हैं। किसी भी ग्रह को तुरंत तहस-नहस कर सकते हैं। यानी सृष्टि का विनाश भी कर सकते हैं। किसी भी ग्रह के विनाश की स्थिति में उसको बचा भी सकते हैं। यानी ये पालनहार भी हैं। ये अजर-अमर हैं। जब तक खुद नहीं चाहेंगे, तब तक कोई इनको मार नहीं सकता है। ये जैसा चाहे वैसा आकार ले सकते हैं। जो रूप चाहें बना सकते हैं। जिस ग्रह में चाहें रह सकते हैं। इन्होंने विज्ञान और अध्यात्म के क्षेत्र में इतनी प्रगति कर ली थी कि सब इनकी मुट्ठी में हो गया है। ये चाहें तो पूरे ब्रह्मांड पर अपना कब्ज़ा कर सकते हैं, किसी अन्य जीवन को पनपने नहीं दे सकते हैं। मगर ये इस सोच से आगे बढ़ चुके हैं। ये लोग सबसे शान्त एकांत में रहते हैं। न काहू से दोस्ती न काहू से बैर की तर्ज पर इन्हें अन्य सभ्यताओं से कोई लेना-देना नहीं है। ये हमेशा जवान ही दिखते हैं। भोजन के लिए भी इन्हें कोई मेहनत नहीं करनी पड़ती, सब आसानी से ऊर्जा को तब्दील करके अपने शरीर के लिए आवश्यक ऊर्जा प्राप्त कर लेते हैं।

लेकिन जैसे-जैसे इनका वैज्ञानिक और आध्यात्मिक ज्ञान 99 प्रतिशत से सौ प्रतिशत की ओर बढ़ता जायेगा, वैसे-वैसे इनका मन प्रेम से विरक्त होता जायेगा। ब्रह्मांड को जानने की इच्छा कम होती जाएगी और जीने की इच्छा ख़त्म होती जाएगी। जैसे ही टाइप-3 सभ्यता अपने पूर्ण वैज्ञानिक और आध्यात्मिक ज्ञान को प्राप्त कर लेगी। तो वे असल में इस ब्रह्मांड में जिएँगे ही नहीं। वे प्रकृति में विलीन हो जाएँगे। हम तभी तक इस ब्रह्मांड में रह सकते हैं, जब तक अधूरे हैं, अज्ञानी हैं और अध्यात्म एवं विज्ञान के रूप में तनिक भी अधूरी जानकारी रखते हैं। जिस दिन दोनों ही तरह से हम पूर्ण ज्ञानी हो जायेंगे, उस दिन हम इस ब्रह्मांड को छोड़कर प्रकृति में विलीन हो जाएँगे। ईश्वर होना इस ब्रह्मांड में शासन, पालन और विनाश करना नहीं है, बल्कि ईश्वर होना अपने आप में इस प्राकृतिक मायाजाल से निकलना है। जो ईश्वर होगा वह इस काल्पनिक दुनिया में रह ही नहीं सकता, वह शरीर त्यागकर इस सृष्टि में विलीन हो जाएगा। यही टाइप-3 सभ्यता है। यही हमारा उद्देश्य है। हमसे पहले भी कई समाज ईश्वर हो चुके होंगे, जो स्वयं को जान चुके, जो सृष्टि को जान चुके और इस प्रकृति के साथ सामंजस्य बैठाकर विलीन हो चुके। हमारा भी यही उद्देश्य होना चाहिए कि हम भी अपने ज्ञान से मनुष्य से

ईश्वर बन सकें और अपने समाज को स्वर्ग जैसा बना सकें। हम टाइप-3 सभ्यता बन सकें। मनुष्य होना ही आसक्ति है, कर्म है, बंधन है और आशा की किरण है। ईश्वर होना विरक्ति है, चरम है, मुक्ति है और अंत है।

अब जब मुझे इतने सवालों के जवाब मिल चुके हैं, फिर भी कई ऐसे प्रश्न हैं जो अनुत्तरित हैं। जिनमें से सबसे बड़ा सवाल है कि वह टाइम मशीन किसकी थी? कब बनायी गई थी और मेरे पास कैसे आई? अब मुझे इस प्रश्न का उत्तर ढूँढ़ना है, शायद यह खोज मुझे मेरे बाकी बचे प्रश्नों का भी उत्तर दे दे। मैंने लैपटॉप बंद किया था और निकल पड़ा था, उस टाइम मशीन की खोज में।

❑❑❑

लेखक भगवंत अनमोल का चर्चित उपन्यास

बाली उमर

ज़िन्दगी 50–50 के युवा लेखक भगवंत अनमोल अपने लेखन में सामाजिक रूप से संवेदनशील विषयों को उठाते रहे हैं और *बाली उमर* में भी उन्होंने एक ऐसा ही विषय चुना है। उपन्यास का केन्द्र है—बच्चों के बचपन का अल्हड़पन, उनकी शरारतें और ज़िन्दगी के बारे में सब कुछ जान लेने की तीव्र उत्सुकता।

उपन्यास के मुख्य किरदार बच्चे हैं और कथानक एक गाँव का होते हुए भी यह न बच्चों के लिए है और न ही मात्र आंचलिक है। नवाबगंज के दौलतपुर मोहल्ले के बच्चे जहाँ एक ओर अपनी शरारतों से पाठक को उसके बचपन की स्मृतियों में ले जाते हैं तो दूसरी ओर मासूम सवाल अपने देश और समाज के सम्बन्ध में सोचने पर विवश करते हैं। *बाली उमर* बच्चों के माध्यम से अपने समय की राजनीति और जातीय–क्षेत्रीय पहचानों के संघर्ष को दर्शाता उपन्यास भी है। कहीं भाषा के नाम पर, कहीं पहचान के नाम पर वैमनस्य बढ़ता जा रहा है और इन सबके बीच भारतीयता की पहचान धुंधली होती जा रही है, आपसी खाई बढ़ती जा रही है। यह उपन्यास अपने समय के संदर्भों को सही–सही समझने की माँग करता है। शुरू से आखिर तक दिलचस्प किरदारों की मासूम शरारतों के सहारे लेखक ने बहुत रोचक शैली में अपनी बात कही है।

भगवंत अनमोल उन चुनिंदा युवा लेखकों में हैं, जिन्हें हर वर्ग के पाठकों ने हाथोंहाथ लिया है। वे उत्तर प्रदेश हिन्दी संस्थान के 'बालकृष्ण शर्मा नवीन पुरस्कार 2017' से सम्मानित हो चुके हैं। उनकी पुस्तक *ज़िन्दगी 50–50* पर कई विद्यार्थी शोध कर रहे हैं। लेखक का संपर्क :

bhagwantnovelwriter@gmail.com
contact@bhagwantanmol.com

प्रमुख स्थानीय व ऑनलाइन पुस्तक विक्रेताओं के यहाँ उपलब्ध या

इस वेबसाइट से मँगवाएँ

www.rajpalpublishing.com